文春文庫

代表取締役アイドル

小林泰三

文藝春秋

目次

代表取締役アイドル

1

三日経って漸く身体の震えが止まった。

だが、まだ夜は全く眠れないし、眠気に負けてついうとうとすると、決まって悪夢を見た。

内容は毎回同じだ。現実に体験したそのままが繰り返される。

河野ささらはいつものように握手会に出席していた。

意外なことに彼女は握手会をそれほど苦痛とは感じていなかった。もちろん、彼女のファンは全員美形という訳ではない。むしろ、そうでないと感じられる風貌の人間が多かった。しかし、世の中の人間はたいていそんなに美形ではない。美形でないという理由で嫌っていたら全世界を憎まざるを得なくなってしまう。だから、肥満体型だとか、常にだらだらと汗をかいているとか、そういうこともあまり気にならなかった。もちろん、全く気にならないことはない。だけど、握手する度に手を除菌ティッシュで拭いたりしなくても我慢できた。拭くのは最後で構わない。その方が地球に優しいし。

ささらはファンの外見よりもむしろ自分たちを応援してくれるそのひたむきな態度に好感を持っていた。彼らは何の打算もなく、心底自分たちを応援してくれているのだ。彼らは自分たちと握手したいばかりに同じCDを何十枚も買ってくれるのだ。これのどこに打算があり得ようか。彼らは純粋に自分たちのアイドルグループ――ハリキリ・セブンティーンに憧れ、その幸せを願ってくれているのだ。この人たちを邪険に扱うことなど決してできない。ささらは握手を求めてくるファンたちを真剣に受け止めた。

肉体的接触のために金を払うんだから、一種の風俗だと口さがなくいうものもいる。そう思うなら、そう思わせておけばいい。肉体的接触――握手のことだが――は一種のセレモニーに過ぎない、彼らは高い精神性を求めているのだ。

ささらはいつもそんなふうに考えて自分を鼓舞してきた。握手会の間は一種のトランス状態、催眠状態にあるといっていい。だから、すぐ隣で起きていることにしばらく気付かなかったのだ。

汗ばんだ手で、ささらの手を握る男性が突然横を見て目を見張った。

「うわあああ!!」野太い悲鳴を上げる。

手は握ったままだが、もはや心はそこにはないような感じだった。

よく見ると、列の後ろに並んでいるファンたちも先頭の男性と同じ方を見ているのに気付いた。一様に驚愕に恐怖が入り混じった表情をしている。

隣の席で何か起きてるんだな、と思った。

特別な感情は起きなかった。トランス状態にあるときには、殆ど感情の起伏は起きない。

ささらの隣はハリキリ・セブンティーンのセンターの中岸みほりだ。列の長さも他のメンバーと較べて飛び抜けて長い。だから、変なファンが来る可能性も高い。

一時期、みほりのファンには変質者が多いという噂が立ったことがあるが、それは根拠のないものだった。変質者の発生率が一定なら、分母の大きい方が多く出るのは当然だ。みほりのファンに変質者が目立つのは当然のことだった。

だから、きっと変態のファンがみほりに抱き着こうとしたとか、あるいは局部を露出したとか、そういうことだろうと思った。

ああ。これで今日の握手会、中止かもね。

ささらは期待と幻滅が入り混じった複雑な心持で真横を見た。

目のつり上がった男がみほりの手首を摑んで引っ張っていた。

ああ。変態だ。警備スタッフ、早く来て。

握手会の会場には警備スタッフがいて、いつも彼女たちを見守ってくれている。ただ、バイト代が結構嵩むようで、それほど大人数ではない。今回も五人ほどだ。ファンの数が二百人を超えているのに、たったの五人では無理だろうと思う人たちもいるだろうが、二百人のファンだって、暴徒ではないのだ。大人しい二百人を相手にするのは五人でも充分だった。

だが、大人しくない人間がいる場合は話が違う。たとえそれが一人であったとしても、素人は即座に対応できないのだ。

警備スタッフはメンバーの背後に二名、ファンたちの列の後ろに三名配置されていた。その全員が異常に気付いたのだが、即座に動いたものは一人もいなかった。

彼らは訓練されたプロではない。不測の事態に対応できないのは当然だと言えた。

「やめて!!」ついにみほりが声を上げた。

メンバー背後の警備スタッフはみほりの方に向かった。

会場のほぼ全員がみほりと彼女の手を摑んでいる男に注目していた。

ファンの背後の警備スタッフは混雑しているため、近寄ることはできない様子だった。

「悪いのはおまえだ。いつも色目を使いやがって!!」男はさらにみほりの腕を強く引いた。

みほりは前のめりになり、机の上に突っ伏す格好になった。

漸くみほりのすぐ後ろに警備スタッフが一人駆け付けてきた。

「お客さん、やめてください」警備スタッフは小さな声で言った。

「ああ⁉」男は警備スタッフを睨(にら)んだ。

「すみません。迷惑になるんで……」

「この女が悪いんじゃないのかよ⁉」男はさらにみほりの腕を強く引っ張った。

「痛い‼」みほりが叫んだ。

警備員は何を思ったのか、みほりの肩を摑んで、引き戻そうとした。

「痛い！　痛い！　痛い！」

みほりの声に驚き、警備スタッフは手を放した。

もう一人の警備スタッフがみほりの背後に駆け付けてきた。

二人いれば安心ね。

ささらは少しほっとした。

「なんだよ？　文句あんのかよ？」

二人の警備スタッフは互いにちらちら顔を見ながら、躊躇（ちゅうちょ）していた。

この人たち使えない。単なる楽なバイトだと思ってやってたから、実際のトラブルに対応できないんだ。

ささらはマネージャーを探した。

だが、マネージャーの姿は見えなかった。おそらく、握手会の間は暇なので、近くの喫茶店にでも行ってるのだろう。警備スタッフがいるから、大丈夫だと思っているのかもしれない。

男はポケットからナイフを取り出した。

ハリキリ・セブンティーンのメンバーたちが悲鳴を上げた。

その声で男はますます興奮し始めたようだった。

「おまえら」男は警備スタッフたちに言った。「近寄るな。刺すぞ」

二人の警備スタッフは首を振った。

「下がってろ」

二人は後ろに下がった。

普通に考えて、暴漢に下がれと言われて下がるのは警備スタッフの風上にも置けないが、バイトに、命の危険を顧みずに職務を全うしろ、というのも酷だろう。

「警察を……」ささらはやっと声を絞り出した。「誰か警察を呼んで」

何人かが携帯電話を取り出した。

「動くな!!」男が叫んだ。「電話を掛けたら刺すぞ!!」

この混雑の中、数メートル離れていれば、男のナイフは絶対に届かないはずだ。だが、目の前でナイフを翳（かざ）されると、思考が停止してしまうのだろうか、誰も電話を掛けようとはしなかった。

もっとも、それが正解だった可能性もある。誰かが電話を掛け始めたら、この男は激昂して周囲の人間を誰彼お構いなしに刺したかもしれないのだ。

男はみほりの手をさらに強く引っ張った。

みほりは机の上に引き摺りあげられる格好になり、足が宙に浮いた。

「うぉー！」男はみほりの手にナイフを振り下ろした。

だん、という鈍い音がした。

ナイフはみほりの右手の親指の付け根辺りに当たっていた。

切っ先が皮膚の中に入り込んでいるように見えたが、ささらはきっと目の錯覚だと思った。

そう思いたかったからだ。

だって、血が出ていないじゃない。

みほりはしばらく呆然と自分の手を見ていたが、突然絶叫した。

じくじくと血が流れ始めた。

突然パニックが始まった。

全員がその男から離れようとして、互いにぶつかりあい、その場で転倒したりして、身動きがとれなくなったりした。

男はみほりの手からナイフを引き抜いた。

血が噴き上がり、周囲に霧のように広がった。

ささらは顔にひんやりとしたものを感じた。

これが血飛沫(しぶき)ってものなのね、とぼんやり感じていた。

「痛い！　痛い！　痛い！」みほりはなんとか逃げようと身を捩(よじ)った。

「天誅！」男は引き抜いたナイフを振り上げた。

ささらと握手していた男性は彼女の手を握ったまま、その場から逃げ出そうとした。

ささらの太腿はテーブルに叩き付けられた。

男性はささらの状態に気付かず、そのまま引き摺って行こうとした。

ささらの太腿はテーブルに押し付けられたまま、がりがりと引っ張られた。

「大丈夫だから！」ささらは叫んだ。

「へっ？」男性は間の抜けた声を出した。

「わたしは一人で逃げられるから、あなたも一人で逃げて」

そのときになって、男性は自分がささらの手を握ったままだということに気付いたようだった。「わっ！　わっ！　わっ！　ごめんなさい」

「謝るのはもういいから、早く手を放して」

ナイフ男がこっちを見た。

「わあああ‼」ささらの手を握っていた男性はぱっと手を放すと慌てて逃げようとしてその場に転倒した。

ハリキリ・セブンティーンのメンバーたちも逃げようとして、互いにぶつかりあっていた。

落ち着くのよ、ささら。

ささらは自分に呼び掛け、深呼吸した。

みほりはまだナイフ男に手を掴まれたまま、もがき続けていた。涙と鼻水で、顔がぐちゃぐちゃになっている。

当然のことながら、ステージ衣装を着ているささらは携帯電話を持っていない。

「警察に電話して」ささらは呆然と見ている警備スタッフに呼び掛けた。

「あっ」警備スタッフの一人は慌ててポケットから携帯を取り出した。「ええと。警察って何番だ?」もう一人の警備スタッフに尋ねた。「この近くの交番って何番だろう?」

「一一〇番よ！　一一〇番！」ささらは怒鳴った。

「あっ、そうか」

「電話は掛けるな」男が叫んだ。

警備スタッフの手が止まった。

「こいつの言うことなんかいちいち聞かなくていいから」ささらが言った。

「何だと? 俺に逆らうとこうだ‼」男はナイフをみほりの手に向かって振り下ろした。

だん。

ナイフは正確に親指の付け根の傷口に命中した。

大量の血が飛び散った。

血塗れになった警備スタッフは目を見開いたまま硬直していた。

ああ。きっとわたしも血塗れなんだな、とささらは思った。

「早く。電話」ささらは呟くように言った。

「やめろ。刺すぞ」頭から返り血を浴びて真っ赤になった男が言った。

「うわああ！」警備スタッフは携帯電話を取り落とした。

男はまたナイフを振り上げた。

ささらは一瞬躊躇したが、電話を拾い上げた。男を刺激したくはなかったが、このまま放置しても状況が好転するとは思えなかったからだ。

ささらは一一〇番を押した。

「はい。一一〇番です」電話の向こうでオペレーターの声がした。

「ナイフを持って暴れている人がいます。すぐに来てください。場所は……」

「電話はするなっつってんだろうが！」男は力任せにナイフを振り下ろした。

何かが目の前を飛んでいった。

みほりは絶叫し、そのままごとんとテーブルの上に頭を落とした。気を失ったらしい。

みほりの手からは物凄い勢いで血が流れ出していた。指の数が四本しかないように見えた。

ささらはさっき目の前を飛んでいったものを探した。

それはみほりの親指のように見えた。


いつもそこで目が覚める。全身がぐっしょりと汗で濡れている。見慣れた一人暮らしのワンルームマンションの中だ。

今のが夢だと気付いた瞬間、ああよかったと思い、数秒後には現実を夢で反芻したのだとわかり、泥のような気分になる。

ささらはトイレに吐きにいった。これももはや日課になりつつある。食事は殆ど喉を通らないので、吐くものは胃液ばかりだ。

みほりはどうしているんだろうかとぼんやり考えた。

あの後、警察が駆け付け、それから救急車が来た。現場の様子を見て、警察が救急車を呼んだのだ。今から考えれば、救急車を先に呼ぶべきだったかもしれなかったが、あのときには警察を呼ぶことしか思い付けなかったのだ。

みほりは親指を切断されたショックで失神していた。

駆け付けた救急隊員はみほりと共に切断された親指を持っていった。

マネージャーの話によると、一応親指は繋がったらしい。だが、関節がぐちゃぐちゃになっていたうえ、神経のダメージも酷くたぶんもう動くことはないだろうということだった。

利き手の親指はとても重要だ。小指が動かなくなってもなんとか生活はできそうだが、親指が動かないと簡単なことでも、なかなかできなくなってしまう。ささらにはみほりがとても気の毒に思えた。そして、みほりがささらを恨んでないかと不安になった。

あの場合、ささらに選択の余地はなかった。男を野放しにする訳にはいかない。警察を呼ぶのが最善の方法だった。

だが、表面的には、ささらの電話に激昂した犯人がみほりの親指を切断したように見えないこともなかった。

もし、みほりがそう思ったとしたら、ささらは彼女から一生恨まれることになるかもしれない。

ささらは溜め息を吐いた。

自分がやったことについては後悔していない。しかし、それが原因で恨まれたとしたら、やってられないではないか。

テーブルの上に放り出してある携帯電話が鳴った。

マネージャーの基橋則武（もとはしのりたけ）からだった。

いったいなんの電話だろう？

ささらはしばらく鳴り続ける携帯電話をぼんやりと眺めていた。

電話には出たくなかった。マネージャーと話をしたら、きっとまたあの日のことを思い出してしまう。できれば、もう思い出したくない。

そして、話なんかしなくても、いつも思い出しているという事実に気付いた。

電話の呼び出し音が止まった。おそらく留守番電話サービスに繋がったのだろう。

ささらはほっとした。

数十秒後にまた電話が鳴った。

どうやら、留守番電話では駄目な用件らしい。ささらが電話に出るまで延々掛け続けるつもりだろう。

ささらは深く息を吸って、電話に出た。

「仕事が入った」基橋の声がした。

ささらは電話を切った。

電話が鳴り出した。

「もう掛けてこないで」電話に出るなり、ささらは言った。「もう切るわね」

「ちょっと待った！　悪い話じゃない」

「仕事の話は全部悪い話よ」

「これはいい話なんだ」

「残念だけど、もう辞めるの」

「どういうことだ？　アイドルを辞めるってことか？」基橋は焦っているようだった。

「アイドルみたいな何かを辞めるのよ」

「『みたいな何か』って何だよ？」

「あなたの口車に乗ったのがいけなかったのよ。わたしはアイドルなんかじゃなかった」

「君は正真正銘のアイドルだよ。会いに行けるアイドル」

「それは本物のアイドルグループのキャッチフレーズよ」

「君だって本物だ」

「本物のアイドルはちゃんとテレビにも出ているの。いつもテレビに出ている人に直接会えるから、会いに行けるアイドルなのよ。わたしたちはテレビになんか出ていなくて、いつもあの劇場——というか、広めの地下倉庫にいるからアイドルなんかじゃないわ」

そう。わたしは思い上がっていた。基橋にスカウトされたとき、本物のアイドルになれると思い込んでいた。あのとき、よく考えればよかったんだ。そうすれば、あんな体験をせずに済んだのに。

「いや。アイドルだから。ちゃんと歌って踊っているから。地下アイドルっていうジャンルだから」

「メイド喫茶やガールズバーでも、歌ったり踊ったりするところはあるわ。あの人たちもアイドル？」

「いい質問だ」そう言ってから、少し間があった。どうやら基橋は必死に理屈を考えているようだ。「彼女たちはぎりアイドルだ。もちろん全員じゃないが、アイドル活動してるって、見做(みな)せる子たちもいる」

ぎり？　ぎりって何？　ぎりぎりってこと？　崖っぷち？

ささらはだんだんと腹が立ってきた。

こいつ、馬鹿にしてる。わたしのことも馬鹿にしてるし、アイドルを目指すすべての女子を馬鹿にしている。アイドルを目指していないメイドやバーメイドも馬鹿にしている。

「わたしたちもぎりアイドル？」

「ぎりじゃない。もう少しアイドル寄りだ」

こいつ、「ぎり」とか「寄り」とか、ぼんやりした曖昧な言葉で誤魔化そうとしている。

「アイドル寄り？『寄り』ってことはアイドルじゃないってことじゃないの」

「言い間違えた。『アイドル寄り』じゃなくて、『本格アイドル寄り』だ」

「『本格アイドル』って何？」

「『本格』ってのは、つまりあれだ。テレビに出たりとか……」

「芸能活動してるってこと？」

「そうそう。……いや。君たちだって、芸能活動してるけどね」基橋は慌てて付け加えた。

「ねえ。わたしたちがしてるのって、芸能活動？それとも水商売？風俗？」ささらはずばり尋ねた。

「風俗ではない。それは間違いない」

「肉体的接触はありでも？」

「握手は肉体的接触じゃない」

「でも、肉体的に接触してるわ」

「すねるのは、いい加減にしてくれ！君たちだって、テレビなら、出たじゃないか！路上でアイドル活動しているのを取材されただろ！」基橋は逆切れ気味に言った。

「あれは取材じゃなくて、街頭インタビューよ。目立つ格好をしてたから、レポーターに目を付けられただけ」

「もう一回出ただろ」

「若年女性の貧困を扱ったドキュメンタリーのこと？」

「全国放送だったから、いっきに知名度が上がったよ」

あれは本当に恥ずかしかった。アイドルの日常を扱ったバラエティだとばかり思っていたのに、なんと報道番組だったのだ。お笑い芸人やタレントや番宣の俳優たちではなく、キャスターとしかめっ面のコメンテーターたちが、現代日本は嘆かわしい、こんな幼気な少女たちが大人たちの口車に乗って、胡散臭い場所で胡散臭い格好をさせられ、貧困に陥っていくのだと、力説していた。わたしたちは現代日本の恥部らしい。

「わたしたち自身が有名になったというよりは、わたしの貧乏ぶりが有名になっただけじゃない」

「いいや。あれで結構ファンが増えたんだよ」

「そんな実感ないけど。お客さんの数も前のままよ」

「そもそも劇場に会いにくるような層にとってテレビの露出はあまり関係ないんだ」

「劇場に会いにこないファンに受けても仕方がないじゃない」

「ところがそうでもないんだ。劇場には見にこないけど、実力を持った人物は大勢いる。そういう人の一人が君をテレビで見掛けて、気に入ってくれたんだ。さっき言った仕事っていうのは、その人物からのオファーだ」

「えっ？　それって、いい話？」

「だから、さっきいい話だって言っただろ」

絶望でいっぱいだった胸の中に突然希望が湧きあがった。

実力者がわたしに目を付けてくれた。いったいどんなオファーなの？　テレビ番組に出られるの？　テレビに出られるならバラエティの雛壇でも構わないわ。一度ドキュメンタリーに出ただけでも、声が掛かるんだから、ちゃんとバラエティに出たら凄いことになりそう。それとも、ドラマ出演？　わざわざオファーしてくるんだから、チョイ役ってことはないわよね。主演か主演に準ずる助演てとこかしら？　それとも、映画かしら？　まあ映画は全国ロードショーから単館上映までいろいろあるけど、出て損なことはないわよね。ひょっとして、ＣＭ？　ＣＭはギャラがめちゃくちゃいいって聞いたことがあるわ。

ああ。わたし暴走してる。まず仕事の内容を聞かなくっちゃ。

「それって、テレビの仕事？　テレビなら受けてもいいわよ。ただし、もう二度と握手会には出ないって約束で。あっ。でも、テレビって言ってもインターネットテレビは駄目よ。あれは素人でもできちゃうから」

「今回はテレビじゃないんだ」

「テレビじゃない？　だったら、ラジオとか？」

「ラジオでもない」

「じゃあ何？　雑誌グラビア？　受けてもいいけど、ヌードもセミヌードもNGよ。ひょっとしてDVDとかブルーレイとか？　まさかAVじゃないでしょうね」

気を付けなくっちゃ。もちろん、ちゃんとした会社が殆どだろうけど、AVの現場で、変な契約書にサインしたばかりに次々とおぞましいビデオに出演させられたという話はよく耳にするわ。もし、AVだったら、もうこの電話は切ろう。

ささらは通話終了ボタンに指を近付けて、基橋の言葉を待った。

「よく話を聞いてくれ。オファーがあったのは雑誌でもAVでもない。そもそもマスコミ関係者じゃないんだ」

はあ？　何言ってるの、こいつ？

「マスコミ関係者じゃない？　どういうこと？　アイドルの仕事じゃないの？　オファーしてきたって何者？」

「大会社の社長さんだ」

社長？

嫌な予感がした。

「ちょっと待って。ヤバい話じゃないでしょうね。愛人契約とか」

「そういう話じゃない」

「じゃあ、どういう話？」

「君に役員になって欲しいそうだ」

ささらは言葉の意味がわからず、反応できなかった。

「ささら、聞いてるか？」

「聞いてるけど、何、役員て？　何かの役をやれっていうこと？　やっぱり映画？」

「役員だ。会社の役員。取締役だ」

聞いたことのある単語だ。だが、何のことだかわからない。

「ごめん。会社とか訳わからないのよ。取締役って何？」

「俺もそんなに詳しくはないが、取締役ってのは……そうだな。経営者だ」

「経営者って社長のこと？」

「社長だけじゃなくて、専務とか常務とかそういうのだ」

「ああ。つまり、あれね。重役ってやつ？」

「そうそう。重役だ。重役」

「部長とか、課長とか」

「部課長クラスはあんまり重役とは言わないんじゃないかな？　中小企業ならありそうだけど」

「オファーがあったのは中小企業じゃないってこと？」

「そうだ。大企業だ」

大企業の重役……。全くイメージがわかない。そもそもどうして、わたしにそんなオファーがあったんだろう？

「具体的にわたしは何をすればいいの?」

「取締役会に出ればいいらしい」

「何、それ?」

「会議みたいなものだ。取締役が経営について話をする」

「その会社、取締役が何人もいるの?」

「確か十何人かいたと思う」

「わたしみたいな女の子はいるの?」

「さあ。たぶんおっさんばっかりじゃないかな?」

「わたし経営の話なんかわからないわ」

「わからなくていいらしい。なんでもいいから、率直な意見を言ってくれればそれでいいと言っていた。『ナウいヤング』の気持ちを知りたいらしい」

「何、その『ナウいヤング』って」

「よくわからないけど、『ナウ』が『今』ってことなら、『今時の若いやつ』って意味じゃないかな?」

あんたもよく知らないのね。

「どうして、わたしが選ばれたの?」

「さっき言っただろ。テレビで見掛けて気に入ったって」

「わたしのルックスが好みだったってこと?」

「そういうことじゃないかな？　あと、若いのにしっかりした意見があるところがいいと言ってた」

「わたし何か意見言ってた？」

「ああ。何か言ってたな。自分が将来社長になったら、絶対ブラック企業になんかしないとか、なんとか」

「そんなこと言ってた？」

「言ってた。まあ、その場の流れで適当にもっともらしいこと言ったんじゃないかな？でも、まあ、それを聞いてしっかりした子だと思われたんだから別にいいじゃないか」

なんとなく話が見えてきた。つまり、テレビを見ていたどこかの社長がわたしを切れ者だと勘違いして、経営者に抜擢したってことね。

「でも、わたし、本当に何も考えていないし……」

「じゃあ、これから考えるんだ。地下アイドルがいきなり大会社の取締役になるんだから、マスコミだって飛び付くぞ。テレビでも引っ張りだこだ」

「経営者になるんだったら、アイドルはできなくなるじゃない」

「いや。アイドル活動は続けてもいいと言ってきてるんだ」

いったんは話が見えてきたと思ったが、ささらはまた混乱し始めた。

「アイドル活動しながらできるって、経営者ってそんなに楽なの？」

「社外取締役っていうのは、そんなものらしい。週に一回、会議に出ればそれでいいということだ。その他の日はアイドルとして……」

「アイドル活動はもうしないわ」ささらは言い切った。

危ない。危ない。危うく乗せられるところだったじゃない。

「いやでも、これはチャンスなんだよ」

「マスコミが勝手に取材するのはＯＫよ。でも、劇場で歌って踊ったり、握手会に出るのはもうやめるわ」

「もったいないなあ」

もうアイドルには未練はない。でも……。

「お金は貰えるの？」

「えっ？」

「取締役になったらお金は貰えるの？」

「ああ。規定の報酬が貰えるらしい」

「いくらなの？」

アイドルはもう嫌だ。でも、もしそこそこの収入があるのなら、取締役の方は受けてもいいかもしれない。

「ちょっと待ってくれ。貰った資料に書いてあると思うから……わっ！」基橋は叫んだ。

同時に何かがひっくり返るような大きな音がした。

「どうしたの？」

「あまりに驚いて、椅子ごと床の上にひっくり返ってしまったんだ」

「そうじゃなくて、何に驚いたの？」

「ちょっと信じられない額なんだ」基橋の声は震えていた。

「いくら？」ささらはごくりと生唾を飲み込んだ。

いくらなの？　五十万円ぐらい？　ひょっとして百万円とか。まさか、一千万円ということはないだろうけど……。

「年俸約一億円だ」

「わっ！」ささらは叫んだ。「じゃあ、もうアイドル活動なんかやらなくていいじゃない」

「いや。これは君個人の収入だから」

「当然でしょ。だから何？」

「俺たちはどうなるんだ？」基橋は不安げに言った。

「『俺たち』って誰？」

「俺とハリキリ・セブンティーンだ」

「みんなはみんなで頑張ればいいじゃない。わたしと関係ないでしょ」

「ここまで一緒に頑張ってきて、それはないだろう。センターのみほりが怪我をしてしまったから、これ以上メンバーが欠けるのは痛い。それに社外取締役をいつまで続けられるかなんてわからないぞ」

「一億円貰えるんなら、一年で辞めたってかまわないわ」

「一億円なんて、使い出したらあっという間だぞ」

「そんな訳ないじゃない。毎年五百万ずつ使ったって、二十年もつわ」

「二十年後、おまえいくつだよ？　そこで一文無しになっていいのか？」

「あっ！　じゃあ、年二百万円ずつ使うことにして……」

「甘いな。そんなの絶対無理だ。年に二百万円て、毎日五千五百円ずつってことだぞ。目の前に一億円あってみろ。絶対に毎日百万円ぐらい使っちまうから」

そうだろうか？　わたしはそんなに愚かだろうか？

ささらは自分自身を分析することに自信がなかった。人間とはそんなものだと言われたら、そんな気もしてきた。

「わかったわ。一応、脱退は保留ってことにしとくわ。でも、アイドル活動は当分しない。これは絶対よ」

「……わかったよ。決心は固いみたいだな。じゃあ、その件については考えておく」

「どの件のこと？」

「俺たちの収入だよ。君が取締役になることで、どうやって俺たちが儲けるかだ」

「まさか、わたしの収入をピンはねするつもりなの？」

「そうは言っていない。けど、きっと何か手があるはずだ。世の中そうしたものだ」

そうしたものなのかどうかもささらには判断が付かなかった。そもそも世の中のことなど何も知らない。

「ところで、その会社本当に大丈夫なの？」ささらは根本的な疑問を口にした。「地下アイドルを取締役にしようとしている時点で怪しいんだけど」

「大丈夫だろ。あれだけ有名な会社なんだから」

「有名な会社？」

「あれ？　まだ社名言ってなかったっけ？　誰でも知ってる有名な会社だ。たぶん君も聞いたことがある会社だと思う」基橋は少しもったいぶって言葉を切った。「レトロフューチュリア株式会社だ」

2

研究所と言っても実験室ばかりではない。ちゃんと事務室はある。そうでないと、実験室に鞄（かばん）や弁当やお菓子まで持ち込まなくてはならなくなるし、実験机の上で各種書類を書かなくてはならなくなる。そして、事務室の様子は至極真っ当な事務室のそれだ。謎の装置が唸（うな）り声を上げている訳でもないし、ぶくぶくと薬品が沸騰している訳でもないし、空中放電も起きてはいない。

研究員たちは黙々とパソコンの前で作業をしている。ただし、彼らはスーツ姿ではない。映画やドラマによく出てくるような白衣も着ていない。もちろん、作業内容によっては白衣を着ることもあるが、ふだんは制服である作業着を着ている。鼠色の地味なものだが、静電対策など様々な工夫がなされているのだ。

今、一人の女性がドアから入ってきて、とぼとぼと席に向かった。

「ああ。疲れたもう限界」自分の席に着くなり、塩原帆香は悲鳴のような声を出した。

彼女はこの会社に入って、五年目になる。ここの所員には珍しく眼鏡は掛けていない。髪の毛を後ろで束ねているのは、仕事中の慣例で、殆どの女子がそうしている。

「塩原さん、朝からご機嫌斜めだね」同僚の浅川新之助が言った。彼は帆香より少し年上だが、まだ主任にはなっていない。

「あなた、よく耐えられるわね」

「耐えるって何に?」

「この通勤環境のことよ。どうして、この研究所は山頂にあるの?」

「さあ、どうしてかな?　土地が安かったからじゃないかな?」

「土地が安かった?　まあそれは仕方ないかもしれないわ。でも、出勤するのに毎日登山するのはおかしいでしょう?」

「登山というのは言い過ぎだよ。ハイキングのちょっとハードなやつぐらいだから」

「体育会系の人にとってはちょっとハードなハイキングぐらいなものかもしれないけど、わたしみたいにひ弱な人間にとっては立派な登山なのよ」

「運動になっていいんじゃないかな?」

「おはようございます！」緋色単が入室してきた。「今日はいい天気やね」いつも元気な今時の女子だ。齢は帆香と同じ。彼女は眼鏡を掛けている。ときどきコンパなどがあるときにはコンタクトレンズにすることもある。髪の毛はやはり後ろで束ねていた。

「あんた随分元気ね」帆香は呆れたように言った。

「だって、朝から身体を動かせて気持ちいいやないの」単は楽しそうに答えた。

「いいわね。わたしはもうへとへと。ケーブルカーかロープウェイを付けて貰えないかな？」

「ここの研究員百人ほどやから、採算がとれへんでしょ」

「だったら、道路を整備してバスを走らせて欲しいわ。夏はともかく冬は雪で遭難しそうになるし」

「バスは無理やろ。ここはフレックスやから、出勤時間がまちまちで纏めて輸送できひんわ」

「三十分毎に走らせればいいのよ」

「だから、採算がとれへんて」

ちょこまかとした早歩きで、松杉藤吉がやってきた。「みんな、揃ってるか？」

彼は四十代の主任研究員だ。「主任」と言ってもそんなに偉い訳ではない。管理職の一歩手前、普通の事務職で言うところの係長に相当する役職だ。

「ええと。忠岡君がまだですね」帆香が答えた。

「そうか。今日、誰か工場に出張して欲しいんやけど……」

「どういった用件ですか？」

「新製品のウルティメイトチューブの電極の信頼性試験結果についてディスカッションしたいらしいんや」

　ウルティメイトチューブというのは、数か月前、研究所から工場に技術移管した製品だ。研究所で開発した製品がそのまま工場で即座に採用されることはない。研究所での試作品と売り物である製品の間には大きな違いがある。大学の研究なら試作品を一つ作って論文を書いて終わりに出来るが、企業の研究所ではそこからが大変だ。試作品は一つでもいいのだが、製品となると何万個、場合によっては、何千万個、何億個も作らなくてはならないのだ。そして、不良品は決して外に出してはならない。不良品は、検査で全て取り除くか、そもそも不良品を出さない工程を構築するしかないのだ。

「それだったら、忠岡君が適任でしょう。彼はウルティメイトチューブの設計者だし、信頼性試験の仕様作成にも参加してたはずです」

「そやけど、まだ来てへんのやろ？」松杉は言った。

「急ぎなんですか？」

「会議は午前十時に始まるらしい」

「だったら、もう開始には間に合わないんじゃないですか？」

「たぶん会議は昼まで続くから、十一時までに着いたらなんとかなると思うんや」

「会議の途中で入っていくの、ばつが悪いんですよ」

「そうやろな。そやけど、来いって言われて行かへんのはまずいやろ。そうでなくても、研究所は工場からの風当たりが強いんや」

「研究所は基礎研究ばかりで、新製品の開発にあまり寄与してないと思われてるみたいですね」

「実際、新製品を提供できることはめったにあらへんしな。今回のウルティメイトチューブは久しぶりの研究所発の製品やから、できるだけ手厚い対応しておきたいねん」

松杉は誰かに行って欲しそうだった。松杉自身が行けるなら行っているだろうから、おそらく今日は別の用事があるのだろう。

帆香は窓の外を見た。

せっかく登ってきたのに、すぐに下山するというのは、徒労感が大きい。だが、工場の研究所に対する不信感をこれ以上膨らませる訳にはいかないだろう。

「直帰でいいなら、わたし行きますけど」帆香は意を決して言った。

出張の後、また登山する気力はさすがになかった。

「直帰？　会議は午前中で終わる予定やから、直帰は厳しいな」

「だったら、午後半休をとります」

「午後半休？　今日の実験計画はどうなってるんや？」

松杉は痛いところを突いてきた。

「ええと。今日は試作の後工程の予定でしたが、これは明日に延ばせます」

「ちょっと待ってな」松杉はスケジュール帳を開いた。「この試作結果、来週末に所長に報告予定やけど、間に合うかな？」

「明日、二ロット分纏めてやれば大丈夫です」

「困ったな」松杉は頭を掻いた。

「どうしたんですか？」

「今回、呼ばれている理由がまさにそれやねん。二ロット纏めて試作したら、一ロットずつの試作に較べていっきに歩留まりが低下したということや」

「それはウルティメイトチューブの話でしょ」

「そうやけど、同じことがこの試作品でも起こらんとは限らへんやろ」

「それはやってみないとわからないでしょ」

「やってみてあかんかったら、試作が全部無駄になってまうからなぁ。最近、部長は試作の無駄に煩い（うるさ）ねん」

「そもそも必ず成功するとわかってたら、試作なんかする必要ないじゃないですか」

「それは理屈やな。そやけど、会社いうところは、なかなか理屈では通らんところがあるんや」

「研究所で理屈が通らなかったら、どこで通るんですか？」

「いや。君のいうことが正論やということは理解しとるよ。でも、正論振りかざしてもしようがないんや」

「おはようございます」忠岡仁志が事務室に入ってきた。帆香より二、三歳下の若者だ。あまり他人の目は気にならないらしく、研究所では特に理由のない限り原則、作業着を着なければならないとされているが、彼は私服で事務室に入ってきている。管理職にはよく思われていないようだが、主任である松杉は特に気にしていないので、今のところは黙認されている。

「おお。ちょうどええところに」

「何か用ですか？　僕、今から測定しなあかんのですけど」

「測定はあと回しや。工場に出張に行って欲しいねん」

「えっ？　僕、今登ってきたところですよ」

「ウルティメイトチューブの歩留まりで問題が出たらしい」

歩留まりとは、製品から不良品を引いたものの割合のことだ。つまり良品率のことだ。高いほどよく、低くなると問題とされる。

「ここでの試作では問題なかったですよ」

「工場では問題が出たらしい」

「それやったら、工場の設備の問題違うんですか？」

「そんな理屈は通らへんのや。工場の設備で歩留まりが出えへんようなもんを移管してきた研究所が悪いということになる」

「どういうことですか?」

「そやから、そういうことや。十時から工場で対策会議や」

「えっ? それやったら、もう間に合わんやないですか」

「間に合わんからいうて、行かん訳にはいかんやろ。研究所の誠意見せとかんと」

「誠意見せたら、向こうは満足するんですか?」

「誠意見せてもあかんかもしれんな」

「それやったら、行っても無駄やないですか」

「誠意見せへんかったら、もっと怒るやろ。悪いけど、会議の途中からでも顔出して、頭下げといてくれへんか?」

「僕、悪ないのにですか?」

「悪ないのに頭下げるのが会社や」

「わかりました。そやけど、測定の方はどうします?」

「その測定、君やないとできひんやつか?」

「いえ。通常の予備測定ですから、誰でもできると思います」

「塩原さん、どうかな?」松杉は縋(すが)る様な目で帆香を見た。

「別の試作があるので、残業してもいいんだったらできますけど」

「残業、お願いできるかな?」

「わかりました」

「測定、面倒やったら、僕の出張と代わったったってええで」忠岡が言った。

「出張より測定の方が百倍ましよ」帆香は言い切った。

「研究所のイメージ、入社前と全然違うわ」帆香は測定しながら、隣で計器の調整をしている単に愚痴を言った。

「そうかな。こんなもんやろと思てたけど」

「だって、大学と全然違うじゃない」

「大学はね」単は溜め息のように言った。「企業の研究所とは目的が違うんよ」

「研究成果を出すって目的は一緒でしょ」

「大学は一つのように見えて研究室毎に独立してるんや。まあ、教授一人一人が社長みたいなもんやな。目的は研究成果を出すこと。世界で誰も知らなかった現象を発見したり、新しい理論を構築したり。中には、お金儲けに長けた先生もいるけど、それは例外として」

「昔と違って最近は論文なんかの成果を出さないと、教授の地位も安泰じゃないらしいわね」

「対して、企業の研究所の目的は研究成果やないねん。研究はあくまで手段であって、目的と違うっちゅうことや」

「どういうこと?」

「利潤の追求。つまり、金儲けやな」

「それはわかるわ。民間企業だから、利益を出さないと、社員の給料や株主への配当金が出せなくなる。でも、それは会社全体の目的であって、研究所単体の目的は研究でしょ？　だって、『研究』所だもの」

「純粋に研究目的なら、自前で持つ必要なんかないやろ。大学や国立の研究所で充分や」

「じゃあ、どうして、ここのみんなは論文を書いたり、学会で発表したりするの？」

「まあ、宣伝のためやな。我々はこんな凄い研究をしてますっちゅうことを世間に知らしめる」

「だったら、研究にも立派な価値があるじゃない」

「学会発表や論文にどれだけ宣伝効果があるかというのは、なかなかわかりにくい。わたしらの研究が一般の新聞に載るっちゅうことはまずないわな。せいぜい学会誌や論文誌に載るぐらいや。読むのは同じ業界の研究者だけ」

「他の研究者に知ってもらえたら、それでいいんじゃないの？」

「それがどれだけ効果があると思う？」

「まあ、全然効果なしってことはないんじゃないかな？」

「今のとこ、経営陣はある程度の効果があると思ってくれてるみたいや。そやから、この研究所はもっているんや。そやけど、工場はそう思ってない。『会社が儲かってるのは、自分たちが製品を作っているからであって、研究所は単なる只飯食いや』」

「そんなことないでしょ。現にウルティメイトチューブの技術移管みたいに直接的な事業貢献もあるんだし」

「工場では毎年、何十件も新製品出してるのに、ウルティメイトチューブは何年かぶりの研究所発の製品やからな。全体から見たらたいしたことないんや。もちろん、全員が研究所をお荷物やと思ってる訳やないと思う。そやけど、そういう意見が増えてきたら、そのうち経営陣にも伝わってしまうかもしれん」

「そうなったら?」

「研究所はお取り潰しかも。わたしらは運が良ければ工場勤務。悪ければ営業か経理に廻されるかもしれん」

「まさか……」帆香の顔色が変わった。

　自分は研究が大好きでこの道に進んだのだ。営業や経理の仕事をこなす自信はなかった。

「まあ、そんなに心配せんでもええと思う。ここ何年も会社の業績はええから、すぐに研究所なくすような大規模な組織改革はないやろ」

「あんまり脅さないでよ」

「まあ、工場の機嫌はとっといた方がええってことや。そやから、主任もあんなに気ぃ使てるんや」

やっぱり大学に残った方がよかったかな。

　帆香は自問自答した。

　大学に残る道がなかった訳ではなかった。だが、博士課程に進んだからといって、助教になれる保証がある訳ではない。たいていは任期制の博士研究員——いわゆるポスドクとして、あちらこちらの大学を渡り歩くことになる。もちろん必ず仕事が見付かるとは限らない。年齢が増すにつれて、職場を見付けるのが難しくなってくる。苦労して博士号を取得したことによって、逆に身分が不安定になるというのは矛盾しているように思うが、これが世の中の趨勢（すうせい）なのだから、仕方がない。

　企業に入れば、少なくとも従業員としての身分は保障される。そう考えると、民間企業を選択したのはやはり正しかったように思える。基礎研究を続けたいのは山々だが、生活のためには我儘（わがまま）ばかりも言っていられない。

「本日、昼休憩の後、臨時総合昼礼が開かれます。全所員は集会室にお集まりください」社内放送が流れた。

「いったい何かしら?」帆香は言った。

「さあ。きっとまた偉いさんの人事異動の話と違うかな? これで、また実験の予定が狂うわ。こんなもん時間の無駄やで。一斉メールで済ませといたらええのに」単は舌打ちをした。

3

「ですから、社外取締役として、お迎えさせていただくのは、河野様お一人だけなんです」受付で待っていた牧原菜々美（まきはらななみ）は事務的な口調で言った。年の頃は四十代前半だろうか。背が高く、きりっとした美人だ。本社の秘書課らしい。

「いや。別に、わたしも取締役にしてくれ、と言っている訳ではないんです」基橋は言った。「わたしは河野のマネージャーですから、スタッフとして常に同行する必要があるということです」

さすがに大企業だけあって、結構人通りは多く、受付でごねている基橋を物珍しそうに見ていく。おそらくもめる来客など滅多にいないのだろう。

ささらは居た堪れない心境だった。今にも顔から火が噴き出しそうだった。

「しかし、取締役会に部外者を入れる訳にはいかないのです」

「だから、取締役会に出せ、と言ってる訳じゃないんですよ。楽屋……控室で、打ち合わせを行いたいだけなんです」

「控室？　取締役室のことでしょうか？」

「えっ？　部屋を貰えるんですか？」

「当然です。取締役ですから」

「じゃあ、わたしもその部屋に一緒に入れていただければ結構です」基橋は食い下がった。

「だから、部外者は無理なんです」

「でも、河野は部外者なのに入れるんでしょ？」

「河野様は当社の経営陣ですから」

「ええと」基橋は額に手を当てた。「ぶっちゃけた話、何とかなりませんか？」

「何とかとは？」

「いえ。建前としては理解できますよ。でもね、こんな右も左もわからない二十歳そこそこの女の子を一人で、大会社の経営陣の中に放り出す訳にはいかないじゃないですか」

菜々美は考え込んだ。

「こんなこと前例はあるんですか？」基橋はさらに尋ねた。

「まあ、その点はわたしも気にはなってました。今まで社外取締役は何人か受け入れてきましたが、こんなに若くて経験のない方は初めてです」

「はっきり言って、あなたも迷惑なのでは？」

基橋は菜々美の目尻がぴくりと動いたのを見逃さなかった。

「迷惑ということはありません」

「この子の担当はあなたなんですよね？　こんな雑用、押し付けられて納得されてるん

「まあ、多少面食らっていることは否めませんが……」

「その仕事のいくらかをわたしが肩代わりいたしましょう、と言ってるんです」

「では、河野さんの秘書をなさりたいということでしょうか？」

「秘書？　この俺がこいつの？　……いや。秘書で結構ですよ。もちろん」

「でも、秘書は当社の社員でないと無理ですね」菜々美は腕組みをした。「じゃあ、こうしましょう。コンサルタント業者ということでどうですか？　コンサルタントなら、比較的自由に取締役室にも出入りできます」

「わたし、特に資格はないんですが」基橋はおっかなびっくり言った。

「コンサルタントに資格は必要ありません。ただ、当社のデータベースに『社外コンサルタント』として登録すれば、それでOKです」

「登録の手続きはどうすればいいんですか？」

「わたしが入力すれば、それで登録完了です」

「ということはつまり……」

「今からあなたは河野取締役の専属コンサルタントです」菜々美は淡々と言った。「それでは今から取締役室にご案内いたします」

「あの……」

「まだ何かご要望がございますか？」

「コンサルタント料はいかほどいただけるんでしょうか？」

菜々美は片眉をつり上げた。「役員報酬とは別に河野取締役の裁量で支払うことが可能な予算がございます。コンサルタント料はその範囲内で河野取締役がお決めください」

「予算ってどのぐらいなんですか？　例えば百万円とか？　ああ。そんなにはないか」

「役員報酬と同額です」

「えっ？　つまり……一億円⁉」

「取締役室にご案内いたします」菜々美はさっさと歩き始めた。

二人は慌てて後に続いた。

「そうそう」エレベータに乗り込むと、菜々美は思い出したように言った。「ステージ衣装はちゃんと持ってきていただけましたか？」

「はい。そういう指示をいただいていたので、持ってきてます」基橋は持ってきた大きな鞄を叩いた。

「ステージ衣装⁉」ささらは目を丸くした。「どうして、会社の会議でステージ衣装がいるの⁉」

「知らないよ。俺は言われた通りに持ってきただけだ」基橋はむっとして言った。

「冗談よね？」

基橋は無言で鞄のチャックを開いた。

中にはひらひらしたフリルときらきらしたスパンコールが大量に付いた衣装があった。

「あんた、この人の冗談を真に受けて持ってきちゃったのよ」ささらは菜々美の方を見た。「そうですよね？」

「何を言ってるんですか？」菜々美は冷静に返してきた。

「だから、ステージ衣装というのは冗談ですよね？」

「いいえ」

　ささらはもう一度衣装を見た。彼女はそれほど社会経験があるとは言えなかったし、大企業の本社ビルに入るのは生まれて初めてだった。しかし、その衣装がステージなら不自然ではないが、とうてい昼間の大企業の会議室で着るようなものでないことははっきりとわかっていた。

「冗談でないとしたら、正気とは思えません」ささらは言った。

「それって、つまりあなたはわたしの正気を疑っているということですか？」菜々美は冷たく言い放った。

「そういう訳ではありませんが、そう思われても仕方がないと思います。常識的に」

「……常識か」菜々美は呟くと溜め息を吐いた。

　エレベータが止まった。最上階の三十一階だ。

　菜々美はすたすたと廊下に出た。ささらと基橋は慌ててついていく。

　廊下は煌々と照明に照らされているが、人気は全くない。床は高級そうな絨毯で足音は殆ど立たない。

菜々美はハイヒールにも拘わらず、二人がついていくのがやっとな程の早歩きで進んでいく。

突然、菜々美が立ち止まり、ささらの方を振り返った。「一度しか言わないので、よく聞いてください。取締役になることは出世を願う殆どの社員にとって、まさに夢なんです」

「夢？」

「あなたは、その夢を何の努力もなく叶えてしまった」

「ちょっと待ってください。何の努力もなくっていうのは、ちょっと違うと思いますけど。わたしがどんな思いでアイドル活動をしてきたと思ってるんですか？」

「社員たちは、そんなことは知りませんし、知りたいとも思いません。ここの役員たちは、何十年も上司に忖度をし続け、靴を嘗め、罵倒に耐えながら、石に齧りつく思いで必死に取締役を目指して、漸くその地位を得た人たちばかりなのです。あなたに悪意がないのはわかります。しかし、他人の幸運を妬む人間は人勢いるということです」

「だから、どうしろと言うんですか？」

「それは自分で考えてください。わたしがアドバイスすること自体快く思わない人たちもいるのです。……ここがあなたの部屋です」菜々美は廊下の途中にあった「社外取締役室」と書かれた銘板が取り付けられたドアを開けた。

そこには、五十畳はあろうかという広大な部屋が広がっていた。遥か彼方の窓際近くに立派な机が置かれており、その前には丸テーブルと豪華なソファが何脚かあった。

基橋はきょろきょろと周囲を見回した。

「何かお探しですか？」菜々美が尋ねた。

「ええ。どこにあるのかと思いまして」基橋は答えた。

「トイレか何かをお探しですか？」

「いや。ささらに頂いた部屋を探してるんです」

「外のドアに『社外取締役室』と書いてありましたよね？」

「ええ。この一角に『社外取締役室』が集めてあるのは理解してます。この大広間が各居室に繋がってるんですよね？」

「あなたは何も理解していませんよ。ここは大広間ではありません。社外取締役室です」

「はあ？」基橋はぽりぽりと頭を掻いた。

「理解できましたか？」

「冗談ですよね？」

「はっきり言っておきますが、わたしは滅多に冗談を口にしません。わたしの言うことが冗談に聞こえたとしても、それは冗談ではありません。できれば、これからはいちいち『冗談ですよね？』などと訊かないでいただきたいと思います」

ささらは呆然としていた。

ここは明らかにいつも彼女たちが踊っているステージよりも広かった。

殆ど壁全体に広がる窓に近付くと、そこからは巨大な都市が一望できた。まるで展望台のようだった。目の前で棚引いているのが霧なのか雲なのか判然としなかった。ガラスに顔を近付けると微かにぴゅうぴゅうと鋭い風切り音が聞こえた。

菜々美が咳払いをした。

ささらははっと我に返った。

「では、ステージ衣装に着替えてください」菜々美は言った。

ささらと基橋はぽかんと菜々美を見ていた。

「わたしの言葉がわかり辛かったですか？」菜々美は尋ねた。

二人はほぼ同時に首を振った。

「本当に冗談じゃないんですね？」ささらは尋ねた。

「はい」

ささらは説明の言葉を待ったが、それ以上、菜々美は何も言わなかった。

さらに、説明を求めようかとも思ったが、菜々美の態度からしてまともな返答は貰えないような気がした。特に嫌だと粘る理由もないので、素直に要請に応じることにした。なにしろ、年俸一億円だ。ここで渋ってふいにする手はない。

「わかりました。どこで着替えればいいですか？」

「この部屋で着替えていただいて構いません」

「広くてもあなたが個人で使える部屋ですから。着替えている間、わたしは廊下に出ています。マネージャー……コンサルタントの方はどうされますか？」

「あっ。それじゃあ、わたしも一緒に出ていきます」

基橋はささらたち所属タレントの着替えには慣れっこになっていたが、菜々美に変な誤解をされたら、ささらの商品価値に傷が付くとでも思ったのだろう。二人は部屋から出ていった。

着替えが終わると、またもや菜々美の先導で二人は廊下を戻り、再びエレベータに乗り、一つ下の階で降りた。

「階段でもよかったんじゃないですか？」ささらは恐縮して言った。

「取締役は階段を使われません」菜々美は小さな声で答えた。

そしてまた廊下を歩き始めた。

ささらは、人通りのない広々とし、煌々と照明に照らされ、絨毯が敷き詰められた廊下をステージ衣装を着て歩いている自分に非現実感を覚えた。

ここは巨大企業の本社の高層階で、これから取締役会が始まるのだ。それなのに、自分はこんな馬鹿げた衣装を着ている。

菜々美は立ち止まった。

目の前のドアには「第一会議室」という銘板が張り付けられている。

菜々美はドアを押し開いた。

壁の一つに巨大なスクリーンが掛かっていた。部屋の中央付近の大理石製の巨大な円卓の周りにぐるりと十数人の男性たちが座っていた。彼らの前には一人に一つずつマイクが置かれている。そして、その背後には折り畳み式の椅子に座った背広姿の人々がいた。テーブルについている者たちの年齢は四十代ぐらいから七十代ぐらいまで様々だった。殆どの者はドアが開いてもこちらの方を見なかったが、何名かはちらりと見た。そして、ちらりと見た者はその後で、慌ててもう一度ささらを見直し、自分の横でよそ見をしている者の腕を突いた。

部屋中にがやがやというどよめきが走った。

どよめきに気付いて初めて手元の資料から目を上げ、ささらに気付く者たちもいた。

そして、あんぐりと口を開け、左右の者たちとひそひそと何かを話していた。

ささらは居た堪れない気持ちになった。

ドッキリなら早く「ドッキリ」と書かれたプラカードを持ってきて。

ささらは心の中で祈ったが、そのような者は現れなかった。

「こちらへどうぞ」菜々美は無表情のまま、会議室の中を進んだ。

ささらは慌てて後を追う。

ステージ衣装が壁や椅子の背に当たり、さらさらと衣擦れの音を立てた。

男性たちはじっとささらを見詰めている。

菜々美は空いている椅子をさっと引いた。「どうぞ」

ささらは椅子に座った。張り出したフリルが左右の肘かけに引っ掛かり、ぴんと立ち上がった。

菜々美は深々と一礼すると、さっさと部屋から出ていった。

えっ？　皆に紹介してくれないの？

ドアが閉じられた。

男性たちは一人の例外もなく、ずっとささらを見詰めている。

ささらは思わず顔を伏せてしまった。

みんなの様子から考えて、どうやら今日わたしがここに来ることは知らされていなかったらしい。これはどうしたものかしら？　自己紹介しなくちゃいけないの？　大会社の取締役会に突然アイドルのステージ衣装を着けた様子のおかしい女が乗り込んできたということをどう説明すれば納得して貰えるのかしら？

一昨日のことなんです。マネージャーから社外取締役の仕事が入ったって言われたんですよ。自分でもびっくりです。

それが正解？　そんなことを言ってもいいの？

呼吸を整え、顔を上げる。

偶然、男性の一人と目が合ってしまった。

反射的に愛想笑いをする。

男性は一瞬嬉しそうな表情をしたが、突然ぷいと顔を背けてしまった。

しまった。今、喋り掛けるチャンスだったのに。これで余計に気まずくなってしまったわ。

そうだ。基橋はどこ？

ささらはきょろきょろと部屋の中を探したが、基橋の姿は見付からなかった。どうやら、この部屋の物々しい雰囲気に恐れをなして、部屋に入って来なかったようだ。つまり、ささらは孤立無援状態になってしまっていたようだ。

そのとき、ドアが開いた。

関取のような巨漢が入ってきた。齢は三十代後半だろうか。彼が部屋に入った瞬間、全員が立ち上がり、頭を下げた。当の本人は部屋に入るとすぐにささらを見詰めた。そして、見詰めながら歩き出した。余所見をしながら歩くので、何度も出席者の椅子にぶつかりこけそうになりながら、スクリーン横の席に座った。彼が座ると、出席者たちは着席する。席の前には、名前と役職が書かれたネームプレートが置いてあり、それによると石垣忠介副社長となっていた。

へえ。あの人、若いのに結構偉いんだ。

ささらは感心した。

椅子に座ってからも、彼はじっとささらを見詰めている。

他の参加者はささらを見て落ち着きをなくしたようだが、副社長は自信に満ちて落ち着いた様子だ。

しばらくすると、また一人の人物が入ってきた。まるで水木しげるの漫画に登場するような貧相な老人だ。また、参加者全員が立ち上がり、頭を下げる。彼はのろのろと歩き、スクリーンの手前の席に座った。ネームプレートによると、石垣忠則(ただのり)社長となっていた。これで席は全て埋まった。

ああ。あの人が社長なのね。副社長の人と同じ苗字なのは偶然？　それとも、親子か何かなのかしら？

「みんな揃っとるか？」社長である忠則が言った。

「はい」全員が一斉に答えた。

「ほんなら、取締役会始めよか。最初の議題は何やったかな？　アメリカの子会社売却の話か？」

「社長、そんなことよりまず説明しなあかんことあるんと違いますか？」副社長の忠介が発言した。

「何や、忠介？　言いたいことでもあるんか？」

「いや。あの子のことです」

「あの子て誰や？」

忠介はささらを指差した。

忠則は忠介の指の先を辿るように視線を動かした。そして、ついにささらに到達した。

忠則はしばらくぽかんとささらを見詰めた後、言った。「あっ」

「あの子何ですか?」

「わしが呼んだんや」

「なんで呼んだんですか?」

「あの子、今日から取締役や」

どたんと大きな音があちこちから聞こえてきた。何人かが椅子ごとこけたのだ。

「どういうことですか?」

「今、言うた通りや」

「なんであんなかっこしてるんですか?」

「わしが言うたんや。いつもの衣装着て来てくれて。その方がわかりやすいと思てな」

「あの子、何なんですか? 馴染の店の子ですか?」

「アホなこというな。あの子はアイドルや」

「アイドル?」

「あのかっこ見たらわかるやろ」

「まあ、そう言われたら、アイドルのかっこやけど」

「そやろ」

「有名な子なんですか?」

「ああ。有名や。ＡＫＢの子や」

「いえいえ、違います！」ささらは慌てて立ち上がった。

勝手に大手の名前を名乗ったりしたら、後で大問題になりかねない。

「違う言うてますけど」忠介は言った。

「ああ。違うんか。そうか。あんたのグループ、何ちゅうたかな？」忠則はささらに尋ねた。

「あっ。はい。ハリキリ・セブンティーンです」

「腹切りセブンティーンや。覚えとけ」忠則は全員に向かって言った。

「はい」全員が頷いた。

「いえ。ハリキリです」

「腹切りやて」忠則はまた間違えた。

「はい」全員が頷いた。

　ささらはそこで心が折れ、訂正する気力を失ってしまった。

「アジェンダにはこの子のこと書いてませんけど？」忠介が尋ねた。

「ああ。ほんまやな。おい、何で書いてないんや？」忠則は背後のスタッフに尋ねた。

「あっ。はい」スタッフはだらだらと汗を流した。「その、昨日の段階では、把握しておりませんでしたので」

「わし、言わへんかったかな？」

「ええと……その……」スタッフは滝のように汗を流し始めた。

「ああ。そやそや。経営戦略室には言うたけど、経営企画室には言うてなかったな」

「はい。そのようでございます」

「という訳や」忠則は言った。「最初の議題はこれや。このお嬢さんを社外取締役にする案件や。みんなそれでええな？」

役員たちは互いに顔を見合わせた。

「ちょっと待ってください」忠介が言った。「この子を社外取締役にするメリットてなんですか？」

「ああ。うちの製品にもナウいヤングの感覚が必要やと思てな」忠則は答えた。

「ナウいヤング？」

「そやで。『ナウな』いう言い方はもう古いんやで。今は『ナウい』言うんや」

「いつの情報ですか？」

「最新情報や」

「こんな子、どこで見つけて来たんですか？」

「テレビや。この子はテレビで意見発表しとった。ブラック企業はあかんて」

「はあ？」

「うちの会社、ときどき訴えられとるやろ？　世間ではブラック企業や思われてるんやないかと心配しとったんや」

「そういう事例もあるみたいですね」

「ブラック企業あかんて言うてる子を取締役にしたら、印象ええやろ？」

「まあ、マイナスにはならへんかもしれませんね」忠介はすでに反対するのは諦めているようだった。「ええと。ほんなら、この子を取締役にするのは、もう決めたことですか？」

「そや。決定事項や」

「でも、まず取締役会の承認がいるでしょう。株主総会にもかけなあきませんし」

「皆、賛成やな？」

「はい」役員全員が答えた。

「これでいいやろ。株主総会は何とでもなる。いつもしゃんしゃんや」忠則は勝ち誇って言った。

「ほな。しゃあないですな」忠介は呆れ顔で言った。「君、名前は？」忠介はささらに向かって言った。

「河野ささらと申します」

「それ、本名？　それとも芸名？」

「本名でやってます」

「そうか。ほんなら、河野君、まあ社外取締役の就任の挨拶して貰おか？」

「それはいいんですが……」

「何や？」忠則が尋ねた。「何か用意しなあかんものあるか？　一曲歌うんやったら、カラオケセット、持ってこさせるで」

全員がどよめいた。

今の冗談なの？　本気なの？　でも、まあこの衣装も本気だったみたいだから、本気で歌わそうとしているのかもしれないわね。

「どや？」忠則は言った。

「歌とかは会議の後でええんで、とりあえず挨拶して貰おうか」忠介は会議を先に進めたいようだった。

「あの。わたし、河野ささらと申します。地下アイ……ええと、アイドル活動をしています。このたび、社長に社外取締役をするように仰せつかりました。経営のこととか、何もわからないのですが、精一杯レトロフューチュリア社のために頑張りますので、よろしくお願いいたします」

「おお。なかなかしっかり喋るやないか。どんどん意見言うてな」忠則が満足そうに言った。

「この件はこれで終わりでいいですか？」忠介が言った。

「うむ。文句あるやついるか？」

忠則と忠介以外の役員は全員目を伏せた。

「ＯＫや」忠則は会議室を見渡してから言った。「ほんなら次の議題に行こか」

ささらはほっと安心して席に腰を下ろした。

「ええと。次の議題もアジェンダに載ってませんが」忠介が言った。

「ほんまか。ええと、どんな話やったかいな？」

「わたしとお父さん……社長の人事の件です」

「あ？　あれ、まだ言うてなかったかいな？」

「まだ言うてません」

「ほんなら、言うとかなあかんな」忠則は面倒そうに言った。「わし、社長職を忠介に譲ろうと思う」

　また、全員がどよめいた。

「ほんで、わしは会長になる。会長いうても代表権のある会長や。ＣＥＯっちゅうやつや」

　スタッフたちはばたばたとメモをとったり、パソコンに打ち込んだりし始めた。

「他のもんらは、まあ現状維持や」忠則は資料をぱらぱらと捲ると、ぽんとテーブルの上に置いた。「あとの案件はどうでもええわ。みなで勝手に決めといてくれ。最後に決まったことだけ、報告してくれ」忠則はそのまま会議室を出ていった。

4

「臨時総合昼礼なんていうから何事かと思たら、しょうもない。役員人事の話かいな」

単はぶつぶついいながら実験室に戻ってきた。

「いや。結構衝撃的だったけど」帆香はその後から実験室に入り、装置の再立ち上げを始めた。

「衝撃的？　社長の息子が次の社長になるて既定路線やんか」

「いや。そっちの方じゃなくて、社外取締役の方よ」

「その辺、全然聞いてへんかったわ。何か言うてた？」

「アイドルが社外取締役だって」

「ふうん。でも、アイドルが起業家になるとか昔からようあるんちゃう？　チバレイとか」

「いや。うちの取締役になるのは、そういう元アイドルの起業家とかじゃなくて、現役アイドルよ」

「そこそこ有名なん？」

「なんというか、アイドルとしてはそんなに有名じゃないと思う」

「けど、帆香、知ってるんやろ？」

「ええ。最近、ニュースに出てたから。ほら、握手会で事件が起きたじゃない」

「そんなことあった？」

「ナイフでアイドルの指を切断したってやつ」

「えぐっ！　その指切られた子？」

「そうじゃなくて、同じグループにいた子だったと思う。そんなに記憶に自信はないけど」

「何ていうグループ？」

「なんとかセブンティーンとか、エイティーンとか」

「はっきりしいひんのや」

「いや。わたしも、そんなに興味あった訳じゃないから」

「けど、まあ有名アイドルを使うた宣伝の一環やろ」

「そうかな？　ニュースで一時的に取り上げられただけで、彼女たち自身がメジャーになった訳じゃないと思うけど」

「えっ？　マイナーアイドルなん？」

「マイナーというか、地下アイドルの部類だと思う」

「社長、何考えとるんやろな」

「社長というか、会長ね」

「ああ。社長は会長になったんか。なんかややこしいな」

「まあ、位が一つずつ上がっただけだから、今までと特に変わらないような気がするけどね」

「塩原君、おるか？」松杉が実験室に入ってきた。

「はい。何ですか？」

「君が書いた特許やけど、あれちょっと直した方がええで」

「でも、もう部長のチェックを受けてＯＫ貰ってるんですけど」

「部長が？　あの人、大丈夫かな？」

「どこがまずいん？」単が興味を持ったようだ。

「ええと、実際に明細書見ながらの方が説明しやすいな。特許についても説明したいから、ちょっと緋色君も一緒にＩＴ室に来てくれるか？」

研究所では以前大規模なコンピュータウィルス被害があった。それに懲りて、測定データや特許関係の書類はネットワークに接続していないスタンドアローンのコンピュータに保管することになっていた。データ処理や文書の作成もそのコンピュータで行い、特許庁に出願するときのみ、複数の特許スタッフの確認の下、コピーを出願専用コンピュータに移し、出願が終わると出願専用コンピュータ内のデータは即座に消去するのだ。

ＩＴ室に入ると、松杉は端末を操作し、ディスプレイに特許の明細書を表示した。

「請求の範囲は特殊な真空管電極の形状やな？」

「はい。この幾何学形状にすると、量子の重ね合せ状態の持続時間が二倍以上に延びるんです」

「このグラフが実証データやな？」

「はい」

「君、一人で測定したんか？」

「いえ。データ数は多い方がいいと思って、いろいろな人の測定データを纏めました。発明者のわたし一人で測定しないとまずいんでしょうか？」

「いや。それは別にかまへんねん。ただ、このデータが気になってな」松杉がグラフ上の一つの点を指差した。「このデータだけ、前より特性が悪くなってるやろ」

「確かにそうですけど、そういうことは普通にあるんじゃないですか？」

「そや。特性のばらつきが必ずあるというのは、科学の常識や」単が帆香を応援してくれた。

「そやったら、聞くけどなんでばらつくんや？」

「それは作製時の誤差とか、測定誤差とか、機械の操作ミスとか」

「特許になる発明には二つの条件が必要なんや。新規性と優位性。新規性というのは、今まで誰も思い付いていない新しい発想やということや。もちろん、それについてはもう調べてるな？」

「はい。各国の特許を検索して確認してます」

「優位性というのは、今までの技術と較べて優れているということや。いくら新しい発想の技術でも、それ以前にもっと優れた技術があるんやったら、それは発明とは言えない」

「それはわかります。でも、今回の発明はちゃんと効果があることを実験データで証明してます」

「そやったら、このデータは何やということになる」松杉はさっきの点をもう一度指差した。

「だから、なんらかの理由でたまたま悪かっただけです」

「たまたまな」松杉は特許の権利請求の範囲のページを画面に映し出した。「ここに書かれている電極の形状が君の発明ということになる。つまり、この範囲内にある製品は従来の製品より必ず優れていると主張している訳や」

「いや。もちろん、百パーセントという訳ではないです」

「そんなこと審査官の前では口が裂けても言うたらあかんで。この通りに作ったら、従来の製品より優れたものができるというのが建前やのに、そうではないと言うてしもうたら、前提が崩れてしまうがな」

「それはこういうことと違う？」単が口を挟んだ。「請求項に書いてない条件があって、それが特性に影響してる。そやから請求項通り作っても、特性が悪くなる場合がある」

「そんなこと言うたら、完全にアウトやな。つまり、その請求項通りに作っても、必ずしも特性がよくはならないと白状してしまってることになる。つまり、優位性を満たしてないことになる」

「え？　じゃあ、この特許は無効なんですか？」

「そんなことはない。確かに君の発明には効果があるんやから特許にせん手ぇはない」

「じゃあ、どうしたらいいんですか？」

「グラフを見ていて気付いたんやけど、この悪いデータの他にもイレギュラーな点がいくつかあるな。特性が悪い訳やないけど、他の測定データと数値が大きく外れている」

「実験しているとそういうこともよくありますが」

「共通点はないか?」

「結構ばらばらやな」単が言った。

「そういうことじゃなくて、測定器とか、測定日時とかや。朝に測ったものだけとか、冬に測ったものだけ変な数値になってるとか」

「ちょっと待ってください」帆香はディスプレイ上に生データを表示し、比較を始めた。

「あっ!」

「どうした?」

「おかしなデータは全部忠岡君が測定したものです」

松杉は溜め息を吐いた。「あいつ、発想はええんやけど、実験が雑やからな……。よし、忠岡の測定データは全部オミットや」

「そんなことしていいんですか? 実験データは正直に出すべきじゃないですか?」

「論文とかやったらその態度で問題ない。けど、特許の場合、わざわざ間違ってるかもしれんデータを使う必要はないんや。特許は金儲けに直結している。嘘はあかんけど、全てを曝(さら)け出す必要はないんや」

なるほど。そんなもんなんだろうな。

帆香は思った。

ばらついたデータも含めて全て報告するのが科学的な立場だと思っていたけど、特許は論文や学会発表と違って、建前からして営利目的の行為なのだ。わざわざ自分から弱みを見せる必要はないんだろう。

「一番恐ろしいのは、審査・審判の結果、この特許が無効と判断されてしまうことや。そうなったら、この発明は誰にも権利のない公知技術やということになる。つまり、君が苦労して開発したこの発明が世界中の誰もが勝手に使ってええ技術になってしまうんや」

そうだった。特許は審査の前に公開されてしまうんだった。考えてみると、恐ろしいことだ。特に効果が高い特許程、同業他社から無効審判請求が集中するとも聞く。

「それから、この特許にはもう一つまずいところがある」松杉は話を続けた。

「どこですか？」

「発明の詳細な説明のところや」

「作製方法をきっちり正確に書いたと思います。抜けはないはずです」

「確かに、きっちり書かれてるな」

「明細書は誰でも発明品が作れるように詳細に書く必要があるんですよね」

「その通りや。そやけど、この明細書はあかん。ここで、電極の表面処理の話が出てくる。一度、弱い酸にさらした後、中和して完全に痕跡をなくすとある」

「うちの製品は全部実際にそうしてますよね？」

「そうしてる。そやけど、あれは企業秘密なんや」

「そうだったんですか？」帆香は目を丸くした。「みんな普通にやってるから、業界では普通のことだと思ってました」

「君は見よう見真似でこの技術を覚えたんやと思うけど、この技術は誰の目にも触れるような文書には書かれてないんや。表面処理技術に関する資料はすべて機密扱いや。うちが他社に出来ない量子デバイスを製造できているんは、こういうふうな秘密の技術をたくさん持ってるからなんや」

「でも、どうして秘密にしてるんですか？　これも製造特許にしてしまえばいいのに」

「それには、問題が大きく二つある。これは電極を酸に浸して中和するだけや。つまり、発明としてはあまりに単純なので、特許として認められへん可能性が高い」

「単純だったら駄目なんですか？」

「単純やからあかんという訳やないけど、単純なものは誰でも思い付くと特許庁が判断する可能性が高いということや」

「反論したらいいじゃないですか」

「一度特許庁がそう判断してしもうたら、それを覆すのは大変なことなんや。つまり、この技術は容易には思い付けないと証明しなければならなくなる。そんなことどうやって証明する？」

「まあ、難しいですね」

「もう一つ問題なのは、もしうまく特許化できたとして、悪意のある企業に勝手に真似される可能性があるということや」

「それはどんな特許にも言えるんじゃないですか？　特許侵害で訴えればいいんでしょ？」

「電極の形状に関する特許やったら、訴えるのは簡単や。製品を分解して電極構造を調べたらええ。そやけど、製造技術の中には、痕跡の残らんもんもある。この電極の表面処理技術を特許にしたらそういう痕跡の残らない特許になってしまう」

「怪しかったら、訴えればいいんじゃないですか」

「証拠もないのに？」

「相手の工場に踏み込んで、動かぬ証拠を摑んだらどうでしょうか」

「余所のメーカーの工場に勝手に入ったりしたら、こっちが捕まってしまう」

「『疾しいことがないのなら、工場の中を見せろ』と言うのはどうでしょう」

「『工場の中には秘密の技術が山ほどあるので見せられへん』と言われるやろな。特許は民事やから警察の捜査の対象にもならへん。まあ、最近は裁判所が中立的な立場の専門家を選んで調査できるように法改正はされたみたいやけど、実際問題、いろいろな要件を満たさんとあかんらしいから、どれだけ効果があるか疑問やな。痕跡の残らん技術を勝手に使われても、証明できひん可能性があるっちゅうことや」

帆香はがっくりと肩を落とした。「せっかく、素晴らしい発明ができたと思ったんですが」

「なんで、浮かん顔してるんや？」松杉は不思議そうに言った。

「無駄な特許を書いてしまったからです」

「いや。無駄やないで。この電極の形状の効果は酸処理とは独立してるんと違うか？」

「はっ？」

「つまり、酸処理を行わんでも、効果はあるんと違うかということや」

「ええ。でも、酸処理をした方が特性はもっと上がります」

「それは効果が足しあわされただけやろ？　それ単独で効果があるなら、特許の条件には充分や。酸処理をしていない実験データはないんか？」

「それはあります。酸処理の効果の比較データにしようと思って」

帆香はディスプレイにグラフを表示した。

「ああ。あかんわ」単が残念そうな声を出した。「従来より劣化しているデータがいくつもあるわ」

「こんなデータでは優位性を証明できないですね。今回は諦めます」帆香は心を決めた。

「いや」松杉は言った。「そうとは限らんで」

「でも、こんなデータでは……」

「この計測も忠岡君が手伝うたんと違うか？」

「ええ。そうですけど」

「忠岡のデータをオミットしてみ」

「はい」帆香は半信半疑で忠岡の測定データを消した。

「うわっ！」一単が叫んだ。「完璧なデータやん」

　グラフは帆香の技術の確実な優位性を示していた。

「あいつ、なんぼほど実験下手やねん」松杉はぼやいた。「けど、これで特許は出せそうやな」

「ありがとうございます」一時はどうなるかと思った特許が完成できそうなので、帆香はほっとした。「もう一度、部長にチェックして貰いましょうか？」

「どうやろな。自分が一度チェックしたものを俺が修正したと聞いたら臍を曲げるかもしれんから、このまま知的財産課に提出したらどうや？　社内ルール上、部長チェックの後の微修正は許されているはずやから」

　確かに、部長は変にプライドが高いところがあって、いったん臍を曲げてしまうと、全てが滞ってしまうのだ。

「わかりました。このまま知的財産課に出してみます」帆香は修正したデータを保存した。

5

「来週、新社長がここに視察に来るそうだ」中央研究所所長の黒星金蔵（くろぼしきんぞう）は所長室に集まった各研究部長たちと本部スタッフに言った。「我々の価値を認めさせる何かいい案はないか？」黒星はなぜか帆香の方を真っ直ぐに見た。

　産休をとっているスタッフの代わりに臨時本部室員となった帆香もまたこの会議に出席することとなっていたのだ。

　研究所に勤めている者が全員研究員という訳ではない。間接業務を担当する総務部も必要だし、企画業務を担当する所長付きの研究本部室も存在する。本部室員は研究員の中から選ばれるが、中には将来の幹部候補もいる。ただし、帆香は幹部候補ではなく、あくまで臨時の手伝いとして送り込まれたのだ。彼女自身は研究が忙しいと断ったのだが、部長が有無を言わさずに決定した。松杉によると、所長にいい顔がしたかったのだろうということだ。部長が帆香を戦力として認めていないということで、彼女自身は面白くなかったが、一会社員である限り、どうしようもなかった。

「価値ですか？」帆香は目をぱちくりさせた。「本年度の特許出願は二百五十件、学会発表は三百二十二件、論文掲載は百三十七件になりますが、これでは駄目なんでしょうか？」

黒星は神経質そうな男で、常にきょろきょろと周囲を落ち着かない視線で見回していた。

「そんな数字を見せたって、何のアピールにもならないだろう」

「来年度の計画は本年度の三割増しとなっています」

「だから、そんな数字じゃ訴求力がないんだ。もっと頭を使え」

「頭ですか……」

頭なら使っているつもりだった。だが、この人たちのいう頭とは論理的思考のことを言っているのではないような気がする。情とか直感とか感性とかいったふわっとしたもののことなのだ。

帆香が研究室から本部室に一時転属になってから半月程経つが、驚愕の連続だった。本部室の仕事は研究所全体の方針の策定や、研究部毎の研究計画の管理、各研究部間の予算配分等とされていた。しかし、帆香たちがしているのは、基本的にはプレゼン資料の作成ばかりだった。

例えば毎月の月例報告会の資料。各研究部から上がっている研究成果と予定はすべてばらばらのフォーマットになっている。こちらから統一フォーマットを渡しても、全然違うフォーマットになって戻ってくる。なぜかというと、研究テーマ毎に得られるものがまるで違うので、同一フォーマットでは表現できないのだ。極端な話、ひと月の成果が数千枚に及ぶシミュレーション結果である部署もあるし、たった一つの三ケタの数字である部署もある。もちろん、研究の価値はデータ量ではない。しかし、所長はそのすべてを一日で比較できるような資料を求めてくる。そんなことは原理的に不可能なのだが、それを言っても誰も相手にしてくれない。

そもそも帆香は、研究所の所長というのは、所内で行われているすべての研究を把握しているものだと思い込んでいた。ところが全然そうではなかったのである。よく考えれば当然だ。それぞれの研究は物凄く専門性が高い。そして、優秀な研究員が全力で技術を開発しているのだ。そう簡単に理解できるようなものなら、研究所でやる意味がない。もしそれをすべて理解しようとするなら、昼夜を問わず猛烈に勉強し続けなければならないことになる。しかし、所長にそれだけの暇はない。週の半分は本社や各地の工場に出向いて、会議に出席しなければならないし、研究所にいるときも朝から晩まで会議の連続だ。研究内容を理解する時間は会議の途中、もしくは会議の合間のスケジュールにない一瞬の隙間だけだ。本部スタッフは一枚の資料を見せて数秒で研究内容を所長に理解させなければならない。いや。もちろん、本当に理解などできない。理解したつもりにさせるのだ。これはなかなか高度なテクニックで、嘘が嫌いな帆香の苦手とする技術だった。

研究部に何度も足を運んで、研究内容を把握し、それをなんとか一枚の資料に纏める。しかし、本部室室長はその資料にＯＫを出してくれない。

「塩原君、これじゃあ何が書いてあるか、全然わからないよ」室長は資料を帆香に突き返した。「『特殊な理論により新素材の特性改善効果が予想される』って何だよ」

「本当に特殊なんですよ。従来、理論式を解いたとき整数解しか意味がないと思われていたのに、実は……」

「そういうことじゃないんだよ。そんな説明をこのスペースに書けないだろ?」

「はい。数式だけでも、二十ページほど必要です。だから、省略して『特殊な理論』と書いてます」

「『特殊な理論』なんて書いて納得できるはずないだろ」

「じゃあ、補足に論文を付けますか?」

「そんなもの誰が読むんだ?」

「じゃあ、どうすればいいんですか?」

「自分で考えろ、と言いたいところだが、今回だけは実例を見せてやる。『AI解析で効果を確認』と」

「AI解析なんかしてませんよ」

「いいんだよ。流行りなんだから、これで所長は納得する。それに、計算にはパソコン使ってるんだろ?」

「ええ。でも、それは市販のソフトで……」

「コンピュータ使ってるんだから、全部AIでOKだ。こんな感じで全部直しておけ」

室長は自分のパソコン仕事に戻った。

「君は真面目すぎるんだよ」席に戻った帆香に隣席の本部室主任企画員が言った。「小学生にトランジスタの説明をするときに、ドーピング技術や半導体のバンド図を使うか？『この部品の中に極小のスイッチが何百万個も入っています』これでいいんだよ」

「でも、所長は小学生ではないでしょう。昔はちゃんと研究員をしてたはずですよね」

「黒星所長が所長になれたのはどうしてだかわかるか？」

「立派な研究成果を出したからでしょう」

「半分正解だ。所長が出世できたのは、『立派な研究成果を出した』と上司に信じさせたからだ」

「それって同じことなんじゃないですか？」

「全然違う。立派な成果を出してもアピールしなければ全く意味がないんだ。逆に、たいした成果じゃなくてもこれは凄いという印象を与えられたら勝ちなんだよ」

「つまり、黒星所長はアピールがうまかったということですか？」

「当たり前だ。大企業で出世するのに、それが一番重要なんだよ」

「自分がいかに有能かということをアピールすればいいんですか？」

「それじゃ、駄目だ。自分が有能だとアピールしては駄目なんだ」

「？？？？？」

「アピールすべきは自分が『役に立つ』ということだ」

「『役に立つ』ことと有能なことは同じでしょ」

「全然違う。『有能』というのは、『自分自身で問題を解決する能力がある』ことだ。『役に立つ』というのは、『言われたことはどんな無理な案件でも愚直に実行するけど、決して自分の意思で勝手に問題解決はしない。ただし、将来コンプライアンスが問題になりそうな案件は、一人で勝手に進めて、万が一発覚したら責任をとる』ということだ」

「『あなたのために仕事するのが生きがいで、自分自身の手柄には興味がありません。あなたのためなら泥でも被ります』ってことですか?」

「その通り!」

「そんな人いないでしょ」

「いない。でも、上司に自分がそんな人間だと思い込ませれば出世するんだ」

「矛盾してますよ。どんなことでも実行できるのに、自分の意思がない人間なんて」

「だから、出世する人間には二つのパターンがあるんだ。一つは、本当に愚かで上司の言う通りにしか行動できないのだが、なぜか上司が使えるやつだと勝手に勘違いしてくれるタイプ」

「そんな勘違いする上司、いますか?」

「いるよ」

「どうして、そんな上司が出世するんですか」

「その上司の上司も愚かだからだ」主任企画員は淡々と言った。「もう一つのパターンは上司に自分は愚直だと思い込ませる能力に長けているタイプだ」

「その方がましですね」

「いや。そんなことはない。こっちの方が組織にとっての寄生虫になりかねないんだ」

「どうしてでしょう?」

「こいつの目的は組織の利益じゃない。自分の利益なんだ」

「会社に利益を与えれば自分の利益に繋がるでしょ?」

「ところが、うちぐらいのでかい企業になるとそうでもないんだ。会社全体の利益にはならなくても、自分の利益になる方策を実行するやつが出てくる」

「そんな人ばかりが増えたら、会社が潰れてしまいますね」

「ふっ」主任企画員は鼻で笑った。「うちみたいなでかい会社は潰れないんだよ。だから、頭のいいやつはみんな寄生虫になるんだ」


「一つアイデアがあるんですが、ええですか?」研究本部室会議の席で、でっぷりと太った中年の男が手を挙げた。

社長の石垣忠介は関取タイプのがっしりとした太り方だったが、この男はもっとだぶつき不健康そのものに見えた。脂肪の布団を身に纏っているかのようだ。

「何だ、毒島(ぶすじま)。自信があるなら言ってみろ」所長の黒星は高圧的な態度で言った。

「つまり、あれでしょ、新社長が喜びそうなことぶち上げたらええ訳でしょ」第一研究部部長・毒島四股夫は自信たっぷりの表情で言った。

「そんなことはわかっとる。そんなことを言うために手を挙げたのか？」

「もちろん、それだけやおまへん。会長の口癖は何か覚えたはりますか？」

「会長の口癖？　あれだろ、『うちの会社の量子ゲートは世界一や!!』いうやつだろ？」

「そうです。それです」

「そうは言っても、世界一になったのは、たまたまだからな。まさか真空管みたいなレトロ商品が量子コンピュータの量子ゲートに使えるなんて、誰も思いもしなかったものな」

　数年前まで、レトロフューチュリア株式会社はアンプ用の真空管や、テープレコーダーやカセットテープやビデオテープ用の磁気ヘッド、計算尺や手回し計算機の交換部品といった古い規格の製品だが、まだいくらか愛好者が残っているというレトロ製品対応の消耗品を売るという隙間産業で儲けていた会社だったのだ。

　ところが、ある大学で、学生が面白半分にレトロフューチュリア社製の真空管を極低温に冷やしたところ、それが量子ゲートとして作用することが発見されたのだ。

　このニュースを聞いた全世界の研究機関は、様々な真空管について、実験を行ったが、なんとそのような現象が起こるのはレトロフューチュリア社の製品のみだった。

　もちろん、その真空管は意図的に量子ゲートの機能を持たせようとしたわけではない。

設計者にも、製造担当者にもわからない未知の理由で、ある特定の品番の製品のみに量子ゲートとしての機能が出現したのだ。

原理については、世界中の研究機関も、ましてやレトロフューチュリア社自身の工場や研究所にも全くわからなかった。

とにかくレトロフューチュリア社製の真空管を使えば、今までより桁違いに安く、量子コンピュータが実現できる。この一点において、レトロフューチュリア社はいっきに世界規模の大企業となった。

「そう、たまたまです。この会社はめちゃくちゃラッキーやった訳です」毒島は話を続けた。「そやけど、このラッキーがいつまで続くと思わはりますか？　科学技術は日進月歩です。こうしている間にも、よそでもっと凄い商品が開発されているかもしれまへん。うちも安心してられへんのです」

「いや。そうだろうよ。だからこそ、われわれ研究所が存在する訳だ」

「そやけど、工場の方はいまいち研究所が役立ってるとは思ってないのと違いますか？」

「そうなんだよな」黒星は頭を抱えた。「今のところ、経営陣も研究所を持つのはステータスみたいに思ってるからいいんだが、もし少しでも会社全体の業績が落ちたりしたら、絶対に皺寄せが来るだろうな」

「そうなるのを防ぐためのアイデアです。会長と社長さえ押さえたら、こっちは安泰です。『うちの会社の量子ゲートは世界一や!!』を超えるフレーズで勝負したらええんですわ。つまり、『量子ゲートでも世界一』にするんです」

「うちの世界一は量子ゲートしかないだろ」

「そやから世界一を作るんです。研究所発で」

簡単に世界一のものが作れたら、苦労はないんじゃないですか？

帆香がそう言おうと思った瞬間、黒星がぽんと手を打った。「なるほど。そういうことか」

「会長は世界一という言葉に弱いですから、世界一を仰山作ったら、研究所の味方してくれまっせ」毒島はにやりと笑った。「名付けて『研究所世界一大計画』」

「ネーミングはそれでいいだろう」

本部室のスタッフたちは慌ててノートにメモする。

「具体的には？」黒星が尋ねた。

帆香は頷いた。そう。そこが大事よ。世界一のものを作れと言うだけじゃ何にもならない。いったいどういう世界一の製品を作るのか、どうやってそれを実現するのかを提示してあげなくっちゃ。

「そうですな。年間十件ってとこでどうでしょうか？」

帆香はいきなり件数の話になったことに驚いた。今議論すべきなのは、数字ではないだろうに。

だが、黒星は当然のごとく頷いた。「研究部が十あるから、それが妥当なところかな。

よし、これでいくぞ。あとは各研究部ごとに計画を立ててこい」

「ちょっと待ってください」帆香が言った。「具体的な方策は示さないんですか？」

全員が彼女の方を見た。

「具体的な方策？」黒星は不思議そうな顔をした。

その場の全員がざわついた。

「塩原君、君は何を言ってるんだ？」

「部長さんたちは、いきなり世界一のものを作れと言われても、対処できないんじゃないでしょうか」

「それを実現するのが彼らの仕事なんだよ。物事を達成できない理由を考えるのは簡単なことだ。だけど、それではいつまで経っても達成できない。そうではなく、どうすれば達成できるかを考えるんだ。それが成功の秘訣なんだ。わたしは『世界一のものを作れ』と指示を出した。これは業務命令だ。それに対して、従わない者はつまり背任を行っとる訳だ。言っとくが、背任という行為は犯罪なんだよ。もしわたしの命令に従わなかったら、こいつらは犯罪者だ!!」話の最後で黒星は突然怒鳴った。

部長たちはびくりとした。

帆香もまた驚いて声を上げそうになったが、なんとか飲み込んだ。ここで悲鳴を上げたりしたら、馬鹿な若い女が所長に一喝されて退散したということになってしまう。いや。この時点ですでにそういうことにされてしまうのかもしれないが。

もちろん、上司は部下にどんな命令をしてもいい訳ではない。不可能なことを命ずるのはパワハラであり、それに従わなかったからといって背任罪になることはない。

だが、ここでそんな理屈を言っても、たぶん無駄だろうということは感じていた。ひと言、言い返したいところだが、そんなことをすれば、さらに訳のわからない理屈で強引に捻じ伏せようとしてくるだろう。ここは裁判所ではない。二人の言い分を公平な第三者が裁いてくれる訳ではないのだ。この会議においては、所長が絶対支配者だ。彼は必ず正しいのだから、彼に議論で勝つことは原理的に不可能なのだ。

「なるほど。わかりました」帆香は感情を出さずに淡々とまるで台詞を読むように言った。これは彼女の精一杯の抵抗だったのだ。表向きは従うが、腹の底では納得していないという意思の表明だ。しかし、表面上は従っているので、さらに責められることはない。ただし、所長や本部室室長の心証は悪くなるので、あまり得策とは言えない。だが、彼女は抵抗の意思を見せないでおくことができなかったのだ。

「わかったのならいい」所長は帆香を睨みながら言った。

毒島は口の端を歪めて笑った。

6

「何、それどういうこと!?」食堂兼休憩室で、単は叫んだ。

研究所の建物は四階建てだが、食堂は二階にあった。百人の所員が全員入ってもまだ余裕のある広さだ。今は昼休みではなく、午後の休憩時間なので、人は比較的まばらだ。窓の外には山岳地帯の風景が広がっている。

「ちょっと、声が大きい」帆香は慌てて単を諌めた。「まだ一般所員には公開されてないはずの情報なんだから」

帆香の一時転属中も二人の時間が合う時は一緒に休憩をとることが多く、ときには仕事上の愚痴を言うこともあった。

「『研究所世界一大計画』って、ネーミングセンス、悪過ぎや！」単は言った。

「そこかよ！」帆香が突っ込んだ。

「いや。そこもやけど、もちろん計画自体がめちゃくちゃやわ。『世界一になれ』って言われて、世界一になれるんやったら、オリンピックの金メダルもノーベル賞も取り放題や」

「物凄くわかりやすい反論だけど、たぶんあのおっさんたちには通じないわ」

「それ、何なん？　アホなん？　それとも、わかってて部長やその部下を虐めてるん？」

「どっちとも言えないわね。いくらなんでも、いきなり世界一になることが不可能だってことは薄々感じているはずよ。ちゃんとした教育を受けてきた人がそんな道理がわからないはずがないもの。でも、会社の中の妙なルールの中で出世していく間に、常識が捩れてしまっているのかもしれない」

「常識が捩れてるんやなくて、ただの非常識や、それは」

「上司は部下に対して、どんな我儘を言ってもいいし、部下はなんとしてでもそれをや
り遂げなければならない」

「そんなルールはあり得へんやろ」

「でも、それがルールだと思ってるのよ。自分も上司からずっとそんな扱いを受けてき
て、自分に部下ができてからは同じように振る舞ってきた。だから、もうそれは頭の中
に染みついていて、疑うことすらできないルールになっているんだと思うわ」

「それって、おかしいやん？　どこのカルト教団？」

「組織というものは、放っておくとカルト化するものなのかもしれないわ」

「どうすればカルト化を防げるんやろか？　外圧？」

「ああ。ここにいたんかいな」顔面蒼白の松杉がやってきた。「派遣会社から、本部室
に代わりのスタッフが来るから、塩原君、来週から研究室に復帰やてな」

「本部室の仕事はもうこりごりです。早く研究を再開したいですよ」

「そのことで、ちょっと相談したいことがあるんやけど」

「部長に何か言われたんですか？」帆香が言った。

「えっ？　なんでわかったんや？」

「『研究所世界一大計画』でしょ」

「なんや知ってたんかいな。そう言うたら、今本部室勤務やから知ってて当然やな」

「うちの研究部は無理でしょう。電極の最適化はすでに限界に達しているので、これ以上の性能改善はできません。世界一は辞退して他の研究部に譲ったらいいんじゃないでしょうか」

「いや。部長は年度内に三件、世界一を出すって言ってた」

「年度内って、あと四か月しかないじゃないですか！　頭、おかしいんですか⁉」

「俺も無理やて言うたんやけどな。部長は絶対に出せ言うんや」

「出せって言うなら、自分がアイデアを出すべきでしょう」

「毒島部長を嘗めたらあかんで。あの人はいっさい技術的なことには興味ないんや」

「そんな訳ないでしょ」

「大学はどうやって卒業したのかわからんけど、少なくとも会社に入ってからは、技術的な興味は一切見せてない」

「わたしたちは毒島部長の無理難題を聞くしかないんですね」帆香は肩を落とした。

「いや。君らは今まで通りやったらええで」松杉は言い切った。

「えっ？　毒島部長に言われたことをわたしに伝えに来たんではないんですか？」

「部長は俺に言うたように、君らにも『世界一を出せ』て言うやろけど、気にする必要はないと言うとこうと思たんや。無理に世界一を出そうなんてしたら、開発の流れがめちゃくちゃになるからな。野球選手に『絶対ホームランを打て、ヒットは許さん』とか、ゴルファーに『絶対にホールインワンを出せ』とか言ったら、試合の流れが崩れるやろ。それと一緒や。最初から世界一狙いやなくて、一つずつ段階を踏んで技術を磨いていくのが正しい開発の姿や。部長の言葉なんかに惑わされたらあかんで」

「でも、わたしたちが今まで通りの研究を続けたら、皺寄せが主任の松杉さんに来るんじゃないですか？」

「それは気にせんでええ。上からの無謀な指示の防波堤になるのも、主任の役目や。部長はいろいろ文句を言うやろうけど、ちゃんとした研究開発を続けるのが結局は会社のためになるんや。俺はそう信じとる」松杉は微笑んだ。

「よかったな、帆香。うちは主任さんがちゃんとした人で」単は嬉しそうに言った。

帆香も二人の笑顔を見てほっと一息ついた。

7

ささらが社外取締役に選任されてから一週間が経ったその日、取締役室に入ると、すぐ菜々美がやってきた。「社長が戦略企画室でお待ちです」

ああ。やっぱり、取締役就任は何かの間違いだったのね。みんな、おじいちゃんの気まぐれに付き合ってただけなんだわ。まあ、それはそれで一段落がついていいかもしれないけど。

戦略企画室というのは、第一会議室のあった階の一階下にあった。

ささらは、真っ暗な部屋の中で、何人ものスタッフがディスプレイに映る情報や次々と配布される資料を見ながら慌ただしく議論する様子を想像していたが、実際には全然そんなことはなく、部屋の中の様子は取締役会のときと大差なかった。ただ参加メンバーは一回り程若いように見えた。

「ああ来てくれたんか」忠介社長がちらりとささらを見た。「ええと。適当にどこかに座ってくれるか?」忠介は空いている席を指差した。

どうやら、今回、席は決まっていないらしい。

「あの」ささらは部屋の中を見回した。「今日は他の取締役の方は来ないんですか?会長も?」

「これは取締役会と違うんや。こいつらは、そうやな、俺の子飼いの家来みたいなもんや」

「家来ですか」

「会長が僕に付けてくれたスタッフや。全員MBA持っとる。僕も持ってるけどな」

「MBAって何ですか?」

「経営学修士のことや。これを持ってないやつは話にならんのや。そやけど、日本のやつはあかんで、外国のやつやないと」

「日本のは駄目なんですか?」

「そや。僕は極東経営大学院なにわ校で、ＭＢＡとったんや」

　眼鏡を掛けた神経質そうな中年男性が咳払いをした。「その話はそのぐらいで、本題に入りましょう」

「ああ。こいつは棚森一樹（たなもりかずき）いうて、戦略企画室の室長や。まあ、言うたら、僕の軍師っちゅうとこかな」

「あの。この間の会議では、確か『経営戦略室』とか『経営企画室』とかおっしゃってたみたいな気がするんですが……」ささらは疑問を口にした。

「ああ。あれは全然違う。『経営企画室』っちゅうのは、前からある古い部署や。取締役のおっさんらが仕切っとる。自分らの子分を集めて、情報収集しとるねん。僕らには関係ないから相手せんでええ。それから、『経営戦略室』っちゅうのは、まあ言うたら、窓際族の溜まり場や。取締役になり損ねたやつらを集めただけやから、もっと相手にせんでええ」

　会社って、どうでもいい部署がいっぱいあるのかしら？　そんな訳ないような気がするけど、社長が言ってるんだから、そうなのかもしれない。

「それでここに呼ばれた理由は？」ささらは尋ねた。

「ああ。そやったな。棚森、説明したって」

「石垣社長は新社長就任に際して、新しい経営コンセプトが必要だと考えられたのです。今回はそのためのブレーンストーミングのための集まりなのです」

「経営のことだったら、他の取締役の皆さんにも来ていただいた方がいいんじゃないでしょうか？」

「はっ？　あいつらはあかん。全然センスがない」

「そうなんですか？」

「あいつらはうちのおやじ――会長のことな――が何言うてもはいはいと頷くだけや。自分の意見というものがない。ちゃんと意見言うてるのは、僕だけや」

「それはつまり……」ささらは少し考えた。「社長が会長のお子さんだからできるんじゃないですか？」

棚森は激しく咳き込み始めた。

「何や、棚森？　風邪か？」忠介が尋ねた。

「いえ。さっき飲んだコーヒーが変なところに入ったようで……」そう言いながら、棚森は忠介に見えないように、ささらに必死に目配せしてきた。

これは恋の誘いではなさそうだ。もうこれ以上、会長のことを言うなということらしい。「つまり、あれですよ」ささらはなんとか誤魔化そうとした。「『蛙の子は蛙』というか……」

ああ。ここからどう話を展開すればいいのかしら？

「なるほど。その通りかもしれんな」忠介は頷いた。「うちのおやじは並々ならぬ才能を持ってたから、この会社が繁栄しとる訳やが、僕がその才能を色濃く受けついでるっちゅうことやな」

「あっ。はいはい。そういうことです」ささらはとりあえず同意しておいた。

棚森の咳がぴたりと止まった。

正解ということ？

「そういうたら、僕を取締役にするとき、おやじはマスコミに随分批判されとった。入社したての若造をいきなり取締役にするてどういうことや、と。そこでおやじは言うたんや。息子を取締役にしたんやない。社員の中で一番優秀な男を選んだら、たまたまそれが自分の息子やっただけやと」

絶対嘘だ。

「あのとき、僕は痺れたな。真実を貫くのに、何も恥じることはない。おやじは僕の経営の才能を見抜いとったんや」

「もちろん、他の取締役の皆さんが無能と言う訳ではありません」棚森が忠介の発言に付け足した。「ただ、会長と社長の能力があまりに秀でておられるため、他が劣って見えてしまうのです」

ささらは少し頭が痛くなった。

大人になるってこういうこと？　これに耐える力が必要なのね。

「取締役の皆さんでも駄目だとおっしゃるのなら、なおさらわたしなんかお役に立てないんじゃないでしょうか」

「いや。おやじがあんたを気に入ってるんでね。おやじの目に間違いはない。あんたは自分で気付いてないだけで、経営の才能があるに違いない」

ささらは助けを求めて、スタッフたちの顔を見回した。

スタッフたちは顔を伏せるでもなく、全くささらの視線を無視していた。無反応なのだ。目を逸らされた方がまだましだ。これでは、取り付く島もない。きっと、これは計算し尽くされた態度なのだろう。ささらの出方を観察しているのだ。ささらの能力や性格が判明するまでは敵にも味方にもならないつもりだ。

この人たちは取締役の人たちとは違う。なんというか、もっと頭の良さを感じる。そう言えば、牧原という人もよく似た感じだった。

「わかりました。わたしごときがお力になれるかどうかわかりませんが、精一杯頑張ります」

「早速やけど、これどう思う?」忠介は一枚の資料を見せた。

「『研究所世界一大計画』?」ささらは首を傾げた。本当に意味がわからなかったのだ。

「あの……よく意味がわからないんですが……」

「そやろな。こいつらセンスないねん。棚森、説明したって」

「研究所から毎年十件の世界一の技術を発信するという計画です」棚森は眼鏡の位置を直しながら言った。

「それ、凄いじゃないですか!」ささらは目を丸くした。

「ああ。うちの実力から言うたら、何にも凄くないねん。そやな、棚森？」

「はっ。その通りです」棚森は少しも動揺せずに言い切った。

「何があかんかっちゅうたら、そやな……世界一の技術というのはあくまで、手段であって目的でない訳や。つまり、これは自分たちの技術をひけらかしたい理系の発想やということや」

「その通りです」棚森は即座に肯定した。

「我々に必要なものは何や？」

「結果です。つまり、手段に対する目的です」

「世界一の技術を作り出すことは簡単なことや。問題はその技術を使うて会社をどうしたいかということや。つまり、経営ビジョンやな。研究所の学者馬鹿には、それがないんや」

「経営ビジョンというのは例えばどういうものですか？」ささらは尋ねた。

全然理解できない。わたしには無理。帰りたい。

「例えばレトロフューチュリア社のライバルであるスチームパンク社は『王道楽土五百年プラン』というのを打ち出している」

「王道楽土って何ですか？」

「ユートピアのことやな」

「一企業がユートピアを作るって言ってるんですか？」

「そや。さすがにそれはおかしいと思てるけどな。企業の本分は利潤の追求やないとおかしい」

「だったら、経営ビジョンは『お金儲け』でいいんじゃないですか？」

「なるほど。それはストレートでかえってええかもしれんな。棚森！」

「はい」棚森はホワイトボードに「・お金儲け」と書いた。

「しかし、これやと具体性が足りんな」忠介は考え込んだ。

「今、どのぐらい儲かってるんですか？」ささらは尋ねた。

「棚森！」

「年によりばらつきはありますが、昨年は約五十億円の経常利益を出しました」棚森が答えた。

「じゃあ、『利益百億円』とかどうですか？」ささらは言った。

棚森はホワイトボードに「・利益百億円」と書いた。「これは妥当なところかもしれません。この程度なら、なんとか実現可能ですし……」

「と言うか、利益を目標にするのは、ややこしいな。そもそも利益を百億円にするためには、売り上げをいくらにしたらええんや？」

「それは簡単には算出できませんね」棚森が答えた。「事業規模の割合や本業以外の財務活動で得られる利益を仮定する必要がありますが、だいたい一週間ほど時間をいただければ、推定値をお知らせできます」

「それはわかりにくいんと違うか？」忠介が言った。

「しかし、売り上げと利益の関係はそれほど単純なものではないので……」

「事業ごとにややこしい計算がいるんやろ」

「それは仕方がないかと……」

「各工場でどれだけ製品を売ったらええかようわからんのんと違うか？」

「各製品のコスト計算をすればそれは何とかなると思います」

　忠介は黙り込んだ。

　沈黙は一瞬だった。突然、棚森は今までの自分の発言がなかったかのように話し出した。「もちろん、そんな煩雑な計算が必要なものは目標に向いていません。全く馬鹿馬鹿しい頭でっかちの机上の空論です。目標はもっとシンプルかつ具体的なものであるべきです」

「俺もそう思う。こうなったら、ストレートに売り上げで行こう」

　棚森はホワイトボードに「・売り上げ」と書いた。

「なんぼにしようかな？」忠介は腕組みをした。

「ええとですね。実現可能な上限値は……」棚森はノートパソコンの操作を始めた。

「これは俺らが決めたらあかん」忠介はぽつりと言った。

「はっ？」

「俺らが決めたら、常識の範囲に収まってしまうんや。できる目標になってしまう。それでは、限界突破ができんやろ」

「なるほど。おっしゃる通りです」棚森はホワイトボードに「・限界突破」と書いた。

「では、どうやって決めますか？」

「社外取締役に決めて貰おう」忠介は言った。

「えっ？」ささらは目を白黒させた。「わたしがですか？　でも、わたしは経営のことは何にも……」

「そやからええて言うてるんや。ずばっと、売り上げ目標を決めて貰おうか。そうやな今年度や来年度はさすがに無理やから三年後の目標っちゅうことで」

「そんなことを言われても、何にも思い付きません」

「では、目標決定のための判断材料について申し上げます」棚森はパソコンの画面を見ながら、数値を読み始めた。「昨年度の売り上げ額は一千百五十七億円です。今年度の予測は……」

「いや。そういうことなしで、ずばっと決めて貰うからええねん。えいやっ！　で、言うてくれへんか？」

本当に困ったわ。えいやっ！　でと言われても、全く何も思い付かないわ。見当違いなことを言ってしまったら、どうしたらいいの？　……ああ。でも、考えたら、見当違いのことを言ったとしても、それがそのまま目標になったりするはずがないわね。最終的には会社の偉い人が決めるんだから。今ここで笑い者になるかもしれないけど、アイドルが言ってることだから、目くじら立てて怒られたりはしないはずよ。

じゃあ、適当に言ってしまおう。去年の売り上げは一千億円とか言ってたかしら？じゃあ、それより大きい金額にしなくちゃいけないわね。どのぐらい大きくすればいいのかしら？　二倍？　五倍？

「じゃあ、売り上げ額一兆円で」

スタッフの何名かから失笑が漏れた。

あちゃあ。やっぱり見当違いだったんだ。まあ、いいか。アイドルが言ってるんだから、ご愛嬌ということで。

忠介は室内をじろりと見渡した。

「わたしの説明不足でした」棚森が冷静に言った。「売り上げというものは利益と違って、いきなり桁が変わるような性質のものではなく……」

「よっしゃ、それで行こ！」忠介が叫ぶように言った。

室内がざわついた。

棚森の動きが一瞬止まった。口を半開きにして、じっとささらを見ていたが、次の瞬間、すらすらと喋り出した。「了解しました。売り上げ目標一兆円ですね。素晴らしい!!」

「うむ」忠介は満足げに頷いた。

棚森はホワイトボードに「・売り上げ一兆円達成」と書き、赤いペンで二重に丸を付けた。

「あの」ささらは遠慮がちに言った。「他の金額の方がいいなら、それに変えますけど」

「いや。こいつらの言葉に惑わされたら意味がないんや。言われてみたら、売り上げを何十パーセントか上げたって、世間的には何のインパクトもない。いっきに十倍にするから、度肝を抜けるんや。そやな、棚森！」

「はい。全くおっしゃる通りです」棚森は今度は一瞬の躊躇もなく素早く答えた。「わたしたちでしたら、十パーセント増ぐらいを目標にしてお茶を濁すところでした。いっきに十倍にすれば、国内だけではなく、海外からの注目も浴びることになります。これぞ、コロンブスの卵。社長のご慧眼には恐れ入ります」

「まあ、凡人の発想やとそういうことになるやろな。君らに俺みたいな発想をせい言うのも無理な話やけどな。この新しいビジョンは君らの手柄にもしたるさかい安心せい」

「恐悦至極にございます」

えっ？　何？　どういうこと？　わたし、たぶんおかしなこと言っちゃったんだ。それが経営ビジョンとかになるの？　それでいいの？

忠介と棚森はにこにこと嬉しそうな顔をしていた。

この人たちが笑ってるんだから別にいいのか。でも、一応訊いておこう。

「あの」ささらは尋ねた。「大丈夫なんでしょうか？」

「何の話や？」

「売り上げ一兆円って本当に達成できるんですか?」

再び室内に静寂が訪れた。

「はあ」忠介は溜め息を吐いた。「君は取締役になって日が浅いから仕方がないけど、会社っちゅうところはそんなところと違うねん」

「そうなんですか?」

「『売り上げを十倍にしろ』と言うのは『十倍にできるか?』と訊いている訳やないんや。できる、できない、ではないんや。上司が『十倍にしろ』と言ったら、部下は十倍にするために知恵を絞るだけや。それが会社っちゅうもんや」

「この会社の社員さんたち、凄く優秀なんですね」

「はあ? 売り上げを十倍にするなんて、たいしたことないんや。凄いのは、『売り上げを十倍にする』という発想や。この発想はなかなか凡人にはできるもんやない。簡単そうに思うかもしれんが、こんなとんでもないことを思い付く経営者はそんじょそこらにおらんで。一番大事なのは、この発想や。そして、社員は社長の卓越したビジョンを実現するために愚直に奮闘する。一流の会社は全部そうや。マイクロソフトもアップルもグーグルもアマゾンもフェイスブックも全部そうなんや」

「凄いですね!」

言っていることの意味はいまいちわからないけど、とにかく凄い自信だということはわかった。それにいつの間にか、『売り上げ一兆円』というのが社長自身の発想ということになっているけど、まあその方が責任取らずに済みそうだからいいか。

ささらはとりあえず一仕事終えてほっとした。

でも……。

彼女は何かに引っ掛かっていた。

わたしはなぜここに呼ばれたのか？　そして、何を求められているのか？　社長のいうことに賛同しておだて上げるだけなら、ここにいる頭のいい人たちがやってくれる。わたしがいる意味って、わたしにできることって何？

その時、ささらの中に疑問が生まれた。ただし、それはまだ小さなものだった。

8

「毒島部長が呼んでるで」単が実験中の帆香を呼びにきた。

「ああ。ついに来たか」

今日辺り呼び出しが掛かるんじゃないかと予想していたのだ。たぶん、部長は先週の週報を読んだのだろう。

一瞬、松杉にも一緒に来て貰おうかと思ったが、きっと彼は彼でいろいろと問題を抱えているはずだ。

今回はわたし一人で対処しよう。正しいのはわたしの方だ。何も恐れる必要はない。

帆香は事務室に入ると、部長の前に立った。

「お呼びでしょうか?」

「何で呼ばれたか、わかるな?」

意地悪な質問だ。こう訊かれたら、普通は「わかる」としか答えようがない。となると、自分はわかっていながら悪いことをしたと認めることになってしまう。

でも、わたしは悪くなんかない。

帆香は無言のまま頸を捻った。

「何の真似や?」

「わたしが呼ばれた理由を考えているのです」

「自分が呼ばれた理由がわからん言うんか?」

「最近、何か誉められるようなことをしたかなっと思いまして」

「なんで、わしがおまえを誉めなあかんねん?」

「実験、結構進みましたよ。週報にも書きましたが、給電プロセスを逆転することによって、量子重ね合せ状態の継続時間が飛躍的に……」

「誰がこんなことせいて言うた?」

「実験内容は自分で考えました」

もちろん、松杉にも相談した。しかし、そのことは言わない。松杉に迷惑が掛かってしまう。

「このデータは世界一か？」

「現時点では世界一ではありません。しかし、理論が正しいことが実証されたので、この方向で開発を進めれば……」

「今年度内に決着がつくんか？」

「はっ？」

「この研究を続けたら、今年度内に世界一のデータが出るんか、と訊いてるんや」

「今年度は無理です。でも、この研究は数年以内にブレークスルーを生みます」

「何、寝言、言うてるんや？　世はスピード時代や。ちんたら何年も掛けて開発進めるようなことしてたら、干上がってまうで」

「しかし、新しい技術を開発するにはある程度の時間が……」

「新しい技術なんかいらんね。今までの技術があるやないか」

「……ここ、研究所ですよね？」

「そやけど、何や？」

「今までの技術にはもう開発要素がありません。今は、世界一かもしれませんが、このままでは頭打ちです」

「ほんまか？」

「本当です」

「ほんまに一ミリも特性改善はできひんのか？」

「『ミリ』というのが、理解できませんが、特性改善できたとしても、誤差の範囲です」

「あっ。今、改善できるて認めたな？」

「誤差の範囲です。完全に同じ特性の製品は作れません。一つ一つの製品の特性にはばらつきがあります。だから、カタログの仕様にはある程度の幅を持たせる訳です」

「つまり、百個作ったら、特性は百種類出る訳やな。千個作ったら特性は千種類や。その中のチャンピオンを選んだら、どうなる？　世界一と違うか？」

「それを言うなら、現在市場に出ている製品の中に世界一のものがあるはずです」

「それは関係ないんや。あくまで研究機関での話や」

「世界一だと強弁するのは自由だと思いますが、意味はないと思います。ばらつきの範囲内の誤差ですから。もし誤差を減らして世界一の特性を維持しようとするなら、製造精度を一桁上げる必要がありますが、そんなことをすればコストは数倍に跳ね上がります。その割にリターンはほぼないと考えられます。誤差はどの特性向上をしても、ユーザーは有り難がってはくれません」

「意味があるかどうかを決めるのはおまえと違う。わしらや」毒島は語気を強めた。

「何、思い上がってるねん。世界一のもん作れと言われとるんや。さっさと世界一を作れや。業務命令というものを知らんのか？　作らんかったら、背任罪や」

めちゃくちゃなことを言っている。小学生以下だ。

帆香は呆れ果てた。

本気で言っているのか、それとも、めちゃくちゃだとわかっていて言っているのかはわからない。どっちにしても、問題だ。

もし本気で言っているとしたら、相当厄介だ。研究開発の当事者としての素養を全く持たない人物が現場の管理職になっていることになる。つまり、免許を持たない人間が大型トレーラーを運転しているようなものだ。

そして、わかっていて言っているとしたら、極めて厄介だ。この人物は会社や研究所全体よりも、自分自身の保身を優先しているということになる。

帆香は本部室で聞いた主任企画員の言葉を思い出した。

この会社はたまたま訪れた僥倖により、繁栄しているに過ぎない。科学の進歩は日進月歩だ。今は他社より優位であっても、数年先、いや数か月先はどうだかわからない。そのために、研究所は次世代の「飯の種」を見付けておかなければならないのだ。

だが、研究所所長である黒星や第一研究部部長である毒島は研究所の研究資源――人・物・金――を無意味な世界一ごっこに費やそうとしている。

そんなことをしていて、研究所は、そして会社はもつのかしら？　この人たちは自分がふざけたゲームをしていられるのも、会社が存続しているからだということに気付いているのかしら？

「そこまで言われるのなら、世界一のデータを出すためだけに試作をします」帆香は言った。

「そんな険のある言い方するなや。世界一はええことに決まっとるやろ」

「世界一になって、それでも利益に繋がらなかったら、責任をとる覚悟はあるんですか？」

「責任？　何言うとるんや？　責任はおまえらにあるんや」

「わたしたちに？」

「おまえら誰に喰わせてもろてるねん？　きちんと上司の命令に従うのがおまえらの仕事や。違うんか？」

「部長の仕事は何ですか？」

「おまえらがちゃんと会社の意向に従うように管理することや。おまえらが道を踏み外さんように会社のために監視するのがわしの仕事や」

「会社は絶対に間違わないのですか？」

「当たり前や。会社はおまえらと違うて絶対に間違わへん。おまえらにたて突く権利なんてないんや。勘違いしたらあかんで。会社は民主主義と違うんやで」

　帆香は溜め息を吐いた。

　理解する能力がないのか、理解する気がないのかはわからない。だが、どちらにしても同じだ。この男は帆香の言葉を聞く耳など最初から持っていないのだ。そして、自分の正しさを確信している。この男にとって、聞くべきなのは上司の言葉であって、部下の言葉ではない。そうやって、現在の部長という地位を手に入れた。その成功体験がこの男を形成している。だから、それ以外の価値観など受け入れる隙がないのだ。

そして、この男のいうことは一面の真理を含んでいる。企業は民主的な場などではなく、上意下達のシステムで動いている。法律に違反でもしない限り、それが明らかに間違っている施策であっても、部下は上司の命令に従うしかないのだ。

帆香は屈辱感に耐えるため唇を嚙み、頭を下げると、無言で退室した。

9

「あと五分で、緊急事業部長合同会議を執り行います。社長が入られるまで、もう少しお待ちください」

司会は戦略企画室の若いやつか。いや。経営企画室の方やったかな。同じような名前の組織が多くて困るな。

黒星は思った。

この間、社長に「世界一大計画」の説明をしたときには、ちょっとは興味を持ってくれた感じだったが、その後音沙汰はなかった。ひょっとしたら、今日集められたのは、あのことかもしれないな。みんなの前で褒められるかもしれない。そして、全社力を合わせて、研究所に協力するようにと指示があるんだろう。これはもう取締役の椅子も近いかもしれないな。

ドアが開くと、忠介社長が入ってきた。会場を一瞥すると、片手をさっと挙げた。

出席者一同頭を下げる。

あのふてぶてしい態度は父親譲りだ。我々を自分の家の家来だと思っている。

忠介は壇上に登る。

前方の映画館のような巨大スクリーンに「社長指示」という太明朝体の文字が現れた。たった四文字でスクリーンいっぱいに広がっている。

内容がないときによくやる手だな。こうすると、中身のないスピーチでも、なんかインパクトがあるような感じになる。よし、今度、俺がスピーチするときはこれを真似してみよう。

「社長に就任して、最初の指示を君たちに与える」忠介は勝ち誇った様子で言った。「先代の社長は慈悲深い人やったから、君らは相当たるんどる。僕はそうやない。鬼やと思てくれ。そやけど、僕の言うことさえきっちり守ったら、この会社はすぐに世界一になる」

ほら来た。今、確かに「世界一」と言った。これはもう「世界一大計画」のことに違いない。ひょっとしたら、俺、壇上に呼ばれるかもしれないな。こういう段取りは普通事前に知らされるものだけれど、新社長はサプライズが好きなのか。突然、呼ばれても慌てないように心の準備をしておこう。

「僕は社長に就任するに当たって、素晴らしい理念を打ちたてようと思う。僕は、古来稀な経営手腕を持つ会長に見出された人間や。当然、新しいビジョンを打ち立てる義務がある」

見出したと言っても家庭内のことだ。だが、そこは誰も指摘しない。

「今から新しい経営コンセプトを発表する」

ついに来た。

黒星は居住まいを正した。

さあ、俺の考えたコンセプト『世界一大計画』の発表だ。

スクリーンの文字が変わった。

売り上げ十倍

そう。「売り上げ十倍」……えっ？ 「売り上げ十倍」？

黒星は腰を抜かしそうになった。いや。実際に腰が抜けてしまっていたのかもしれないが、座っていたので、はっきりしない。

とにかくひどく驚いた。自分の発案したコンセプトが採用されなかったことにも驚いたが、このあまりに酷いコンセプトに驚いたのだ。「売り上げ十倍」って何だ？ 小学生の発想か？

「ふふふん」忠介は得意げに笑った。「君ら、驚いたようやな」

そりゃ、驚くよ。全く開いた口が塞がらない。

「『売り上げ十倍』。言葉にしたら、簡単や。そやけど、この言葉の重みが君らにわかるか？　これは重大な決意の下に作られたコンセプトなんや」

ここで、忠介はしばらく沈黙した。目を瞑（つむ）り、ゆっくり息を吸い込む。

酷い茶番だ。早く終わって欲しい。研究所に戻って会議を開きたい。研究所では、俺はトップなのだ。誰もが俺に従う。あの幸せな時間は何ものにも代えがたい。

忠介はぱっと目を見開いた。「ここに書いてあることは絶対命令である。来年度の売り上げは昨年度の二倍とする。そして、再来年度は五倍。三年後は十倍。これは一つの例外もなく、すべての事業部に対する決定事項だ」

ざわざわざわ……。

うん。これはさすがにざわつくよな。こんなめちゃくちゃな目標立てられても、達成できる事業部は一つもないだろう。まあ、いいか。売り上げだったら、そもそも売り上げのない研究所には関係のない話だ。

そうか。よく考えたら、これは研究所にとってはいい話なのかもしれない。おそらく事業部は目標を達成できず全滅だ。つまり、ことごとく創業家からの評価を下げることになる。そうなると、何の失点もない研究所は相対的に評価が上がることになる。いや。相対的にだけではない。我々には「世界一大計画」がある。目標を達成できない事業部の中で、研究所だけが燦然（さんぜん）と輝くことになるだろう。取締役の椅子はすぐそこだ。

「僕は新社長として、新たな力強い経営ビジョンと目標を君たちに示した。これほどのものを出せる経営者は世界でも少ない。おそらく、ジョブズか、ゲイツか、ペイジか、ベゾスか、僕ぐらいなもんやろ」

うちはＩＴ企業じゃないけどな。

「僕の仕事はここまでや。あとは君たちの仕事や。我が社の運命は君らがこの偉大な経営ビジョンにどう応えるかにかかっている」

「かかっている」って言われてもなあ……。

事業部長たちは全員顔面蒼白になっていた。

黒星は愉快な気分になっていた。

本当に無茶な目標を掲げただけで、具体的な策は何一つないらしい。こいつは今までの人生で、何かを欲しいと言えば周囲がすべてお膳立てしてくれて、自分の要求が通らないなんてことは想像だにしないのだろう。普通の経営者なら、売り上げを伸ばすにはどうすればいいかと頭を悩ませる。だが、こいつは売り上げを伸ばすためには「売り上げを伸ばせ」と言えばいいと思っている。

まあ、甘やかされて育てばそういうことになるよな。別にこいつが悪い訳じゃないんだよな。

「以上で、新社長からの新戦略の発表を終わります」司会者が言った。

わっ！　新戦略の発表がでかい文字のスライド二枚で終わりか。これは凄まじいな。

しかし、これだけの人数を集めて、発表一分というのはさすがにないんじゃないか？

「引き続き、石垣新社長と河野新社外取締役の対談を行います」

対談？　会社の会議で対談？　意味がわからない。いや。今の経営ビジョンの発表に較べれば、だいぶましか。

壇上に椅子が二脚置かれた。

忠介がそのうちの一つに座った。

取締役席から若い女が立ち上がり、壇上に向かう。

誰だ？　そう言えば、芸能人が社外取締役に就いたとかいう話を聞いたが、あの女か。しかし、またどうしてあんな小娘が？　会長か社長の愛人か？　それとも、隠し子か何かか？　まあ、どうでもいいが、こんな対談を聞かされるより、早く帰らせて欲しい。研究所で暇潰しの会議がしたい。

「このたび社外取締役に就任されました河野ささら氏は長らくアイドル芸能活動に従事され、芸術だけでなく経営についても造詣が深くあられるとのこと。ＭＢＡをお持ちの石垣社長とこれからの企業経営について意見交換を行っていただきたいと存じます」司会が紹介した。

「は、初めまして。このたび取締役に就任いたしました、河野ささらです」ささらはぺこりと会場に向けて硬直したお辞儀をした。かなり緊張しているらしい。

「緊張せんでええで」忠介は言った。「こいつら、みんな君の部下なんやから。なんでも好きに言い付けたらええねん。こいつら、命令通りに動くのが最高の喜びなんや」

ははははっ、という乾いた笑いが会場から生まれる。

もちろん、黒星も笑った。はらわたは煮え返るようだったが、にこやかに笑った。

この男の機嫌さえ損なわなければ、俺たちには安泰な将来が約束されている。

それは理不尽ではあったが、ある種の保証でもあったのだ。少なくとも、ここにいる者たちはそう思い込んでいた。

そして、対談が始まった。

10

「どうですか？　取締役の椅子の座り心地は？」忠介は椅子にふんぞり返るように座りながら言った。「もうひと月ほどになりますか？」

「まだまだわからないことだらけで、椅子の座り心地を確認している余裕はありません。あの会議のたびに貰う……議事録って言うんですか？　あの会議内容をそのまま文章にしたやつを読むのが精一杯で」

「ああ。あれはちょっとした打ち合わせでも必ず作ることになっとるんですわ。ここの創業者――僕の先祖が細かい人で、どんな小さな会議でも必ず議事録は残しとけ、それが会社の財産になる、いう遺言みたいなもの残したんで、そういう風習が社内に残っとるんです。まあ、スタッフの自己満足みたいなもんです。そろそろやめてもええんちゃうかと思うんですけどね」

議事録の内容がわからないのは、会社についての知識がまるで不足しているからだ。そもそも、会社に来るのは、週に一度程だ。それもほとんど取締役室にはいない。あちこち見学で連れ回されるのだ。

「でも、会社のことはだいたいわかったんと違いますか？」忠介がへらへらと言う。

「それがお話を聞いてもまだよくわからないんです」

「いや。うちの会社の中身なんか単純なものです。難しく考えるからわからんような気がするだけです。わからんことがあったら、今ここで訊いてください。どんなことでも答えますから」

「量子コンピュータって何ですか？」ささらは正直に尋ねた。「いろいろ説明を受けたんですが、全然わからなくって」

「ああ。とにかくめっちゃ速いコンピュータですわ。ＡＩとかにも使えるんです」

「この会社の部品が使えるんでしょ？」

「そうそう。量子ゲートね」

「どういう働きなんですか？」

「原理は簡単です。子供でもわかる。でも、そこは気にせんでもええんです」

「えっ？」

「量子ゲートの働きとかは研究員に任しといたらええんです。あいつらはそういうことを考えるのが好きなんやから。我々経営者はそういう細かいことは考えずに、もっと大きな経営戦略を考えといたらええんです。そういう大きな経営戦略はあいつらには無理ですから」

本当にそうなんだろうか?

ささらは疑問だった。

ネットで調べたところによると、この会社の売りは量子ゲートという部品の一種だということだった。どうやら、偶然できたもので、まだその動作原理は解明できていないようだった。いくら調べてもどういう部品なのか、全然わからなかった。

ささらは思い切って、菜々美にどういう部品なのか尋ねてみたことがあった。

「わたしだって、ちゃんと理解しているとは言えません」菜々美は正直に言った。「でも、概略を説明することはできます。それで、どっちがいいですか? 数時間掛けて、しっかりと理解したいか、それとも数分でわかった気になりたいか?」

ささらは少し考えてから答えた。「『わかった気』の方でお願いします。物理は不得意なので」

「では、まずコンピュータについては何か知ってますか?」

「賢い機械?」

「コンピュータとはつまり、複雑な論理回路です。たくさんのスイッチが組み合わさっていて、それらがオンオフすることによって計算を行うのです」

「もうわたしの理解の限界を超えそうなんですけど」

「無理に理解しようとせず、イメージで摑んでください。たくさんの計算をするためには、このスイッチの数をどんどん増やさないといけないのです。つまり、コンピュータの性能を上げるには、同じ大きさの箱により多くのスイッチを詰め込めばいいのです」

「それはなんとなくわかります」

「でも、スイッチを詰め込むにも限界があるのです。半導体をスイッチとして機能させるにはある程度の大きさが必要です。つまり、コンピュータの速度には限界があるということです」

「それもなんとなく……」

「さて、ここに猫一匹をなんとか入れられる箱があったとします」

「猫……ですか」

「ここに二分の一の確率で毒ガスを発生する小型の装置と一緒に猫を入れて密封します」

「なぜ、そんな酷いことを」ささらは抗議した。

「実際に猫を入れる訳ではありません。『シュレーディンガーの猫』と呼ばれる有名な思考実験です。つまり、頭の中で行う実験です」

「はあ、そうですか」ささらは生返事をした。

「詳細は省きますが、量子力学によると、誰かが箱を開けて中身を見るまで、箱の中には生きている猫と死んでいる猫が両方存在しているのです。重ね合せの状態になって。つまり、一匹しか入れないはずの箱に二匹の猫が入っていることになります」

「そんな現象、実際に確かめられてるんですか?」

「誰かが見た瞬間、重ね合せ状態は壊れて、猫は一匹になります。だから、絶対に確認できません」

「じゃあ、意味ないですね」

「いいえ。意味はあります。一匹しかいない猫を二匹にすることができるんです。この手法を繰り返せば、二匹を四匹に、四匹を八匹に、八匹を十六匹に、とどんどん増やして、一つの箱の中に何億匹、何兆匹の猫を存在させることができるんですから」

「一度死んだ猫を生き返らせることはできないんでしょ?」

「猫は喩えです。生きている猫とはつまりオンになったスイッチ、死んでいる猫とはオフになったスイッチのことです」

「ああ。なんとなくわかってきました。『シュレーディンガーの猫』の原理を使えば、同じ大きさの箱に何億倍もの論理回路を入れることができるんですね。つまり、超高速で動くコンピュータができる」

「その通りです。で、問題は外から観測できないブラックボックスの中にスイッチを作らなくてはならないということです。これがなかなか難しい」

「完全に蓋をすればいいんじゃないですか？」

「蓋をしても、音波や電磁波は箱の中に入ります。そのような外乱を遮断するために、従来は一個の電子や一個の光子を使ったさまざまなスイッチ——量子ゲートが考案されてきました。しかし、これらは作るのが非常に難しいのです。ところが……」

「レトロフューチュリア社の真空管を使えば、簡単に量子ゲートが実現できる訳ですね」

「その通りです。しかし、なぜうまく作動するのか、誰にもわからないのです」

「そんなことがあるんですね」

「装置や部品の世界では珍しいですね。でも、材料の世界ではよくあることらしいです」菜々美は話を続けた。「で、原理がわからないことにはメリットとデメリットがあるのです。メリットは動作原理がわからないため、他社に真似されず独占状態が保てるということです。デメリットとしては、計算だけで設計変更するのが難しく手探りの実験を繰り返さなくてはならないということです」

「世界一って、そういうことだったんですね」

「これで、『わかった気』になりましたか？」

「全然」ささらは首を振った。「自分が無知であることを思い知らされました」

「ふん」菜々美は面白そうにささらを見た。「会長も社長もこの説明で『完璧にわかった』とおっしゃってました」

「それは二人には基礎的な知識があるから……」

「いいえ。二人の反応とあなたの反応をみればわかります。二人に較べればあなたは遥かに深く理解しています」

「聞いてました？　わたしはあなたの説明が全然わからなかったんです」

「あなたは『自分が理解していないこと』を理解しました。でも、あの二人は『自分が理解していないこと』を理解できなかった。つまり、あなたの方がより深く理解している」

「信じられません。自分の会社の製品を理解せずに経営者になれるんですか？」

「ええ。もちろんなれますよ」

　ささらは菜々美と話していて思い付いた疑問を口にした。

「でも、経営者だったら、自分の会社の製品ぐらい知っておくべきなんじゃないですか？」

「もちろん、僕は知っている。普通は大学で何年も勉強しなくてはわからんそうですが、僕は一分説明を聞いただけで理解できた。なんでかわかりますか？」

「いいえ」

「枝葉末節に拘らないからです。細かい部分を理解する必要はないんです。ポイントだけ押さえたらええんです」

「ポイントだけですか？」

「あと、一つ秘密を教えましょうか？　難しい理論を一瞬で理解する方法です」忠介はにやりと笑った。「それはちゃんと理解している人間から説明を受けることです」

「それは当然なんじゃないですか？」

「ところが、技術者の中には生半可に理解しているやつが多いんです。そんなやつはすぐにわかります。説明するときに小難しい理屈や専門用語を使うて煙に巻いてくるんです。でも、本当にわかっている人間は違うんです。わかり易い言葉でさっと説明できるんです。僕はそういう人間に訊いたから、相対性理論も一分で理解できました」

「それは凄いですね」ささらは驚いた。「わたしにも教えていただけますか？」

「ああ。簡単ですよ。あなたは同じ一時間でも、長く感じたり、短く感じたりすることがあるでしょう。熱いストーブに手を置いているときは物凄く長く感じるのに、恋人と過ごすときは一瞬で過ぎ去ってしまう」

「ああ。それは心理学的な……」

「相対性理論というのはそういうことです。要は同じ一時間でも伸び縮みするっちゅうことが理解できたら、それでええんです」

　絶対に違う。

　ささらは確信した。

　その話は聞いたことがある。確か、アインシュタインがそんなことを言ったとか言わなかったとか。だが、仮に言ったとしても、それは彼の理論を理解できなかった人を小馬鹿にした冗談に決まっている。相対性理論は純然たる物理学の話であって、心理学的な時間の感じ方とは関係ない。だが、それを今ここで指摘するのはまずいということはわかっていた。

「僕は思うたんです。相対性理論とか、小難しいことを言うても、実際にはこんな簡単な原理なんやと。科学者は簡単な話を難しくしてるだけなんやと。そやから、僕は僕に理解でききんような話をするやつは一切信用せんのです。僕に理解できるように話せる人間だけが本当に理解している人間で信用に値するんです」

ささらは頭が痛くなってきた。

本当にみんなこれでいいの？

ささらは会場に座っている人々の様子を見た。

みんな一言も聞き漏らさないでおこうと、必死にメモを取っていた。

「つまり、経営者にとって大事なのは小難しい理屈やないということです。大事なんは感性です。感性が鋭ければ、難しい理論も頭やのうてハートで理解できるんです」

「ハートですか？」

「そう。ところが、世の中の人間はハートより頭が大事やと思ってる。ここに間違いがあるんです。例えば、今回、僕が提唱した『売り上げ十倍計画』がそうです。こんなとんでもないコンセプトは頭で考えて出てくるもんやないんです」

やっぱり自分が考えたと思ってるんだわ。でも、それは否定しない方がいいのかしら？

「みんなこのコンセプトが斬新過ぎてまだついてきてないんです」忠介は得意げに話し続けた。「それはみんなの顔を見たらわかります。でも、少し考えたらわかります。三年で売り上げを十倍にすることができたら、我が社は歴史に名を残すことになります。これ以上素晴らしい施策は考えられないでしょう。大飛躍です」

ささらはもう一度会場を見た。

ここに来ているのは幹部社員たちだと聞いていた。彼らは一様にじっと忠介の顔を見詰め、その一言一言に注目しているように見える。まるで有名芸能人のコンサートに集まったファンか、新興宗教の教祖に群がる信者たちのように見える。だが、一人一人の顔をよく見ると、その目が輝いていないことに気付く。もちろん、中にはぎらぎらと狂信的な輝きを持った瞳の持ち主もいる。だが、大部分は死んだ魚のような目をして、忠介を見詰めているだけなのだ。

ささらは寒気を覚えた。

自分は来てはならないところに来てしまったのではないか？　踏み込んではならない領域に踏み込んでしまったのではないか。

そんな後悔が強くささらにのし掛かってきた。

そして、その後も実のないうわべだけの話が続いた。

とても、大企業の幹部の会話とは思えなかった。

対談が終わる頃、ささらは激しい吐き気を覚えた。

11

「社長とアイドルの対談の話、聞いた?」単が実験の後片付けをしながら帆香に言った。

「ああ。社内報に出てたわね。たいした内容じゃなかったように思うけど」帆香は上の空で答えた。

「あんた、何見てるの?」単は帆香が見ていた書類に気付いた。

「単にも渡されてるはずよ」帆香はA4の書類を見せた。

「ああ。そう言うたら、メールボックスに何か入っとったな。何やこれ?」

「事業計画書兼誓約書よ」

書類の上半分は今年と来年の日付だけが書かれた空白の年表のような様式になっていた。下半分には、「新規事業の要約」「売り上げ予測値」と書かれている。

「何、これ?」

「先週の説明会出てなかったの?」

「出てたけど、よく聞いてなかった」

「寝てたんじゃないの?」

「違う。違う。あまりのつまらなさに一時間程気絶してたんや」

「売り上げ十倍計画のことは聞いてた?」

「ああ。何かそんなこと言うてたな。三年で、うちの会社の売り上げを一兆円にするとか。まあ、そういう夢を見たっていうことやろ?」

「社長は本気みたい」

「本気やろうと、冗談やろうと、同じことや。できんもんはできん」

「できるかどうかは訊いてないそうよ。やれと言われたらやるだけだって」

「でも、まあやるのは事業部やろ。研究所は関係ない」

「ところが、社長が黒星所長を呼び出して、言ったそうよ。『世界一大計画』も『売り上げ十倍計画』に統合するって」

「無茶なもんに無茶なもんくっ付けてどないするねん!」

「百人の研究員が一人ずつ百億円の事業を開発したら、それだけで一兆円達成なんだって」

「アホや。アホの理論や」

「だから、今週中に事業計画書兼誓約書を提出しろって」

「そんなもん適当に、どこでもドアとかタイムマシンとかの夢の話書いて出しといたらええねん。……ん? 『兼誓約書』って何や?」

「そこが気になっているのよ。『わたしは上記事業を必ず実現します。ただし、実現できなかった場合は、会社からのどのような処遇も受け入れます』って書いてある部分に署名・捺印しろって」

「そんなもん無効やろ」

「常識的には無効だと思うんだけど、『ただし』というところからが気になるのよ」

「但し書きなんか、あってもなくても一緒やろ」

「もし、これが『百億円の事業を必ず立ち上げます』だけだったら、『自力で空中浮遊します』とか『水中で呼吸します』みたいに元々不可能な契約なのは自明だから、無効だとは思うの。でも、但し書きがあると、解釈が変わるかもしれない。『空中浮遊します』は実行不可能だけれど、『空中浮遊します。ただし、できないときは一万円支払います』だったら実行可能になるのよ」

「前半はできひんことやん」

「でも、後半はできることよね。『AもしくはBを行います』という契約は、Aが実行不可能でも、Bが実行可能なら、有効になるのかもしれない」

「それってほんま?」

「わたしは法律の専門家じゃないからわからない。だけと、迂闊にサインはしない方がいいと思うわ」

「そやけど、部長はサインせい、て言うてくると思うで」

「一対一で迫られたら、断るのは難しいかもしれないわね」

「あいつ、めちゃくちゃパワハラで押してくるからな……。そや。そのサインを強要される様子を録音しといたらどやろ?」

「でも、所内への録音機材の持ち込みは禁止よ。携帯電話ですら、ロッカールームまでしか持ち込みできないんだから」

「自衛のためや」

「持ち込んだ時点で社員規則を破ったことになる。その辺り、実際に裁判してみないと、どう判断されるかわからないわね」

「わたしは一か八かやってみようかな？」

「それは危険だと思うわ」

「でも、こんなもんにサインさせられたらたまらんし」

「ああ。まだ実験室にいはったんですね」忠岡が入ってきた。手には例の事業計画書兼誓約書を持っている。「ちょうどよかった。お二人の事業計画のアイデア、教えて貰えますか？　被ったらあかんので」

「あんた、それ書く気なん？」単は目を丸くした。

「いやいや。書かない選択肢なんかあらへんでしょ。上司の命令なんやから」

「そやけど、百億円事業なんか思い付くん？」

「馬鹿にせんといてください。あんな指示本気にする訳ないでしょ。百億円事業思い付くぐらいやったら、とっくに会社辞めて、起業してます」

「ほんなら、何書く気なん？」

「まだ決めてません。まず、他のみんなのアイデアを聞いて、それと被らない案を書こう思てます」

「わたしたちはノーアイデアよ」帆香は正直に言った。

「そうですか。それやったら、僕が先に決めてもええですか？」忠岡は暢気（のんき）な調子で言った。

「あなた、さっき、百億円事業なんか思い付かないって言ってたわよね？」

「はい」

「でも、事業計画書は書くつもりなのよね？」

「はい」

「何を書くの？」

「もちろん、適当なフェイク計画です」

「架空事業計画ってこと？」

「それ以外ないでしょ。社外に向けて架空事業計画を発表したらまずいですけど、これは社内向けの書類ですから、気にせんでもええんです」

「でも、但し書きがあるんやで」単が言った。「『ただし、実現できなかった場合は、会社からのどのような処遇も受け入れます』て、降格とか減給とかされたら、どうするつもりなん？　最悪、解雇とか」

「そんなことには絶対ならんでしょ」

「なんで、言い切れるん？」

「ええですか？　百億円の事業立ち上げるなんてことができる人がこの研究所にいると思いますか？」

帆香と単は首を振った。

「そう。そんな人はいません。ということは、つまり全員が達成できひんのです。そうなったら、全員が処分されると思いますか？」

「いや。さすがにそんなことはないと思う」単が答えた。

「もし、そんなことになったら、新聞や週刊誌のネタになるぐらいです。いくらなんでも、そんなアホなことはせんでしょう」

「けど、アホなことしてるで」単は事業計画書兼誓約書を見せた。

「あくまで、これは社内文書です。現時点でも、これをマスコミに持っていったら、大問題になると思います。まあ、まだそんなことまでする必要があるとは思えませんけど」

「目標が達成できないからと処分されたら、これをマスコミにリークするっていうこと？」

「処分されそうになったら、部長に『リークするぞ』というだけです。たぶんそんなことにはならんと思いますが」

「う～ん」帆香は腕組みをした。「それは脅迫っぽいな」

「大丈夫です。部長は警察に訴えたりはしません。そんなことをしたら、余計騒ぎになりますから」

「どうする、帆香？」単が尋ねた。

「とりあえず、適当な事業計画を書くしかないようね。一応、松杉主任にも相談して、無難なテーマを書くことにしましょう」

「今、決めました。僕は量子重ね合せ状態の安定性を十倍にした量子ゲートの事業化にします」

「そんなこと、どうやって実現するんや？」

「実現なんかできません」

「……なるほど。そういうことか。そんならわたしはスイッチング速度を百倍にすることにする」

「無茶苦茶やけど、それやったら百億円ぐらい稼げそうですね。塩原さんはどうします？」

「わたしは、……思い付かないわ」

「じゃあ、ジンギュラリティマシンの開発っていうのはどうですか？」

「何、それ？」

「僕が今作った造語です。人間を超える人工知能という意味です」

「そんなの完成したら、百億円事業どころか、人類文明の危機じゃないの」

「そうですね。でも、どうせできないので、気にしなくてもええんです」忠岡はへらへららと笑った。

帆香も笑おうとしたが、顔がこわばってしまった。

社内向けの書類ですから、気にせんでもええんです。

忠岡はそう言った。でも、本当にそれだけで済むのかしら？

帆香は不吉な胸騒ぎを感じた。

12

「えっ？　今、何て言うた？」定例の事業部長合同会議の席上で忠介は自分の耳を疑った。

「達成です」貧相な顔立ちの本堂(ほんどう)計算尺事業部長は頑張って胸を張った。

「そやから何を達成したって？」忠介は顰(しか)めっ面のまま聞き直した。

彼が顰めっ面だったのは、報告される各事業部の実績がことごとく惨憺たるものだったからだ。現状維持なら、まだましな方だった。殆どの事業部では業績が急降下していたのだ。

もちろん、それには理由があった。売り上げを十倍にしろという忠介の指示を実行するため、いろいろと無理をしたのだ。そのおかげで販売計画も製造計画も新製品開発計画も全部無茶苦茶になってしまった。とりあえず、売買契約を結んだのはいいが、製造が全く間に合わなくて納品できなかったり、相手の要求仕様を全く満たさない製品を送り付けて全て返品されたり、あげくの果てに納品できなかったことで生じた損失を補塡しろと損害賠償請求をされたりといった有り様だったのだ。

忠介は怒り心頭に発していた。

こいつらは何もわかってへん。せっかく俺が素晴らしい経営戦略を立てたというのに、こいつらが馬鹿なせいですべてが台無しや。どんなに指揮官が優れていても兵隊が愚かやったり、怠け者やったりしたら、戦争には勝たれへん。今回のことがまさにその実例や。

忠介は会議の最後に全員を怒鳴り付けようと思っていた。

おまえらは何をやってるんや？　どうして、上司である俺の命令を守らんのや。俺は売り上げを十倍にしろ、と言った。それが守れないということは、つまりおまえらは命令に背いたと言うことや。背任罪や。全員警察に訴えて逮捕さしたる！

そんなとき、突然本堂計算尺事業部長が朗報を齎したのだ。

「売り上げ五倍達成です。来年の売り上げはさらに増えて去年の十倍を超える見込みです」

「そやかて、あの発表をしてからまだ二か月しか……」

「このデータを見てください」本堂はスクリーンにグラフを映した。「現時点の実績で、昨年の三倍に達しています。年度末には五倍を超える見込みです」

「ほんまや！」忠介の表情は喜びに満ち溢れていた。

「できると思われたから指示されたんでしょ？」

「……それはそうや。もちろんや。そやけど、こんなに簡単に達成できるとは……」

「いえ。簡単ではありませんでした」本堂は眉間に皺を寄せた。「われわれは全力を出し尽くしました。だからこそ達成できたのです」

「どうやったんや？」忠介はにこにこと言った。

「えっ？」

「そやから具体的にどうやったんや？」

「それは……ここで言わないといけないんでしょうか？」

「そらそやろ」

「他の事業部の方も聞いておられますし……」

「いやいや。それはかまへんやろ。他の事業部が真似するのが悔しいんか？　大丈夫や。最初に売り上げ十倍達成しそうなのは君やということは、ちゃんと覚えておく。その方法をみんなに教えたってくれ。そしたら、みんな業績が上がって万々歳や」

「あっ。……はい。……」

「何や。まだもったいぶってるんか？」

「いや。そういう訳では……」

「おい！」忠介はまた少し不機嫌な様子になってきた。「業績を独り占めするというのは、いくらなんでもあさましいぞ！　これは社長命令や。みんなにノウハウを教えたってくれ。言わんかったら背任罪や!!」

「いえ。言いたくない訳ではありません」さっきまで意気揚々としていた本堂の顔色がどんどん悪くなり、額から滝のように汗を流し始めた。「ただ、その……他の事業部のみなさんに我々と同じことができるかどうか……」

「大丈夫や。みんなこの会社の仲間や。計算尺事業部にできて他の事業部にできんっちゅうことはないやろ。さあ、みんなに教えたったって」

「つまり……」本堂はごくりと生唾を飲み込んだ。「根性です」

「こ、こ、根性!?」さすがに忠介も驚いたようだった。「どういうことや？」

「ビデオを……社長のビデオをですね。毎朝、朝礼のときに流したんです」

「僕のビデオ？」

「ええ。あの『売り上げ十倍計画』を発表されたときのビデオを毎朝、社員に見せたんです」

「はあ？」

「あのときの社長の迫力には鬼気迫るものがありました」

「えっ？」

「がつんと頭に来るものがありました。ああ。この社長は絶対にやる。我々はこの社長についていけばいい。何一つ悩む必要はない。ただ、この人の言葉を信じればいいんだ、と」

「うん」忠介はちょっと考え込んだ。「まあ、僕にしたら、あんなのは普通やと思とったけど、君らにしたら刺激が強過ぎたかもしれんな」

「物凄いパワーを貰いました。そのとき、考えたんです。このビデオをうちの事業部の人間に見せたら、根本的に精神が変わるのではないかと」

「なるほど。なかなかいい考えかもしれんな」

「そういうことで、各部長に命じて、朝礼時に社長のビデオを流すことにしたんです。そうしたら驚きです。一週間ほどで、ぐんぐんと効果が表れてきました。みんな凄いやる気が出て、営業も製造もそれは凄まじいものです」

「ほんまか?」

「このデータが証拠です」

他の事業部長たちは特に反応はなく、ぽかんとして本堂の顔を見詰めていた。

事業部長たちは驚いたのか、全員びくりと身体を震わせた。

「なるほど!!」忠介が叫んだ。

「これは思い付かんかったな。要はマインドの問題やからな。僕のマインドをみんなに伝えたら、それが一番効果があるってことやな」

「そ、そういうことです」本堂は額の汗をスーツの袖で拭（ぬぐ）った。

「もし僕が各部署におったら、どんどん業績を上げたやろけど、残念ながら僕は一人しかいぃひん。そやけど、僕の気迫の一部でも伝わったら、それはもうみんなスーパーサラリーマンになる訳か」忠介は腕組みをした。「よし！　グッドアイデアを思い付いたで！　これから全社の朝礼で僕のビデオを流すんや」

　事業部長たちは慌ててメモを始めた。

「これで、凄いことになるで。レトロフューチュリア社の名前は世界に轟（とどろ）くんや。そや。このデータ、今すぐ僕に送ってくれ」

「はい」

「今から、会長に報告してくる。僕が社長になって、すぐにこんな成果出したと知ったら、驚くやろな。いや。会長のことやから、その程度のことは想定内かもしれんけどな」

忠介が部屋から出ていくと、すぐに事業部長たちが本堂の周りに集まってきた。

「それで、ほんまはどうしたんや？」田口（たぐち）テープレコーダー事業部長がまず口を開いた。

「……ほんまって？」本堂は惚（とぼ）けようとした。

「いやいや。ビデオ見せたぐらいで売り上げが上がったら、苦労はないわ。どんなからくりがあるんや？」

「からくりなんか別に……」

「ほんなら嘘か!?　そんな適当なことしたら、監査通らへんで」

「いや。それは大丈夫だ。ちゃんと話通してあるから」

「なんや。ややこしそうな話やな」

「来年には改善するから、今年だけは見逃してくださいって、監査法人に土下座して頼んだんだ。そもそもこっちが金を出してあいつらを雇ってるんだから、最終的にはこっちの味方だ」

「そやけど。嘘の会計報告はいくらなんでも、辻褄が合わんやろ」

「いや。辻褄は合うんだ。全くの架空じゃないから」

「どういうことや⁉ もったいぶらんとさっさと話せ！」田口は本堂の胸倉を摑んだ。

「は、は、販社を利用したんだ」本堂は必死で答えた。

「販社って、製品を販売する子会社やないか」田口は手を放した。

「子会社とは言っても一応は別の会社だろ」本堂は喉を押さえ、苦しげに言った。「うちの事業部の決算期と販社の決算期を十日ずらしたんだよ」

「それはつまり……」田口は呆然として言った。

「販社の決算期を本社の十日前に設定して、まず販社の決算を先に終える。その後で、事業部の在庫を全部販社に売り付けた。これで売り上げは達成だ」

「でも、実際には売れてない。販社は在庫を引き受けて大赤字やないか」

「販社の決算はすでに終わってるから何の問題もない」

「でも、次の期はどうなるんや？」

「販社の決算前に事業部が在庫を買い戻したらいいんだ。そして、販社の決算が終わったら、また販社に売りつける」

「それは……」田口はごくりと唾を飲み込んだ。「押し込みという粉飾会計の手口やないか」

「そうだよ」

本堂は田口に摑まれて結び目が緩んだネクタイを締め直した。「そうだよって、おまえ、それ犯罪やないか」

事業部長たちはざわつき始めた。

「……ばれたらな」

「おまえ、何言うてるねん」

「俺たちは社長に売り上げを十倍にしろと言われている」

「そや。そやけど、粉飾しろとは言われてない」

「社長が粉飾しろという訳がないだろ。でも、考えてみろ。社長は上司の命令に従わなかったら、背任だとは言ったんだ。これはどういう意味かわかるか？　達成できんかったら、どうせ犯罪者だ。だったら、一か八か危ない橋を渡れ、という意味だと思わないか？」

「目標が達成できんかったからと言うて、実際には背任にはならんやろ」

「そんな甘い考えでいいのか？」本堂はなぜか自信たっぷりな様子で話し出した。「社長は理屈の通じる人じゃない。やれと言われたらやるしかないんだ」

「しかし、粉飾は……」

「じゃあ、おまえは首になってもいいのか？」

「首？ いくらなんでも売り上げが達成できんぐらいで……」

「俺たちは労働組合に守られている社員じゃないんだ。ここにいるやつらはみんな管理職か執行役員かどちらかだ。経営者が首だと言えば首だ」

「しかし、粉飾は……」

「誰がばらすんだ？」

「えっ？ それは……」

「粉飾がばれたら、株価は暴落する。下手したら上場廃止だ。監査法人は責任をとらされて解散させられるかもしれない。つまり、粉飾がばれたら、経営者も社員も株主も銀行も監査法人も損をするばかりで、誰も得をしないんだ。だったら、誰がばらすんだ？」

全員が俯いた。

「俺はこの方法に賭けたんだ。もし口外したければ勝手にやれ。だけど、それで上場廃止になったら、大勢の人間に恨まれることになるぞ」

その場の全員が黙り込んだ。

「よく考えるんだ。このことを口外したら、全員が終わる。だけど、俺と同じことをすれば、全員が勝ち組だ。誰も困らない」

事業部長たちは顔を上げた。そして、しばらく考え込んでいたが、そのうち一人が言った。「俺は生き残りに賭けるで。多少汚いことをするぐらいなんや。今までかて、わしら会長のためにいろいろ泥被ってきたやないか」

「そや。今更、汚いことの一つや二つどうってことあらへん。それにこれは社長のため、会社のためや。長い目で見たら、正しいことなんや」別の一人が言った。

一人また一人と何か言ったり、言わなかったりして、その場を去っていった。

それぞれの目には暗い霧が宿っていた。

本堂はほっと一息吐き、そして誰に見せるでもなく歪んだ笑いを浮かべた。

13

「おい。松杉、ええ加減にしてくれよ!!」毒島は拳でどんと机を叩いた。

黒星所長同席の研究部内会議での突然の怒号に帆香たち研究員は愕然とした。

「えっ？　……な、何ですか？」松杉はどぎまぎと尋ねた。

「この君の事業計画書や。売り上げがたったの二億円てどういうことや⁉」毒島はここぞとばかりに松杉を睨み付けた。口から火を噴きそうな勢いだ。

あまりの剣幕につい松杉は目を伏せてしまった。

「二億円？」黒星が眉間に皺を寄せた。「どういうことだ？　意味がわからないが」

「こいつ、事業計画書に『売り上げ予測二億円』なんて寝惚けたこと書いてますんや」

「それは単位の間違いだろう。二億円なんて話にならない。きっと、二億ドルのつもりだろ」

「そうなんか、松杉？」毒島は巨体を震わせながら、さらに松杉を睨み付ける。

「それは……」松杉ははあはあと息苦しそうに言った。「正確な見積もりです。現在販売されているモデルの設計変更で、性能指数を四十パーセント上げることができます。現在の市場の成長率を考慮すると、うまく開発が進めばシェアを二倍程度に……」

「嘗めとんのか‼」毒島は机を蹴飛ばした。

「ひっ！」単は悲鳴を上げた。

「こら、毒島君、女性が驚いているじゃないか。もう少し穏やかに話をしようじゃないか」黒星はわざとらしく言った。

「そやかて、松杉があまりにふざけたこと言いよるんで……」毒島は苛立たしげに言った。

「ふむ。ちょっと計画書を見せてくれるか？」黒星は毒島から手渡された書類を眺めた。

研究部全員の分がファイルに綴じてある。

「はあ⁉」素っ頓狂な声を上げる。

「酷いでっしゃろ？」

「これは何かの冗談なのか、松杉君」

「冗談？」

「わたしがどういう指示をしたか覚えてるかね？」

「……一人ずつ百億円事業を立ち上げろと」

「だったら、ちゃんと指示を守ったらどうかね？」

「いや。百億円事業なんて、夢みたいなこと……」

「おまえ、何抜かしとんじゃ!!」毒島は椅子を床に叩き付けた。

椅子は壊れて、破片が飛び散った。

黒星は涼しい顔をしている。

「おまえは、黒星所長が夢見てると言いたいんか!?」毒島はさらに怒鳴り付ける。

「そんなことは言うてません」

「いや。今、おまえは確かに『夢みたいなことできるか、ボケ』と言うたぞ」

「そんな悪態吐いてません」

「何やと!?」毒島は松杉に詰め寄った。

「まあまあ」黒星は言った。「確かに、松杉君の態度はふざけているが、そんなにむきにならなくてもいいだろ。松杉君、ちょっと質問していいか?」

「あっ。はい」松杉は黒星の静かな様子に少し安心したようだった。

「この計画書には明記されていないが、当然このハイパーチューブの設計変更で、世界一の特性が出るんだろうね」

「いいえ。この設計変更は歩留まりを考えた製造を考慮したものなので、世界一という訳では……」

「ちょっと待て」黒星の目が見る見るつり上がった。「つまり、これは世界一の製品ではないのか？」

「特性は世界一ではありませんが、品質が安定するので、シェアは確実に向上すると……」

「嘗めてるのか‼」黒星は計画書のファイルを松杉の顔に向けて投げ付けた。

あまりに突然だったため、松杉は避けることができず顔面に直撃した。

鼻血が垂れ出す。

松杉は鼻を拭った手を見て、ぎょっとしたようだった。

「何だ？　不服か？　その程度の血が何だ？　わたしの方がもっと大変な損害なんだぞ‼」黒星は松杉を指差した。

「損害？」松杉は鼻を押さえながら言った。

「大損害だ。おまえの給料や研究費は誰が出していると思ってるんだ？」

出しているのは会社だ。だが、黒星はそういう答えを期待しているのではないだろう。

松杉は答えずに俯いた。

「何や。答えないのか？　それとも、答えられないのか？　もういい。そこの女の子！」黒星は帆香を指差した。

「はい？」

「君が代わりに答えなさい。給料や研究費は誰が出している？」

「会社です」帆香は即答した。

「いや。だから、そういう意味ではないんだよ。毒島君、君の研究部はどうなっとるんだ？」

「はあ。申し訳ありません。わたしの指導不足です」

じゃあ、どういう意味で訊いてるんですか？　という言葉を帆香は何とか飲み込んだ。これ以上、事態をややこしくしても、何もいいことはない。こいつらは何を言っても理解しない。そもそも理解するつもりがないのだ。

「ほな、どういう意味で訊いてるんですか？」単が手を挙げて質問した。

その場が一瞬静寂に包まれた。

「……毒島君」黒星は苦虫を噛み潰したような表情で言った。「君から説明したまえ」

「はっ」毒島は慌てて説明を始めた。「たしかに給料や研究費は元を正せば会社の金や。そやけど、研究所内の細々とした金の使い道をいちいち社長が決済する訳にはいかん。そやから、会社の金はそれだけの能力のある人間——わしとか黒星所長とか——に任せる訳や。それはつまり信頼されて任されている訳やから間違った使い方をしたら大変なことになる。つまり、信用の失墜や。君らに金を渡すのを決めるのはわしらで、それが無駄な使われ方をしたら責任をとるのもわしらや。つまり、それらの金は限りなく、黒星所長やわしの金に近いっちゅう訳や」

　なるほど。完璧な屁理屈だ。

「無駄？」松杉は絞り出すように言った。

「無駄やないか。しょうもない研究に金使いやがって。おまえの給料なんか、なしでもええぐらいや。無理やり取り上げる訳にはいかんから、自主的に返納したらどうや？」

「なんでわたしの研究が無駄なんですか？　ちゃんと、生産効率の改善を……」

「そんなこと誰もせいて言うてへんがな！」毒島は自分のファイルを机に叩き付けた。

「所長とわしが言うてるのは世界一の製品を作れっちゅうことや！　そして、それを百億円事業に育て上げろってことや。何も難しいこと言うてへんがな！」

「……難しいことと違う？　世界一になること、百億円事業の立ち上げが難しくないって……」

「何や。できひんちゅうんか？」

「……はい」

「ほんなら、おまえは自分の無能を認める訳やな！」

「いや。そういう訳やなくて……」

「ほんなら何やねん？」

「その指示自体が荒唐無稽かと……」

「おまえ!!」毒島の顔が怒りで真っ赤になった。「わしらが無理な命令出してる言うんか？　それはわしらの方が無能やと言うてるのと同じことやぞ‼」

その通り‼　と言いそうになるのを帆香は飲み込んだ。

そして、単が言ってしまうんではないかとどきどきしたが、なぜか今回、単は黙っていた。

彼女の方を見ると、無表情のまま、ぽかんと口を開けていた。あまりのことに呆れ果てて開いた口が塞がらないのかもしれない。

「もういい‼」黒星が席から立ち上がり、椅子を蹴飛ばした。「こんな無能なやつの相手なんかしていられない。他の研究員は全員、世界一製品の開発と百億円事業の計画書を提出しているんだ！　おまえみたいな無能な人間の顔を見るだけで虫唾が走る‼」

「わたし以外全員……」松杉は帆香たちの方を見た。

帆香は思わず顔を伏せてしまった。我が身可愛さに実現可能性のない計画を立てて提出してしまった自らを恥じたのだ。

松杉さんは無能でも何でもない。無能なのはできるはずのない計画を無理強いするこのおっさんたちとそれを無批判に受け入れたわたしたちだわ。

「それどころじゃない。ここ以外の全ての研究部はすでに世界一の性能を出してるんだ」

「全ての研究部……」松杉は目をぱちくりして呆然と黒星の顔を見詰めた。

「来週には、順次マスコミ発表することになっている。だから、これからわたしはとても忙しくなるんだ。おまえのような穀潰しの相手などもうしていられなくなるってことだ。それから、毒島部長‼」

「はいっ‼」毒島は直立不動の姿勢をとった。

「この役立たずをしっかり教育しとけ‼」黒星はそこで一息吐いた。「今言った通り、おまえの研究部はまだ世界一を出してない。来週中に目途を付けろ」

「はいっ‼」

黒星はどたばたとわざと大きな足音を立てながら、会議室から出ていった。

「おい、松杉、聞いた通りや。たっぷりしごいたるさかいな。……それから、浅川と忠岡」

「はい」二人は何かを予感したのか、小さな声で答えた。

「松杉は役に立たんから、おまえら二人で世界一を出せ」

「えっ。そんなことを急に言われましても」浅川は目を白黒させた。

「何や。おまえも屑か？」

浅川は俯いた。

「忠岡、おまえは？」

「えっ……あの……」忠岡はどぎまぎとした。

「できるんか、できひんのか、はっきりせい‼」

「あの……できるか、できないかと言われれば……やはり……」

「できるんやな!!」

「……はい……」忠岡は蚊の鳴く様な声で言った。

「よっしゃ、言うたで。ここにいる全員が証人や」毒島はぽんと忠岡の肩を叩いた。

「何、心配することあらへんがな。データには誤差が付きもんやて、いつもおまえら言うとるやないか。ちょっと誤差が大きめに出て、それが世界新記録やったとしても、おまえのせいとは違うわな」

「……はい……」

「ほんなら、今から報告書、書いてこいや。他のもんもさっさと仕事に戻れ。優秀な君らにはさっさと百億円事業を立ち上げて貰わんといかんからな。松杉はここに残れ。所長に盾突くなんて言語道断や。わしが鍛え直したる」

「あの……松杉さんの言ってることはおかしくは……」帆香が言い掛けた。

「女は黙っとれや!!」

毒島は帆香の方をじろりと睨んだ。

「えっ？」

「女はええわな！　結婚したら、仕事から逃げられるんやから！　わしら、男は逃げられへんねん!!　女の癖にごちゃごちゃ抜かすな!!」

何？　わたし、何聞かされてるの？　この男はずっとわたしがそんなつもりで働いてると思ってたの？　そんな訳ないじゃない。わたしがどれだけ頑張ってきたと思ってるの？

あまりの暴言に帆香は頭に血が上り、反論する言葉が出てこなくなった。握りしめた手がぶるぶると震え出す。

「帆香、早よ行こ」単が帆香の腕を摑んで、部屋の外へと引っ張っていった。

毒島は帆香に興味を失ったらしくまた松杉の方に顔を戻した。

研究員たちは次々と会議室から出ていった。

閉まるドアの隙間から真っ青な松杉の顔が見えた。

14

忠介は文字通り狂喜乱舞していた。机の上で大声を上げながら飛び跳ねていたのだ。

菜々美はその様子を部屋の入口近くで、じっと黙って見ていた。

そのとき、棚森が部屋に戻ってきた。「わっ！　なぜ君がここにいるんだ？」

「河野取締役のスケジュールをお伝えしにきたのですが、ドアが開いていたので、勝手に入ってきました。不都合でしたか？」菜々美は淡々と答えた。

「ドアが開けてあるときは入っていい時だ。不都合ではない」

菜々美は忠介の様子を見続けていた。

「おそらく君には社長の様子が常軌を逸しているように見えるだろうね」

「あなたの洞察力には感服するわ」

「これには訳があるんだ」

「そうでしょうね」

「社長が訳のわからないことを叫びながら暴れているのは、喜んでいるからだ。怒っているからではない」

「それは朗報ね」

「理由はこれだ」棚森は菜々美に資料を見せた。

菜々美は一瞥した後、何度も裏表を見直した。

「どうした？」

「何が書いてあるかわからないわ。何の暗号？」

「暗号ではない。書いてある通りの意味だ」

「説明してもらっていいかしら？」

「だから、書いてある通りだ。売り上げ十倍計画発表から一年で、すべての事業部で売り上げが昨年度の数倍になった。来年度には計画より一年早く十倍を達成することだろう」

「ふうん」

「感想はそれだけか？」

「あいつらやらかしたのね」

「しっ！」棚森は自分の唇の前で人差し指を立て囁いた。「聞こえるじゃないか」

「どうするの？」

「何の話だ」

「不正を見逃すの？」

棚森は菜々美の腕を摑んで廊下に連れだした。

「いいか。これは極めてデリケートな問題だ」

「粉飾にデリケートも何もないわ」

「いいや。慎重に行動しないと大変なことになるんだ」

「ひょっとして見逃す気なの？」

「重要な事項がある」

「何よ？」

「社長は気付いていない。たぶん会長もだ」

「とんだ裸の王様ね。でも気付いていない演技をしているのかもしれないわ」

「気付いている訳あるか。社長は勝利宣言のイベントをやるって言い出したんだぞ。とんだ大恥だ。気付いているのなら到底できるはずがない。……ところで、本気で社長に演技ができると思ってるのか？」

「いいえ。彼にそんな器用な真似はできない。言ってみただけよ。冗談」菜々美は笑わずに言った。「気付いてないのなら、教えてあげたら？」

「そんな恐ろしいことはできない。社長の反応が全く読めないんだ」

「社長の頭の中なら知れてるでしょ」

「いや。間抜けだからこそ、読むのが難しいんだ。頭がいいやつは、どうすれば自分の身を守れるかがわかっているから行動が読みやすい。社長は何をしでかすかわからない」

「選択肢は数パターンしかないでしょ。まずは激怒して、事業部長たちを首にするんじゃない？」

「その可能性は極小さいと思う。だけど、仮にそうなった場合、僕は彼らに相当恨まれることになってしまう」

「何で恨まれるの？　あいつらの自業自得でしょ？」

「男というのは執念深いんだよ。特にあいつらは出世のためにいろいろなもの――家庭の平和とか良心とか――を捨ててきたから、出世を妨害されたら、それこそ何をしでかすかわかったもんじゃない」

「でも、まさかあなたの命を狙ったりはしないでしょ」

「……」棚森は無言になった。

「ええっ⁉」

「命を狙わないまでも、あいつら全力で僕を破滅させようとするだろう。僕はこれから不安な人生を送ることになる。だが、恐ろしいのは別のパターンだ。社長は事実を知っても、スルーするかもしれない」

「まさか」

「いや。やりかねないね。むしろ、簡単に売り上げを伸ばす方法が見付かったと喜ぶかもしれない」

「そんな馬鹿な」

「馬鹿なんだよ。そうなったら、社長も僕も粉飾の事実を知っていながら、隠したことになってしまう。同罪だよ。犯罪者になるのは困る」

「あなたが地検か警察に訴えればいいんじゃない？　一躍ヒーローになれるわよ」

「その場合、僕は会社にいられなくなる。そもそも会社は倒産してしまうかもしれない。そうなったら、全社員と全株主から恨まれることになる。当然その中には何人か頭のおかしいやつがいる。刺されたり、家に火をつけられたりするのは御免だ」

「でも、今の時点でも不正を知ってるんだから、訴えなければ犯罪者なんじゃないの？」

「いや。今の時点で、僕は粉飾の事実なんか知らないんだ。何の証拠もないし」

「ここにあるじゃないの」菜々美は資料を棚森の目の前で振って見せた。

「それはただの印刷された紙だ。証拠にはならない」

「でも、おかしいと思うでしょ」

「おかしいと思ったけど、気のせいだと思い直した」

「嘘」

「嘘だとは証明できない」

「じゃあ、不正に気付きながら、見逃すって訳？」

「だから、気付いてないんだよ。社長も僕も事業部のやつらに騙された被害者なんだ」

なるほど。もし粉飾が発覚しなかったら、社長共々会社を立て直したヒーローになれるし、発覚しても被害者なので責任は問われない。どっちに転んでも我が身は安泰という訳ね。

菜々美はもう一度資料を見た。「これだけの不正をしているんだから、探せばいくらでも証拠は見付かるはずよ」

「僕は証拠探しはしない。探したら、探している事実を事業部長たちは気付くだろう。そんな危ない橋は渡れない」

「じゃあ、もしわたしが証拠探しをして彼らを訴えたらどうする？」

「やる気か？」

「仮定の話よ」

「悪いことは言わない。幸福な人生を送りたかったら、僕のように気付かないふりをするんだ。だけど、どうしても、君が彼らを訴えたいと言うのなら……」

「そのときは？」

「大歓迎だ」棚森はにやりと笑った。「恨まれるのは君一人だ。そして、僕は晴れて被害者だ」

どうだろうか。確かに現時点では、限りなく怪しいだけで、具体的な証拠は何もない。探せば証拠はすぐに見付かるだろうが、証拠探しをしていることは相手にばれてしまうだろう。それなりの報復があることは間違いない。そして、社長や棚森たち社長付きのスタッフは被害者として免責される。

あまり面白くない筋書きだ。

しかし……。

「そんなことをしても何の得もないわ」

「賢明だね」棚森は笑った。「アイドルのスケジュールは僕にメールしておいてくれ。僕の方から社長に伝えておくよ」彼は部屋の中に戻っていった。

悪人を懲らしめる方法はある。だけど、今は動けない。慎重にことを進めなければ。

15

「イベントに動員がかかってるらしいで」定時後、事務室で、単がメールを見ながら言った。

「何のイベント？」

「第三の創立記念イベントらしい」

「うちの会社、今まで二回創立されてたんだ」

「そういうこっちゃろな。そのためにわざわざ劇場を建設するらしいで」

「どこに建てるの？」

「山の中や。バブルのときにええ気になって銀行に買わされたまま、焦げ付いた土地や」

「何に使うつもりだったのかしら？」

「スマートシティ作るつもりやったらしい。でも、鉄道も大きな道路もないから、ニュータウン作るのは無理っちゅうことで頓挫したんや」

「鉄道や大きな道路がないことは最初からわかってたんじゃないの？」

「わかってへんかったんやろな」

「そんなことある？　地図見ればわかるでしょ」

「ああ。担当してた社員はわかってたと思うで。でも、会長がわかってなかったら、どうしようもないやん」

「言ってあげればいいじゃない」

「うちはそんな会社と違うんやろ。とにかく今回その土地が活用できて、丸う収まったんちゃうか？」

「活用って、一回こっきりのイベント用でしょ」

「それだけの価値があるイベントっちゅうことやろ」

「それで、第三の創立って、何のこと？」

「たったの一年で、うちの会社の売り上げがいっきに三倍になったんや」

「冗談よね？」

「冗談やないねん」単は帆香の方にディスプレイを向けた。

そこには会社のホームページの業績グラフが表示されていた。

「やらかした？」

「証拠はないけどな」

「うちの会社ヤバいんじゃない？　ああ。悪い意味で」

「どうかな。これだけ大きい会社やと、このぐらいのことでは潰れへんような気がするけど」

そのとき、二人の背後で溜め息が二つ聞こえた。浅川と忠岡だ。

「どうしたんや、二人とも？」単が尋ねた。

「ああ。どうして、あのとき俺は部長に『世界一の製品を作ります』って言えなかったんだ」浅川が言った。「俺の評価はただ下がりだよ。会社の業績は過去最高なのに、俺の基本給や賞与は最低クラスだ」

「業績いいって思ってるの？」帆香が真顔で尋ねた。

「社内報にも新聞にも過去最高の売り上げと書いてあるよ」

「だって、それは……」

「ああ……」忠岡が絶望的な声を出した。

「あんたは何や？」単が尋ねた。

「なんで、俺は『世界最高特性を出した』なんて技術報告書出してしもうたんや」

「なんで出したんや？」

「そら、部長に『出せ』言われたからや」

「軽はずみだったわね」帆香は軽く非難した。

「でも、評価が上がったんだろ？　だったらいいじゃないか」浅川が羨ましがった。

「もう新製品ハイパーウルティメイトチューブの技術移管も終わったし」

「えええええっ⁉」帆香と単は驚きの声を上げた。

「いつの間に？　特許も出してないのに」単が訊いた。

「前と同じ設計やから、特許は出してない」

「ほんなら特許にならんような種類の製造技術か材料を開発したんか？　それにしても、信頼性試験してなかったような気がするけど」

「製造技術も材料も全部一緒や」

「だったら、移管すべき技術がないやないの」

「そやねん。俺、もう死にたい」

「技術者としては、もう死んでるわよ、あんた」帆香は辛辣（しんらつ）な調子で言った。

「いいよな。何もしないのに成果になったんだもの」浅川が言った。

「あんたは黙っとき」単が不機嫌そうに言った。

「だけど、実質何もないのに、どうして工場は移管に同意したのかしら?」帆香が疑問を口にした。

「さあ」忠岡が言った。「工場にも何か都合のええことあるんちゃうかな?」

「それはつまりこういうことちゃうかな?」単が自分の推測を披露した。「『いきなり売り上げが上がった』って言うよりも、『これこれこういう理由で上がった』っていう方がストーリー性があって、報告しやすいやん」

「『今まで何年も世界一を出したことがない研究所が突然、世界一を頻発して、その技術を使った製品で売り上げが三倍になった』って、ストーリーを経営者が信じたってこと?」帆香は目を丸くした。

「もし信じてなかったら、こんなイベント開こうと思わんやろ」

そう。経営者がこの世迷言を信じてなかったら、取るべき行動は大きく二つある。

一つは、こんな報告をしてきた事業部や研究所を追及して、それなりの懲罰を与えること。普通はこれだろう。

もう一つは、事業部や研究所の企みに乗るけれども、自分は与り知らぬという立場を貫くこと。この場合、不正が世間にばれるのは致命的なので、なるべく目立たないようにしようとするはずだ。

社長の態度を見るに、このどちらでもない。だとすると、彼はこの妄言を信じているということになる。

目の前には打ちのめされ、呆然自失となっている男が三人。

浅川はせっかくのチャンスを逃したと思っている。

忠岡は自分がおかした不正のことの大きさに慄(おのの)いている。

そして、三人目――松杉は謂(いわ)れのないバッシングに喘いでいた。あの日からほぼ毎日、彼は毒島に呼び出され、何時間も責められ続けている。もう殆ど一年以上、自分の実験をする時間すら与えられていない。

浅川と忠岡はまだ溜め息を吐いたり、ぼやいたりする余裕があったが、松杉にはもはやそれすらないように見えた。

毒島に罵倒されている間はただ下を向いてじっと耐えている。毒島が怒鳴ったり、机を叩いたりするのに疲れ果てた頃にやっと解放される。

だが、解放されても、松杉は何もしない。机に座って、じっと何かを考え込んでいる。

あれだけ、実験が好きで生き生きと動き回っていた男をここまで傷め付けて何の得があるというのだろう。

いや得があるどころか、会社にとっては明らかに損失だ。毒島は会社の利益よりも自分の歪んだ欲望を優先しているのだ。

そのような人間がこの会社では出世している。

「単、本当にこの会社潰れないと思う?」帆香は尋ねた。

「潰れへんやろ……なんか自信なくなってきたけど……」

16

その日、黒星はわくわくしながら、本社へと向かっていた。

社長からハイパーウルティメイトチューブの件で話があると、突然呼び出しが掛かったのだ。

あの製品はいっきに性能指数を二倍に上げ、計算速度世界一を達成した部品だ。きっと、経営立て直しに寄与したことを感謝されるのだろう。ひょっとすると、この間のイベントみたいな感じで、研究所単体を褒め称えてくれるのかもしれない。これで、もう俺は取締役就任は間違いない。

ええと。呼ばれたのは戦略企画室だったかな？　よく似た名前の部署が多くて、本当にややこしいな。

「失礼いたします。黒星です」黒星はにこやかに部屋に入った。

「どのつら下げて来たんや！　この詐欺師が‼」忠介の怒号が飛んだ。

「はっ？　何のことです」

「今朝の新聞はご覧になりましたか？」棚森が横から声を掛けてきた。

「新聞？　いや。今朝は忙しくてまだ読んでません」

「ハイパーウルティメイトチューブの記事が出ていました」

「へえ。そうだったんですか。画期的な製品なので、記事になってもおかしくないですが」

「ご覧ください」棚森は新聞を差し出した。

黒星の目には一面にでかでかと書かれた見出しが飛び込んできた。


レトロフューチュリア社を代表する量子デバイス製品に性能データ偽装の疑い

ほう。これはどういうことかな？ なんだか、誉めてないような気がするな。

新聞を持つ黒星の手ががたがたと震え出した。

「あ、あのこれは……」

「何や。言い訳できるんやったら、してみぃ」

「これは……製品の性能の責任は工場にあります。研究所は開発しただけで……」

「はあ？ そこにおる新川事業部長によると、責任は研究所にあるっちゅうことやで」

見ると、部屋の中にはすでに新川がいて、部屋の隅で小さくなって、真っ青な顔で震えていた。

「こ、工場出荷品の製品の性能は研究所で確認しているはずや」新川は涙声で言った。

「技術移管完了報告書にちゃんと黒星はんの印鑑が押してある」

「いや。わたしはただ部下の報告書の内容を鵜呑みにしただけで、中身を確認した訳では……」

どん。

黒星は忠介に激しく胸を突かれ、そのままよろけて壁にぶつかった。

「そんな言い訳が通用するんやったら、上司はいっさい責任とらんでええことになる。判子は何のために存在するんや？　部下の不始末は上司の責任やろが！」

だとすると、俺の不始末はあんたの責任だということになるが？

もちろん、黒星はそんなことは言わない。「申し訳ありません!!　でも、きっとこれは何かの間違いです。うちの製品に限って……」

「量子コンピュータ普及協会って知っとるか？」

「えっ？　確か、大学を定年退官したどこぞの先生が趣味で立ち上げた会やったと思います。量子コンピュータやら量子デバイスやらの性能を測定するっちゅう遊びの会です」

「その先生が何度もおまえらのとこに文句言いにきたらしいな」

「えっ？　ああ。半年ほど前にそんなことがあったような気が……」

「おまえら門前払いしたらしいな」

「いや。ちゃんと応接室に通して、お話はお聞きしました……はずです」

もちろん、そんなことなどいちいち覚えているはずがない。

「『ご意見は確かにお伺いいたしました。今後の研究開発に役立たせていただきます』

と言われたそうです」棚森は新聞記事を見ながら言った。

「ほんまか？」忠介は黒星を睨み付けた。

覚えてはいないが、自分が言いそうな言葉ではあった。ややこしそうな相手はとりあえずそう言って引き取ってもらうのが無難だ。それで、納得しない相手なら、その時点でそれなりの対策を考える。何度か話し合えば落とし処も見えてくる。

「その先生が新聞各社に垂れこんだそうや」

「段階的な交渉もせず、一度面会に来ただけで、その次のアクションはいきなりマスコミに駆け込むなんて、あまりに非常識ですよ」

「相手は元大学教授やねんから一般人の常識なんか通用せんのや‼」

「申し訳ありません‼」黒星はその場で土下座した。

「おまえが土下座しても何も解決せんのじゃ‼」忠介はその頭を踏み付けた。

新川は自分も土下座して忠介に踏まれるべきかどうか躊躇しているようで、二人に近付いたり離れたりを繰り返していた。

ちょうどそこに菜々美がやってきた。

彼女はその場の様子をちらりと見た後、入り口のすぐ外で待機した。

棚森はそっと菜々美に近付き呟いた。「実は問題が起こって……」

「ああ。知ってるわ」菜々美は呟き返した。「この騒動はしばらく続きそう？　だったら、出直すけど」

「いや。そろそろ収めようと思ってたところだ」棚森は怒りに震える忠介に近付き、耳元で囁いた。「この方々に任せていては事態の収拾は見込めません。臨時取締役会を招集すべきです」

「よし、昼までに全取締役を集めるんや」

「午前中ですか？」棚森は困った顔をした。「取締役の皆様は全国に散らばっているので、どんなに急いでも午後になります」

「見ろ。もう株式市場は始まっとる。うちの株はストップ安や」

「それはもう仕方がないと思われます」

「今日中に対策せんと明日もストップ安や」

「ふむ」棚森は眼鏡の位置を直した。「まあ、必ずしもそうなるとは……」

「本社にいるメンバーだけで、今から緊急経営会議や。誰が集まる？」

「ええと、今現在、ここにおられるのは、社長と会長……」

「親父さえおったら、それでかまへん。親父の決定は取締役会の決定やから」

「それと、東峠（ひがしとうげ）副社長兼ＣＦＯ……」

「東峠か……」忠介は顔を曇らした。「あいつは良うないな。銀行から送り込まれたお目付け役やさかい、いちいち銀行の立場から口挟むから面白うない」

「でも、ここにおられるんですから、無視する訳にもいかないでしょう」

「よし。こうしよう。僕はちゃんと東峠を呼ぶように指示した。そやけど、手違いで呼ばれへんかった。緊急案件なので、東峠が来るのを待たずに会議を始めて、手違いに気付いて東峠が来た頃には、全部が決まっとった」

「誰の手違いにしましょう？」

「そら戦略企画室長のおまえやろ」

「……畏(かしこ)まりました」棚森は神妙な顔で言った。

菜々美はその様子を見てこっそりほくそ笑んだ。

「そしたら、とりあえず、会長室にスタッフを集めといてくれ。十分後に会議開始や」

「本社には、もう一人取締役が来ておられます」菜々美が言った。

棚森は目を見開いた。彼はたぶん知っていたが、ややこしくなるのを恐れてわざと黙っていたのだろう。だが、菜々美の考えは違った。

「誰や？」忠介は言った。

「河野ささら社外取締役です」

17

「今、この会社の命運はあなたに掛かっています」会長室への廊下を歩きながら、菜々美はささらに語り掛けた。「この会社は今最大の危機に直面しています」

「そうらしいですね。新聞に『データ偽装』って出てたみたいですが、この会社潰れちゃうんですか？」
「おそらく今回の事件だけで潰れることはないでしょう。その程度の体力は残っていま
す」
「ああ。よかった」
「でも、対応を誤れば、いずれ潰れます。不祥事が発生するのは、この会社の風土に問
題があるからです。それを放置して、うわべだけの対応では同じことの繰り返しで、そ
のうち倒産です」
「じゃあ、どうすればいいんですか？」
「馬鹿の支配を終わらせることです」
　ああ。やっぱりそういうことなのね。
「そのためには何をすればいいんですか？」
　菜々美はささらの目を見詰めた。「あなたに馬鹿と戦う覚悟はありますか？」
「利口な人間より馬鹿の方が戦いやすいんじゃないですか？」
「利口な人間とは戦う必要すらありません。ただ、道理を説けばいいのです。しかし、
権力を持った馬鹿に道理は通りません。騙すか叩きのめすかしかないのです。いいです
か。もしあなたに会社を守る気があるのなら、わたしの言うことをよく聞いてください。
もちろん、無理強いはしません。あなたには報酬だけ貰ってさっさと辞める選択肢も残
っています」

ささらも菜々美の目を見詰めた。

そして、選択した。


「なんや。おまえが会長室に来るなんて珍しいな」忠介と黒星や新川などの関係者と戦略企画室のスタッフたちが会長室にやってきたとき、忠則は暢気そうにスポーツ新聞を読んでいた。

「会長、緊急事態です。この記事を見てください」忠介は新聞を忠則に差し出した。

「何やこれ、どこの会社の話や？」忠則はぴんと来ない様子だった。

スタッフたちはすでにノートパソコンを開き、かちゃかちゃと打ち込みを始めている。

「うちの会社です」

「うちの子会社か？」

「本社です。レトロフューチュリア株式会社です」

「えっ？」忠則はもう一度記事を見た。「どこの会社の話やて？」

「会長、しっかりしてください。うちの会社のデータ偽装が発覚したんです」

忠則は紙面を見たまま、口を半開きにして動かなくなった。

「会長！」忠介は忠則の肩を叩いた。

「わっ！」忠則は椅子から転げ落ちそうになった。

「理解できましたか？」

「できた。誰が悪いんや？」

「こいつです」忠介は黒星を指差した。

「こいつは誰や？」

「研究所所長です」

「首にせい」

「こいつを首にしても世間は収まりません。それに今責任者を辞めさせたら、誰も手ぇ付けられんようになります」

「どないしたらええんや？」

「そやから、それに関してここで話し合いをしますねん」

「東峠はどこや？　あいつに言うて銀行に金出させたらどうや？」

「金の問題は後です。まずは信用です」

「そうか……」忠則は呆けたように言った。「それでどないしたらええんや」

「まず謝罪会見です」

「ほな。こいつに土下座させよう」忠則は黒星を指差した。「それから首にして損害賠償請求したれ」

「口を挟むようで申し訳ありません」棚森が口を挟んだ。「今回の不祥事は研究所所長が謝っただけでは済まないと思います」

「何でや？　こいつが悪いんやろ」

「研究所所長の一存でここまで大きな不正ができるとは信じられません」

「不正って……」黒星は不服そうだった。

「そやけど、現にこいつの一存で不正できとるやないか」忠則が言った。

「いや。わたしも被害者なんです。部下が勝手にやったんですよ」黒星は弁解した。

「あほか！　部下がやったことを上司が知らんで済むか。部下のやったことは全部上司の責任じゃ！　ほんまに知らんかったとしても、おまえが確認せんのがあかんのや！」

「そこです」棚森は言った。「世間は部下の不始末は上司の責任だと考えます。部下が不正を働くのは確認を怠った上司の怠慢故です。あるいは、ひょっとしたら、実際に不正を行ったのは上司の方で部下に罪を擦り付けているのかもしれない。だとしたら、これは組織ぐるみの企みで極めて悪質だ、と」

「そやから、こいつの責任でええんと違うんか！　こいつに謝らしとけ！」

「いえ。謝るのは社長でないと」

「えっ？」忠介もちょっと驚いたようだった。

「何やて!?　おまえ本気で言うとるんか!?」

「もちろん、この不祥事の原因は研究所の暴走であって、本社は気付けなかったという経緯は誠実に説明します。そして、部下を信頼し過ぎたことは間違いであって、それについての責任は社長にある、と素直に謝るのです。社長自らが謝ることで、誠実な印象を与えることになり、世間の信頼の低下は最小限に抑えられます」

か？」

「そやからおまえ本気で言うとるんか？　意味わからんで」

「えっ？」棚森はちょっと面食らったようだった。「もう一度ご説明いたしましょうか？」

「何の説明や」

「社長が謝るのが最善だという理由の説明です」

「忠介は謝らん。いや。謝ったらあかんのや」

「はい……」棚森は消え入りそうな声で言った。「しかし、社長は上司なので……」

「わしら、石垣家の者は単なる上司と違うんや。特別な存在や。絶対的な血筋や。DNAや。そやから謝ることなんかせんでええ」

「……わかりました。では、黒星所長が謝罪会見をするということで、段取りいたします」棚森はすんなりと折れた。

「ちょっとすみません」ささらが会長の前に集まった人々の背後から手を挙げて声を上げた。

「あの子、誰や？　新人のスタッフか？」忠則が尋ねた。

「社外取締役です」棚森が答える。

「えらい若いな。誰が入れたんや」

「会長です」棚森は素早く囁いた。

「ああ。そやった。そやった」忠則はおざなりに言った。「なんか言いたいことあるんか?」

「気になることがあるんです」ささらは答えた。

「何や。言うてみ」

「これって、氷山の一角ってことはないですよね」

一同がざわついた。

「河野取締役、それに関しては後ほど……」棚森が慌てて言った。

「そこの子、『氷山の一角』って、どういう意味や」

「水面から出ているのは、氷山のごく一部で、大部分は水中にあるということです」

「なるほど。そういう意味やったんか」忠則は納得したらしく深く頷いた。

「いやいやいや」忠介が割って入った。「河野さんは、言葉の意味を説明したいんやないやろ。その心は?」

「はい。こういうことが起こるということは、それなりの原因があるはずです」

「原因? 何のことや?」忠則の興味が戻ってきたようだった。

「今回の事件は会長や社長の知らないところで、起こったことですよね?」

「当たり前や。こんな細かい案件、いちいち関わってられるかいな」

「経営トップが寛容なのをいいことに、好き勝手やってる社員がもっといるかもしれないじゃないですか」

「わたしは好き勝手やってる訳じゃないぞ!」黒星が食って掛かった。

「黒星、口を慎め。取締役になんて口の利き方や!?」忠介が睨んだ。

黒星は一瞬意味がわからなかったようだが、はっと気付いたようだった。「しかし、この社外取締役は、実態のない一日署長のようなものではないですか」

「いや。彼女は会長が見込まれた人や。おまえなんかとは、格が違うんや」

黒星はショックを受けたようで目を白黒させた。


「この会社は粉飾会計を行っています」菜々美は明言した。

「脱税とかそういうことですか?」ささらは率直に質問した。

「利益を偽るという意味では同じですが、方向性が逆です。粉飾とは利益や売り上げを実際より多く発表することです。株主や銀行はこの会社が利益を産み出すと思って、大事なお金を出資したり貸し出したりしているんです。要は儲かると嘘を吐いてお金を集めている訳ですから、ねずみ講と変わりません。実は儲かってないとばれたら、お金を出している人たちは、詐欺にかかったと大騒ぎを始めることになります」

「じゃあ、ばれない方がいいんじゃないですか?」

「いいえ。粉飾はいずれ必ずばれます。脱税はある金を『ない』と言い張る訳ですから、お金をどこかに隠せばばれないことになります。しかし、粉飾はない金を『ある』と言い張る訳ですから、一度疑われたら隠し通すことは難しいんです」

「じゃあ、どうすればいいんですか?」

「なるべく早く膿(うみ)を出すことです。粉飾は先に延ばせば延ばすほどばれたときのダメージが大きくなります」

「真空管事業部はこのことを知ってたんでしょ?」ささらは指摘した。

「ああ。そのようだ」忠介は新川を睨み付けた。

新川は震えあがった。

「なぜこんな嘘を吐く必要があったんでしょう? 真空管事業部の業績はいいはずですよね?」

「河野取締役、今業績の話は関係ありませんので……」棚森は慌てだした。

「その……確かに業績はいいのですが、さらなる売り上げ増進のためには……」新川はだらだらと汗をかき始めた。

「偽装はばれたら大変なことになるって知ってましたよね?」ささらは新川に問い掛けた。

新川は無言で頷いた。

「業績がいいのに、どうしてそんな危ない橋を渡ったんですか?」

忠介の顔色が変わった。

棚森は軽く舌打ちをしたが、それに気付いたのはささらだけだった。

「いいですか？　あなたがしていいのは、不正を仄めかすだけ。これはあなた自身を守るためにとても大事なことです」菜々美はゆっくりと言った。

「どうしてですか？　最後まで追及するのが正しいのでは？」ささらは素直に疑問を口にする。

「あなたでは力不足です。これはあなたを非難しているのでも馬鹿にしているのでもありません。取締役になって、一年やそこらでは誰でも力不足なのです」

「だったら、仄めかしても意味がないのでは？」

「あとは経営者たちの自浄作用に期待するしかありません。自浄作用が働けば、この会社は存続できるかもしれません」

「もし働かなかったら？」

「この会社は潰れます。すぐにではないかもしれませんが、数年以内に必ず」

「わたしがそれを防ぐことはできないんですか？」

「あなたに彼らに対抗する力はありません。もし、彼らが具体的な悪巧みを始めたら、あなたは意味がわからないふりをするのです。二十歳そこそこのアイドルが『複雑な不正会計について理解できなかった』と言えば、殆どの人間は疑いません。……ああ。これはあなたやあなたの職業を侮っているのではありません。処世術を説いているのです。雲行きが怪しいと思ったら、決して深入りはしないでください。あなたにはその義務はありません。もしあなたが不正に巻き込まれたら、わたしの良心が咎めます」

いいいえ。この会社の取締役を引き受けたときに、もうわたしは巻き込まれていたのかもしれない。

ささらは思った。

「おまえ、まさかやったんと違うやろな!!」忠介は新川の胸倉を摑んだ。

新川は顔を逸らした。

「何のことですか?」黒星は目を白黒させた。

「おまえがやったのと似たようなことや。そやけど、こっちはもっと罪が重い。経済犯や」忠介は顔を歪めた。

「忠介、何を言うとるんや?」忠則は息子の激昂の意味が理解できないようだった。

「こいつ、粉飾しとったんです」

「な、何やて!!」忠則は漸くことの重大さに気付いたようだった。「新川、ほんまか⁉」

「……わ、わたしだけやおまへん!!」新川はついに白状した。「他の事業部も全部やっとるんです!!」

一瞬、ほぼ全員の動きが止まったが、しばらくするとキーボードの音が聞こえ出した。スタッフたちは自らの動揺を抑え付けて職務を地道に遂行しているのだ。

「これはあかんで」忠則はおろおろとし始めた。「株主総会で責められる。総会屋が会場のあっちこっちから、忠則、死ねぇ〜、言うて、責め立てよるんや。あれはあかん。

地獄や‼」忠則は株主総会にトラウマがあるらしい。

棚森は十秒程両目を掌で押さえていたが、すぐに立ち直ったようで、部下の何人かに短く指示を始めていた。そして、ささらに近付くと耳元で囁いた。「あんたの考えじゃないだろ？　牧原菜々美に入れ知恵されたのか？」

だとしたら、どうなの？

そう思ったが、ささらは菜々美の言いつけを守ってなんとか自分を抑え付けた。

「えっ？　何の話ですか？」

大きな声で訊き返したため、みんなが二人に注目した。

「いえ。わたしの勘違いです。失礼しました」棚森は素早く引き下がった。

この人、判断が素早い。菜々美さんが予めアドバイスしてくれたから、何とかなったけど、わたしなんか到底太刀打ちできないわ。

「会長、落ち着いてください」忠介は忠則の両肩を摑んだ。

「そや。落ち着くんや。これはまずいで、こんなことが世間に知れたら、うちの会社はどうなるんや？」

「確かにまずいでんな」甲高い声が聞こえた。

声の方を見ると、背の低いにやけ顔の男がドアを開けて入ってくるところだった。

「東峠はん！」忠介が言った。

東峠はこの会社のＣＦＯだったが、実質は主力銀行から派遣されているお目付け役だった。

「今、この状況で、粉飾のことまでばれたら、上場は維持できんようになりまっせ。株価は底抜けでんな」

「あんた、銀行に言う気か？」忠則の顔は蒼白になった。

「う〜ん」東峠は腕組みをした。「こんなこと報告したら、銀行に迷惑かけることになりますわな」

「迷惑？」

「つまり、粉飾の事実を知っていながら、そのことを隠していたとすると、銀行も罪に問われまんがな。かと言って、正直に公表したら、この会社への貸付金や出資金が回収できんことになる」

「つまり、黙っとくっちゅう訳か？　銀行から訊かれたらどうするんや？」

「まあ、あうんの呼吸で、何かまずいことが起こってるっちゅうのは勘付いて、何も訊かれんでっしゃろ」

「ほな。隠し通してくれるんやな？」

「隠すっちゅうか、敢えて言わんだけでんがな」

　駄目だ。

　ささらは菜々美の予想した最悪の流れになっていることに気付いていた。

　いったん隠す流れになったら、もうささら一人の力ではひっくり返すことはできない、い、と。

と菜々美は言った。そうなったら、もう何も言わず馬鹿なアイドルを演じ続けるしかな

本当にわたしは何もできないの？

ささらは自問したが、当然ながら答えは浮かばなかった。

「そやけど、東峠はんも同罪になるんちゃいますか？」忠介が言った。

「ばれたらの話でんがな。ただし、ばれたときのために手は打っとかなあきまへんけどな」東峠は笑みを浮かべた。「とりあえず、わしはいざとなったらすぐ銀行に帰れるように準備はさせてもらいまっせ」

「責任逃れするんか？」

「当たり前でんがな。なんで、こいつらが勝手にやった粉飾の尻拭いせなあかんねん」

「わしらはどうなるんや？」忠則は縋るような目で東峠を見た。

「それは知りまへんがな。ここはわしの会社と違うてあんたらの会社でんがな」

「わしらの会社……」忠則は助けを求めるように周りを見回した。

偶然、ささらと目があった。

ささらは目を伏せたかったが、なぜか目を逸らすことができなかった。

「そうか。ここはわしら親子の会社なんや。そやけど、この手があった……」忠則は突然満面の笑顔になった。「すぐに臨時取締役会を開くで、大急ぎで全員集めるんや！」

18

珍しく最初から石垣親子は会議室で待機していた。

そして、その隣にはなぜかささらが座らされていた。

入ってきた取締役たちは二人の姿を見るとぎょっとして、深々と頭を下げると慌てて席に着いていく。

東峠も最後辺りに何食わぬ顔で入ってきた。

「全員揃たか？」忠則は誰ともなく尋ねた。

「はい。全員出席されています」背後に控えていた棚森が即座に答えた。

「ほな。今日の本題を言うで」忠則は手に持ったメモを読み上げる。「わしと忠介は会長と社長を退任する」

室内が一瞬ざわついたが、忠則が顔を上げると、ぴたりと収まった。

「異議でなく質問ですが」東峠が手を挙げた。「これは性能偽装に関する引責辞任ちゅうことでっか？」

「これは引責辞任と違うで。たまたまこの時期に人事異動が重なっただけや」忠則は淡々と答えた。

どうやら予め打ち合わせておいた質問らしい。取締役たちに引責辞任だという印象を持たれないようにするためだろう。

役員たちは各自ふんふんと頷いた。多少は驚いたようだが、関心はもう次の人事に移っている。取締役たちはいくぶんかの期待を持って、固唾を飲んで忠則の次の言葉を待った。

「それから後任人事やけど」忠則はささらを指差した。「次の社長はこの子にするわ」

全員が押し黙った。ただただ目を見開いて、呆然としていた。

そして、重苦しい空気が会議室を包んでいた。

理屈の上では、彼らは会長の人事に対して異議を唱えることができる。多数決を採れば、おそらく否認できるだろう。だが、彼らの誰一人として、異議を唱えることはなかった。

この会社は創業家のものだからだ。

もちろん、すでに株式の大部分は創業家のものではない。会社の成長期に何度も増資を繰り返して資金集めをしたため、彼らの株式の保有率は一パーセント程度でしかなかった。だが、問題は株式ではなかった。この会社は創業家が作り、そして支配し続けてきた。すべてのシステムは創業家の人間の意思を実現するためだけに作り上げられてきた。社員も株主も銀行も彼らの支配を甘んじて受け入れてきた。今更、それ以外の道を歩むことなど考えることすらできなかったのだ。

沈黙は十五分続いた。そして、十五分後、沈黙は破られた。

すうすうという音がマイクとスピーカーで増幅される。

忠則は目を瞑り、寝息を立てていた。

しばらく忠則の様子を見ているだけだった忠介も痺れを切らしたのかついに声を掛けた。「会長！　寝てる場合と違います」

「はっ？　何や？　異議ありか？」忠則は目を擦りながら言った。

「異議はないみたいです」

「そうか。異議ないんやったら、彼女が社長で決定や。今日の臨時取締役会は終わりや。ご苦労さん」忠則は立ち上がると、さっさと会議室から出ていった。

忠介も苛立たしげに椅子を蹴飛ばすように立ち上がると、忠則の後を追った。

そのとき、ささらは全員の視線が自分を捉えていることに気付いた。

その目には敵意すらなかった。あまりのことに状況が理解できていないようだ。

ここにいるのはまずい気がして、ささらも会議室から出ようと立ち上がった。

「ちょっと待ってくれ」取締役の一人がふらふらとささらに近付きながら言った。「説明してくれないか」

「すみません。わたしもよくわからないんです。さっき会長に社長をやれって、聞いたばかりで……」

「そんなことを訊いてるんじゃない！」男は言った。「おまえに何ができるんだ？」

「えっ？」

「おまえに覚悟はあるのか⁉　一万人の社員を抱える大会社なんだぞ‼」

一万人……。

ささらは初めてこの会社の規模を知った。そして、突然とてつもない重圧を腹の底にどんと感じた。

「どいて……ください……」ささらは力なく言った。

「何だ？　こんな簡単なことにも答えられないのか⁉　どうして、そんなやつに社長が務まるんだ？」

男たちは次々と詰め寄ってきて、取り囲まれ、前に進むことができない。

一人だけ、ささらに近付かない男がいた。東峠だ。少し離れた場所からにやにやとこちらを眺めている。

楽しんでいるんだ。

ささらは直感した。

あの人はきっと今までもこんな修羅場を体験しているんだ。あの人にとって、これはゲームなんだ。そして、わたしはゲームの駒なんだ。わたしだけじゃない。会長だって社長だってゲームの駒に過ぎないんだ。

だったら、わたしだって、ゲームをすればいい。

ささらの中で何かが弾けた。

「これは社長命令です‼」ささらは宣言した。「わたしから離れてください」

男たちの動きが止まった。何が起こったのか理解できないようだった。

「わたしは上司です。そして、人事権を持っています」

ささらは社長の人事権が取締役にまで及ぶのかどうか知らなかった。だが、そんなことは関係なかった。ただ、今は自信を持って言い切ればいいのだ。彼女は社長なのだから。

取締役たちは動けなくなった。ささらの命令に従った訳ではない。文字通り動けなくなったのだ。彼らにとって、社長とはつまり創業家のことだった。創業家の方だけを見ていればそれでよかったのだ。だが、今や彼女が社長だ。自分たちは誰に従えばいいのか、創業家なのか社長なのか。彼らは自分たちの理解を超えた状況に陥り、思考がフリーズしてしまったのだ。

ただ、一人東峠だけが少し感心した様子でささらの方を見ていた。彼は創業家の配下ではない。だから、混乱することもないのだ。

ささらはゆっくりと動けなくなった男たちから離れ、会議室から出ていこうとした。

「なかなかのお手並みやったで、アイドルのお嬢さん」ささらが前を通ったとき、東峠は耳元で囁いた。「そやけど、会社っちゅうもんは複雑怪奇なんや。一筋縄ではいかんで。悪いことは言わん。これからは、わしの言うこと聞いとったらええんや。悪いことは言わんで」

この男は信用できない。

ささらは直感した。

今のところ、頼れるのは菜々美だけだ。

ささらは何も答えず、自分の社外取締役室へと戻っていった。


「本当にごめんなさい」菜々美は背骨が折れるのではないかと思うぐらい深々と頭を下げた。

「どうして牧原さんが謝らなければならないんですか？」ささらは不思議そうに言った。

「わたしが変な入れ知恵をしてしまったばかりにあなたを大変な窮地に追い込んでしまいました」菜々美は頭を上げ、深刻そうな顔で言った。

「窮地って、社長になったことですか？」

「ええ。そうです」菜々美は項垂(うなだ)れた。

「社長になるって、大出世だからお祝い事じゃないんですか？」

「一般的にはそうです。でも、今回の場合は違います。あなたはどうして社長に抜擢されたかわかっているのですか？」

「粉飾がばれたときに責任をわたしに負わせるためでしょう」

「わかってるじゃないですか！」

「でも、変なのはどうしてわたしじゃなければいけなかったのかです。取締役は他にもいっぱいいたのに」

「誰でもいいからあなたにしたんですよ」

「はあ」

「もっと言えば、あなたを一番侮っていたからです。間違っても、東峠CFOを後継に指名することはなかったでしょう」

「それって、会長はわたしを馬鹿にしてるってこと？」

「たかが芸能人だと思ってるんです。だから、簡単に操ることができると」

「操る？」

「たとえば東峠CFOを社長にしたら、彼自身の思い通り――つまり銀行に都合のいいように会社の経営を行うことになるでしょう。銀行に都合のいい経営が必ずしも創業家にとって都合のいい経営とは限らない。だから、彼らは経営の実権を他に渡したくなかったんです。あなたを名目だけの社長にして、自分たちが操り、不祥事があったときは責任を負わせる。これが石垣会長の目論見です」

「なるほど」ささらは頬に手を当てて考え込んだ。「でも、おかしいですよね。どうして、石垣忠則さんは今でも自分に実権があるって思ってるんですか？」

「えっ？　だって、会長なんですから……」

「会長の退任は取締役会で承認されたので、今は一取締役に過ぎないんでしょ」

「……確かに。でも、創業家は大株主ですから……」

「持ち株率は一パーセントぐらいだって聞きました」

「……そう言われてみると、なぜ権限があるのかよくわからなくなってきました。でも、実際に彼らには権力があるし、社員たちもそう思っています」

「だから、みんながそう思ってるからなんじゃないですか？　創業家に権力があるのは」

菜々美の表情が悲しみから驚きのそれに変わった。「その通りです。みんなこの会社は創業家のものだと思い込んでいます。だから、彼らが君臨して当然だとも」

「でも、それって根拠はないんですよね？」

「……法的な根拠はありません。しかし、心情的には……」

「わたしの方が偉いんですよね？」

「あなたはただの傀儡の社長で……」

「法律は傀儡社長なんか認めてないですよね？」

「……あなた、何を考えてるんですか？　まさか……」

そのとき、勢いよくドアを開けて、マネージャーの基橋が飛び込んできた。「聞いたぞ！　聞いたぞ！　聞いたぞ！」

「何を聞いたの？」

「決まってるだろ！　おまえ、社長になったんだってな！」

「ああ。そのことね」

「『そのことね』って何だよ⁉　ここって、年商数千億円なんだろ！　一夜にして超大金持ちじゃないか！」

　菜々美は溜め息を吐いた。「年商と年収は違いますよ。そもそも会社の売り上げは個人のものではありません」

「何を言ってるんだ？　会社の金は社長の金に決まってるじゃないか」

「基橋さん、あなたは経営コンサルタントという名目でここに出入りしてるんですから、口が裂けても今のような世迷い言は言わないでください。即座に首になりますよ」

「何を言ってるんだ？　こっちには社長が付いてるんだ。首になんかなりっこないじゃないか。それより、これから会社の金で新地か祇園にでも繰り出そうぜ！」よく見ると、基橋はすでにネクタイを鉢巻のように頭に巻いていた。

「絶対に駄目です」

「ちぇ。ケチだなぁ」基橋は昭和の漫画のように唇を尖らせた。

「でも、もしわたしが会社の金で遊びに行ったら、どうなるんですか？」ささらは尋ねた。

「おそらく会……忠則氏にお目玉を喰らうでしょう」

「忠則さんや忠介さんは会社の金で遊びにいかなかったんですか？」

「それは……接待などは会社の金で行かれましたが」

「わたしも同じでは？」

「でも、基橋さんを新地や祇園に連れていくのは接待ではないですね」

「接待かどうか誰が判断するんですか？」

「忠則氏か……」

「忠則さんや忠介さんが誰かを新地や祇園に連れていくときはだれが接待だと判断したんですか？」

「それはご自身です」

「何の権限があって？」

「だって、お二人は会長と社長……う～む」菜々美は顎を摑んで考え込んだ。

「何の話だ？」基橋はへらへらとしながら言った。

「あんたの言ったことがそれほど的外れではないって話よ」ささらは答えた。

「今までは創業家と会社の代表が一体だったから、この辺りの矛盾について誰も真剣に考えなかったんです」菜々美は言った。「個人商店がそのまま巨大企業になってしまったものだから、なんとなく会社は創業家のものだと思い込んでいたんです」

「そして、まだ創業家の人たちはそう思い込んでいるんですね。会社の社長を別の人間にやらせても、本当の上司は自分たちだと」

「実際に多くの社員がそう考えたら、それは真実になります」

「でも、法的にはあの人たちには勝ち目はないんでしょ」

菜々美は目を見開いた。「河野さん、あなた何考えてるんですか？」

「社長として、当然のことです。この会社を立て直すにはどうすればいいか」

「今すぐわたしと一緒に忠則氏のところに行きましょう」菜々美はささらの手を引いた。

「何のために？」

「社長就任を取り消して貰うためです」

「社長就任取り消し⁉　じゃあ、その前にせめて新地に行こう」基橋が割り込んできた。

「どうして、取り消して貰うんですか？」ささらは食い下がった。

「あなたはとても危ない橋を渡ろうとしています。それでなくても、粉飾の濡れ衣を着せられるかもしれないのに、創業家に反抗して操り人形でなくなろうとしている」菜々美は叱りつけるように言った。

「反抗？　何かまずい話か？」基橋はまだ話が飲み込めていないようだった。

「そう極めてまずい」棚森が入ってきた。

「誰だ？」

「戦略企画室室長だ。おまえこそ誰だっけ？」

「俺はこいつのマネ……じゃなくて経営コンサルタントだ」

「ああ。そう言えば、そんなやついたな。部外者にはいて欲しくないんだが」

「その人のことなら気にしないで」菜々美が言った。「社長の身内みたいなものだから。それに込み入った話はそもそも理解できないわ」

「こいつが社長の身内？　……ああ。河野社長になったんだったな。どうもややこしい」

「あんたもささらの部下なんだろ？」基橋は馴れ馴れしく言った。「みんなで飲みに行こうぜ」

「その必要はなさそうだ。もうあんたは酔っぱらってるみたいだから」棚森は不快そうに言った。

「その人はそれで素面なんです」ささらは弁解した。

「それでここに何しに来たの？」菜々美は棚森に質問した。

「理由は二つだ」棚森は指をチョキの形にして立てて見せた。「一つは馬鹿げた企みに文句を言うため、もう一つはこれからの対策会議だ」

「馬鹿げた企み？」菜々美は片眉をつり上げた。

「この女の子を使って、創業家の人間に粉飾を気付かせただろう」

「それは間違ってなかったと思うわ。それに、放っておいてもそのうち気付いたでしょう」

「タイミングというものがある。データ偽装の直後だとほぼ間違いなく隠蔽する方向に進む。おかげで僕も共犯になってしまった」

「それは元々でしょう」

「言い逃れが難しくなったって意味だ」

「で、対策会議っていうのは？」

「忠則氏はこれをなかなかいい方法だと思っている。これってのは、自分たちが代表を辞めて、彼女を社長にしたことだ」棚森はささらを指差した。

「俺もなかなかいいことだと思うけど」基橋は能天気に言った。

「創業家はまだ気付いていないし、取締役の殆ども気付いていないが、これは極めて危険な人事だ。つまり、創業家と会社の代表権の乖離だ」

「ああ。あなた、気付いてたのね」

「当たり前だ。創業家の人間はまだこの会社は自分たちのものだと思っている。しかし、株の保有率も低いし、代表権もなくなった今、彼らがこの会社を支配する大義名分はないんだ」

「でも、取締役たちは誰も気付いてないんでしょ？」

「いや。東峠ＣＦＯは間違いなく気付いている。でも、彼はまだ動かないだろう。何が起こるか様子を見ているんだ」

「だったら、大丈夫じゃないの？」

「全く安心はできない。社員たちは馬鹿じゃない。今回の人事の意味に気付く者たちは大勢いるだろう。そのうち、取締役たちも気付くはずだ。そうなると、誰に忠誠を誓うべきか、混乱が発生する」

「わたしもあなたとほぼ同意見よ。だから、今から忠則氏のところに彼女と一緒に行こうとしていたところよ」

「忠則氏のところに？　何のために？」

「今回の社長人事を取り消して貰うために」

棚森は肩を竦めた。「そりゃ無理だよ。あの爺さんは一度決めたことは決して曲げない。自分に自信があるんだ。今回の人事は自分では名案だと思っている」

「じゃあ、どうすればいいのよ?」

「人形に徹するんだよ。取締役会や他の会議では、絶対に自分から発言しない。何か訊かれたら、忠則氏にどうすればいいと思いますか、と必ず尋ねる。その他わからないことがあったら、僕が指示を与えるから、その通りに動くんだ」

「あなたの指示?」菜々美は何かかちんと来たようで強い語気で返した。「あなた、彼女を使って間接的にこの会社を支配するつもりだったのね」

「それが一番効率的だからね」

「いいえ」菜々美は首を振った。「あなたの操り人形になるぐらいだったら、彼女の意思を優先して欲しいわ」

「ふむ」棚森は腕組みをした。

「何を考えてるの? それとも考えているふりをしているだけ?」

「先を読んでるんだ。もし、この子が傀儡になるのを拒んだら、創業家と対立することになる。そのときどっちに味方するのが得かを考えてるんだ」

「結論は出たの?」

「ああ。出たよ。『現時点で結論は出せない』という結論がね。つまり保留だ。今、立場を明確にするのは得策じゃない。創業家に付いて、やつらに勝たせるのは簡単だ。だが、そんなことをしても結局は袋小路だ。同じような事態が繰り返されるだろう」

「あなたは敵じゃないってこと?」

「まだ敵になるか味方になるか決めてないってことだ。それ以上でもそれ以下でもない」棚森は背中を向けた。「じゃ。どっちに付くか結論が出たらお知らせするよ。ああ。向こうに付くと決めたら、わざわざ知らせないかも」彼は音も立てずに取締役室から出ていった。

「何だ、あいつ?」基橋が言った。

「あいつは侮れないわ。創業家の二人よりずっとね」菜々美はささらの方を見た。「それでどうするんですか? ただ、忠則氏の言うことを聞くつもりはないんですよね?」

「ええ。でも、いきなり経営に口出しするのは無理だから、まず無難なことを提案して、様子見をしようと思います。それで取締役の皆さんに受け入れられたら、次の段階に進みます」

「へえ。ちゃんと戦略を練ってるんですね」菜々美は微笑んだ。「それで無難なことって?」

「制服です」

「制服?」

「この会社の制服って、鼠色で、無個性で、率直に言ってダサいんです。まずそれから変えていこうと思います」

菜々美は返事をしなかった。

「駄目だと思いますか？」

「いいえ。とても面白いと思います。そして、たぶん忠則氏は反対しません。彼は奇を衒ったことが好きだから。……うん。とっかかりとしては正解かも」

19

毒島が所長室に入ってくると、黒星は無言で立ち上がり、ゆっくりと毒島に近付いた。

毒島は不思議そうに黒星の顔を見た。

黒星はにやりと笑った。

毒島も笑い返した。

次の瞬間、黒星は毒島のだぶついた腹を下から殴り付けた。

「ぶべっ！」毒島は身体を折り曲げた。吐きはしなかったが、大量の唾液が糸を引いて床に垂れた。

「なぜ殴られたか、わかるか？」

「……何か……粗相でもありましたか？」毒島は息も絶え絶えに言った。

「おまえの出した偽の糞データのおかげで、会長と社長にたんまり絞られたんだよ‼」

「もう……会長では……おまへんのでは？」

「何言ってるんだ？　会長は会長だ。創業家以外のものが社長になったとしても、それは書類上だけのことに決まってるだろうが!!」黒星はどうにも怒りが収まらないようだった。

「申し訳ありません。申し訳ありません」毒島は床に額を擦り付けた。

「おまえがどんなに謝ろうとも、問題は解決しないんだよ！」黒星は毒島の頭を踏み付けた。

「どうすればええんでっか？」

「何か策を考えろ。俺が晴れて無実だと主張できる策だ」

「あっ。思い付きました！」

「嘘を吐け！　許されたい一心で適当なことを言ってるのだろう」

「ほんまです」

黒星は毒島の頭から足をどけた。「嘘じゃないのなら、今すぐその策とやらを教えろ」

「所長ははめられたことにするのです」毒島は床からは自力で立ち上がれないようで床の上でもがきながら言った。

「誰にだ？」

「産業スパイです」

「産業スパイ？　そんなやつが本当にいるのか？」

脚を摑んで立ち上がると、部屋を出ていった。
「五分で持ってきますので、少々待ってください」毒島は床を這いずり、なんとか机の
「じゃあ、証拠を見せろ」
「はい」

「これを見てください」毒島は十数ページ程の書類を差し出した。

「これは何だ？」黒星は尋ねた。

「公開特許公報です。特許を出願すると、一年半で一般に公開されるんです」

「そんなことは知っている。この公開公報に何の意味があるのかと訊いているのだ」

「中身を見てください」

黒星はぱらぱらと捲った。「うちの量子ゲート用の真空管の特許みたいだな」

「その通りです。昨日公開されました」

「これが何だと言うんだ？」

「ここにもう一通公開公報があります」毒島は別の書類を差し出した。「一週間前に公開されたものです」

黒星はその書類にも目を通した。「よく似た内容みたいだな」

「同じ内容です」

「なんで同じ内容の出願を二件も出すんだ？　金の無駄遣いじゃないか！」

「表紙を見てください。そこに違いがあります」

「何だ？　請求の範囲に違いでもあるのか？　……これは!!　うちの出願じゃない！　アナザーワールド社の出願じゃないか！」

「その通りです。しかも、うちよりも一週間早く出願されています」

「たまたま被ったのか？」

「そんな訳ないやないですか。そもそもアナザーワールドはうちと同じタイプの量子ゲートの製品化には成功してまへん。あいつらは旧式の量子ドット型しか持ってへんのです」

「研究所レベルでは、我々と同じタイプのものがもう出来てるってことじゃないのか？」

「もし、そやったらマスコミに発表してまっせ」

「つまり、これはアイデアだけで書かれたってことか？」

「いや。原理がわかってないんやから、この発明は頭の中だけでは、絶対に作れまへん」

「つまり、うちのデータを使って、特許を出願したってことなのか？」

「そうとしか考えられませんな」

「大問題じゃないか！　なぜ黙っていた」

「大問題過ぎて、どうしてええかわからんかったんです。そやけど、今使い道が見付かりました。どうせ悪いことしとるんやから、この産業スパイに全部罪着せたらええんです。データ偽装もこいつが一人でやって、我々は被害者やっちゅうことで」

「うむ。スパイされたことには腹が立つが、データ偽装の罪を擦り付けられるなら、多少は鬱憤も晴れるかもな。それで、犯人はこの発明者か？」

「発明者は塩原帆香ですが、あの女はまだこの分野での実績はあまりないんで、他社は目を付けんでしょ。それに、自分の発明を敵に流すなんていくらなんでもすぐばれるようなアホな真似はせんでしょ」

「だったら、犯人は誰なんだ？」

「このグループ全員の特許に目を通すことができる人物です。つまり、主任研究員の松杉藤吉ですわ」

20

「最近、松杉さん見掛けへんけど、どうしたんやろ？」

帆香が実験室で、呆然とアナザーワールド社の公開特許公報を見詰めているとき、単が呼び掛けてきた。

だが、帆香は返事もせずにじっと公報を見続けていた。

「どないしたん？」

「アナザーワールドが量子ゲートの特許を出願したの」帆香の声は心なしか震えていた。

「いつもしてるやん。あそこは量子ドットが得意やからな。うちが真空管型出すまではぶいぶい言わせてたやん」

「今回はうちと同じ真空管型なのよ」

「へえ。そしたらきっとアイデア特許やで。机上の空論やから気にせんでもいい」

「これは机上の空論じゃないわ」

「なんでわかるん？」

「わたしが書いた特許だから」

「えっ⁉」単は帆香から公報を引っ手繰り、慌てて中身を確認した。「何や、これ⁉偶然こんなことってあるんか⁉」

「グラフまでも同じなの。仮にアナザーワールド社が密かに真空管型の開発に成功していたとしても、グラフまで同じになるなんてことはあり得ない」

「ほな、どういうことなんや？」

「産業スパイや」背後で声がした。

二人が振り返ると、そこには毒島がにやにやと笑いながら立っていた。

「いつからおられたんですか？」帆香がつんけんとした口調で言った。

「廊下を歩いてたら、君らが不穏な話をしてたんで、注意しようと思たんや」

「この特許のこと知ってたんですか？」

「ああ。わしはこの分野の第一人者やからな」

「いつも、特許公報なんか見ぃひんくせに」単は心の中で言ったつもりなのかもしれないが、結構大きな呟きになっていた。

「おまえらが気付かんだけで、いつも見とるんや」毒島は単を睨み付けた。

「ほんまですか？　そしたら、先月、この分野で何件特許が登録されたか、言えますか？」

「件数まできっちり言う必要なんかないやろ！」

「そやかて、さっき部長は自分で、いつも見てるて……」

「もういいわ、単。止めて」帆香は単を制した。「部長、さっき産業スパイとかおっしゃってましたね」

「ああ。ここまで同じやったら、それしか考えられんやろ」

「つまり、この研究所内にスパイがいるってことですか？」

「ああ。さすがに東京特許許可局内にスパイはおらんやろからな」

「はっ？」単が馬鹿にしたように言った。

「もちろん冗談や。実際にはトーキョトッキョキョキャキョクなんて役所はない。特許庁や」

「『東京特許許可局』って言えてないし」単はさらに馬鹿にした。

「犯人の特定は進んでいるんですか？」

「何や。おまえが犯人見付けるってか？　探偵気取りやな」

「わたしの発明ですから」

「そやったな。そやけど、探偵になる必要はないで、もう犯人の目星はついとる」

「誰ですか？」

「松杉や」

「まさか……」単はそれ以上言葉を続けられなかった。

「あいつが犯人や。間違いない」

「証拠はあるんですか？」帆香が言った。

「証拠っていうか、まあ状況証拠やな。あいつは、全員の特許を見ることができる立場にあったし……」

「犯人は別にいます」

「えっ？」毒島の顔色が変わった。「誰か知ってるんか？　知ってるんやったら言え」

「……それはまだ言えません」

「なんや。口から出まかせか」毒島は鼻で笑った。「あいつがやったのは特許の漏洩だけやないで。データ偽装もあいつの仕業や」

「いや。それは忠岡やろ」単が言った。「所長と部長が世界一出せって無理言うから」

「きっと忠岡は松杉に脅されたんや」

「あの二人にそんな関係性はないで」

「おまえらこそ関係ないやろ。何がわかるねん。忠岡に聞いたら、きっとちゃんと証言してくれるやろ」

「何もかも全部松杉さんに被せるつもりですか？」帆香は毒島を睨み付けた。

「何もかもて……。そもそも産業スパイはあまりにも悪質やさかいな。データ偽装はおまけみたいなもんや」

「松杉さんは認めてないんじゃないですか？」

「ああ。この三日間毎日、朝から晩まで所長と一緒にきつう締め上げてるんやけど、いっこうに白状しよらん。そやけど、ついさっき突然叫び出して、わしらを突き飛ばして逃げ出しよった。ちょっとおかしなっとったな。まあ、これは白状したも同然やろ」

「絞め上げた？」

「いっきに白状させよう思てな。所長と二人で、がんがん責めたったんや。向こうがどう弁解しようとこっちは聞く耳なしや。早よ吐いた方があいつも楽になるのに」

「松杉さん、どこに行かれたんですか？」

「そんなもん知るかいな」

帆香は胸騒ぎを感じ、部屋から飛び出した。

単と毒島も付いてきた。

帆香は所内を巡り、出会う所員全員に松杉を知らないかと尋ねて回った。

所員たちは首を振ったが、十人程訊いた後で、一人の所員が答えた。「ああ。君んとこの主任さんやろ。真っ青な顔してトイレに入って行ったわ。きっと下痢かなんかやろな」

「どこのトイレ？」

「えっ？　地下の東側のトイレだけど……」

帆香は再び走り出した。

単も走ってついてくる。毒島は走らずにのろのろと追ってきた。

目的のトイレに着くと、帆香は入ろうとした。

「帆香、ここ男子トイレ」単は帆香の手を引っ張った。

「緊急事態!!」帆香は単の手を振りほどき、トイレ内に駆け込み、個室の中でただ一つ閉ざされているドアを叩いた。「松杉さん、ここにいるんでしょ!!」

だが、返事はない。

単も入ってきた。

「わたしを押し上げて！」帆香は単を引き寄せると、自分の腰を摑ませた。

「何するんや!?」

「上から中を覗くのよ」

「セクハラになるで」

帆香は返事をせずに単の肩に手をかけそのまま登ろうとした。

単は仕方なく、帆香の身体を支えて、ドアの上へと押し上げた。

帆香は悲鳴を上げた。

「何？　まずいもの見ちゃった？」単が尋ねた。

帆香は個室の中に飛び降りた。

数秒後、ドアが開いた。

ドアのフックに掛かっていたのは、松杉だった。ベルトを輪にしてその中に首を突っ込んでいた。すでに静かになって、だらりとしていた。

単も悲鳴を上げた。

「救急車‼」帆香は単にそう叫ぶと、ベルトを外しに掛かった。

指が思うように動かない。

単はトイレから飛び出した。携帯電話は所内に持ち込めないため、近くの部屋に飛び込んで電話を掛けるのだろう。

漸くベルトがはずれた。

松杉はどさりと床の上に倒れた。

「松杉さん、起きてください‼」帆香は叫んだ。

毒島が入ってきた。

「部長、ＡＥＤを持ってきてください‼」

「何のためや？」

「医務室にＡＥＤがあるはずなので、とってきてください‼」

「死なせたった方が幸せちゃうか？」毒島はにやりと笑った。

「何、言ってるんですか⁉　早く‼」

だが、毒島は嬉しそうににやけるばかりだった。

帆香は松杉の胸に耳を当てた。

鼓動があるのかどうかよくわからない。

ＡＥＤは心電図を解析する機能がついているはずだが、今からＡＥＤを取りにいっていては間に合わないだろう。蘇生する可能性は一分ごとにほぼ十パーセントずつ減少する。

「部長、手伝ってください」

毒島は何も言わず、にやにやし続けている。

帆香は心臓マッサージを始めた。

「素人が余計なことせん方がええんちゃうか？」毒島が言った。

帆香は何も言わず、心臓マッサージを続けた。

「帆香、救急車呼んだで！」単が戻ってきた。

「救急車⁉　誰の許しを得て、そんなもん呼んだんや⁉」毒島は顔いっぱいに怒りを表し、ぶるぶると震えた。

「わたしの自己判断です‼」心臓マッサージを続けながら、帆香が言った。

「勝手に判断されたら困るで‼」毒島は怒鳴った。「君らの勝手な判断で、怒られるのはわしなんやぞ‼」

「責任はわたしらがとります！」単が言った。

「おまえらなんかに責任とれるかい!! 救急車呼ぶってことは大ごとなんや!! 所長にどない説明したらええんや!? 今からでもええから、もう一遍電話して断っとけ！」

毒島がそう言ったとき、ちょうどサイレンが聞こえてきた。

「ああ……」毒島は手で顔を押さえた。

「ぶはっ！」松杉が大量の唾を吐き出し、その後猛烈に咳き込みだした。

「よかった！」帆香と単が喜びの声を上げた。

毒島は顔を顰め、舌打ちした。

「松杉さん、大丈夫ですか？ わたしがわかりますか？」帆香が松杉の手を握った。

松杉は頷いた。

「どうして、こんなことしたんですか？」

「そら、悪事がばれたからやろ」毒島が松杉を睨み付けた。

「違う……」松杉は言った。「俺は悪いことは何も……」

「こいつ、この期に及んでまだ言うか！」毒島は松杉の口を押さえた。

松杉は呼吸ができなくなり、手足をじたばたと動かした。

毒島はさらに体重を掛ける。

松杉は毒島の手首を摑んだが、力が入らない。

毒島は満面の笑みを浮かべた。

単がその手を蹴り飛ばした。

「おまえ、何するんや!!」毒島が激昂した。「暴行で訴えるぞ!!」

「そっちこそ、もう一度口を押さえたら、殺人未遂で訴えるで!!」

「それが上司に対する口の利き方か！　わしはいつでもおまえら首に出来るんやで!!

殺人未遂なんて、証拠、どこにあるんじゃ!!」

「首に出来るもんなら、やってみさらせ!!」

「静かに！」帆香は言い返そうとする単を制した。

松杉がぱくぱくと口を動かしている。

「何ですか？」帆香は松杉の口元に耳を近付けた。

「俺は違う。……やってない……犯人は……」

「わかってます。わたしが必ず真実を暴きます」帆香は毒島を睨んだ。

「そして、罪を償わせます」

21

「どうして、この会社はこんなふうになってしまったんでしょうか？」ささらは引き続き社長付き秘書となった菜々美に尋ねた。

「こんなふうって？」菜々美が言った。

「平気でデータを捏造したり、粉飾会計を出したりです。この会社には良心というものがないんでしょうか？」

「その質問に対してはいろいろなレベルからの回答ができますね」

「いろいろなレベル？」

「会社経営の側面からとか。特定の誰かの資質の問題とか。あるいは、人間の行動原理に関する心理学的、もしくは哲学的なアプローチとか」

「そんな複雑な話なんですか？」

「本来、経営は単純な話なんです。正直に利潤を追求すれば、それで会社は発展するし、国の経済は潤う。だけど、現実にはとても複雑なことになってしまいます。それは人間が絡むからです。人間の要素を排除すれば、経済なんて物理学みたいにすっきりとした公式で表せるようなものなんです。でも、人間が絡むと話はどんどん複雑化していきます。単純に会社を儲けさせればいいということではないのです。全体最適と部分最適は違うのです」

「つまり、どういうことですか？」

「会社にとっていいことであっても、社員個人にとってはいいとは限らないからです」

「会社が儲かれば、社員の給料も上がるんじゃないですか？」

「ある社員のアイデアがうまく当たって、会社が儲かったとします。その人物は出世しますよね？」

「ええ。当然だと思います」

「でも、その人物が成功していなければ、代わりに出世するはずだった人物がいるとします。その第二の人物にとっては、第一の人物が発案した事業の失敗が望ましいということになります」

「でも、それって自分勝手な考えですよね？」

「その通りです。会社の中に、自分勝手で自分の出世を第一に考えている社員と自分の出世よりも会社の発展を願っている社員がいたとします。出世するのはどっちでしょう？」

「……出世第一の社員です。……でも、出世第一でない会社のことを考えている社員を抜擢するのが経営者の大事な仕事なんじゃないでしょうか？」

「その通りです。でも、経営者に社員の本心を見抜く力がないとしたら、どうでしょうか？」

「そんな人が経営者になれるんでしょうか？」

「なれます」菜々美は言い切った。「だいたい二つのパターンがあります。一つは、たまたま創業家の家系に生まれて実力がないのに経営者になる場合、もう一つは自分の出世する能力には長けていてうまく出世はしたけれど経営の本質を理解していない場合です」

「長く続いている会社って、結局どっちかのパターンに当て嵌(は)まるんじゃないですか？」

「はい。それが企業の宿命です。どちらかのパターンに陥るまでの期間が企業の寿命です」

「じゃあ、もうこの会社は……」

「ただし、稀にうまく再生する場合もあります」

「どういう場合ですか？」

「出世に長けた人物がたまたま経営にも秀でている場合、もう一つは高潔な信念を持った人物がたまたま経営者になるという僥倖に遇った場合です」菜々美はじっとささらを見詰めた。

　ささらは無言で菜々美を見つめ返し、そして目を瞑り深呼吸をした。

「わたしは何をすればいいと思いますか？」

「社内で何が起こっているのかを知ることです。特に研究所で」

「研究所？　どうして……」

「メーカーにとって、研究開発は全ての礎（いしずえ）です。製造も営業も製品開発あってのことです。そこが崩壊を始めたら、もう立て直しは不可能です」

　ささらは頷いた。

「じゃあ、研究所に行って話を聞きましょう」

「あなたが直接行っても、本当の話は聞けないと思います。経営者は警戒されますから」

「じゃあ、どうすればいいんですか？」

「簡単です。警戒されようのない人物が行けばいいのです」菜々美は部屋の隅で居眠りをしている基橋の方を見て微笑んだ。

22

その日はちょうど会社と労働組合の話し合いで決められたノー残業デーだったので、定時後に研究所の山の麓の喫茶店に集まることになった。メンバーは帆香、単、浅川、そして忠岡の四名だ。

だが、約束の時間が過ぎてもなかなか忠岡は現れなかった。

「忠岡君、怖気づいたのかしら？」帆香は心配になって言った。

「怖気づいたんならまだしも、敵に寝返ったんかもしれんで」単は忌々しげに言った。

「まさか、そんなことはないわよ」

「わからんで、元はと言えばあいつが所長や部長の口車に乗ってデータ偽装したんが発端や。自分らの罪を隠すには、全部松杉さんに被せる方がええと思たんかもしれん」

「そう言えば、忠岡のやつ定時後ロッカールームに行こうとしてたら、部長に呼び止められてたよ」

「やっぱりや。あいつはもうわたしらの仲間やない。敵や！」単は決め付けた。

「敵って……」帆香は単の極端な物言いに呆れて言った。

「遅れてすみません。部長に捕まってもうて、明日までにデータ出しとけって言われて……」

「来たか、敵の回しもん!! この糞が!!」単が罵倒した。

「敵の回しもんって……」

「どうせ、この会のことも、もうちくったんやろ!!」

「信じてくださいよ。僕は何も言うてません」

「ノー残業デーにデータを出せって言われたの?」帆香は忠岡に尋ねた。

「はい」

「でも、測定装置はもう止めたでしょ? 再起動して測定して、また停止させてたら、真夜中まで掛かるはずよ」

「労組の残業パトロールに引っ掛かるから、装置は動かすなって言われました」

「だったら、データなんか出ないいじゃない」

「実験して出せって言われました」

「言ってることがめちゃくちゃよ」

「僕もそう言いました。そしたら、『おまえ何年研究員やりとるねん。そういうときは、脳内実験でちゃっちゃと出すんや』て」

「脳内実験て何や?」単が疑問を口にした。

「実際に実験するんやのうて、脳内でシミュレーションしろということです」

「コンピュータシミュレーションじゃなくて？」帆香は呆れて言った。

「はい。脳内でも実験は実験やって言うて」

「それって、つまりデータ捏造やがな」

「やっぱりそうでしょうね」忠岡は項垂れた。

「こいつを証人にして出るとこ出たら、わたしらの勝ちちゃうん？」単が提案した。

「データ偽装に関してはね。でも、産業スパイに関しては、何の証拠にもならない」

「産業スパイも僕がやりましたって、こいつに言わせたらええやん」

「僕、産業スパイなんかしてませんよ」

「あんたが逮捕されたら、松杉さんの無実が晴れて証明されるんやから、我慢しとき」

「そんなめちゃくちゃな……」

「嘘に嘘で対抗しても駄目よ。一度向こうがこっちの嘘を証明したら、以後はいっさいこっちの発言に説得力がなくなってしまうから。嘘には真実で対抗しなくっちゃ」

「そんなこと言っても、何の証拠もないだろ」浅川は絶望的な表情で言った。

「証拠ならあるわ。そんなに強力なものではないけど」帆香は鞄から書類の束を取り出した。

「何、これ？」単が尋ねた。

「例の公開特許公報。うちのやつとアナザーワールドのやつ」

「特許関連の資料は持ち出したらあかんのでは?」忠岡が言った。

「これはすでに特許庁が世の中に公開している情報やから何の問題もないわ。全員の分、コピーしてきたから、中身を確認して」

三人は各々二つの公開公報の中身を確認した。

「ほぼ同じ内容だ。文章の言い回しなどは変えてあるが、データの細かい数字まで一致している」浅川が感想を述べた。

「それがどういうことかわかる?」

「スパイしたやつはあまり頭がよくない」

「そう」帆香は頷いた。「数字を全く一緒にしたのは、どの数字をどの程度変えても問題ないか理解できていなかったから。松杉さんほど深く研究内容を理解している人がこんな杜撰(ずさん)なコピペをするはずがないわ」

「でも、それだけで松杉さんが犯人やないって言うのは、かなり消極的な証拠やな」単が言った。「誰が犯人かもわからへんし」

「ところが、全くのコピーではないのよ。もう一度よく見て。グラフのところを特に注意して」

三人はもう一度二つの書類を比較した。

「あああ!!」忠岡が叫んだ。

「何や。けたたましいな」単が顔を顰めた。

「僕の測定したデータがなくなってる！」

「スパイが写すときに忘れたんちゃうか？」

「違うんです。アナザーワールドの出願の方には、僕のデータが載ってるのに、塩原さんの出願した方のうちの特許には僕のデータが載ってないんです」

「そんな訳ないやない。見落としてるだけやろ。……ほんまや!!」

「なんで、僕のデータを消したんですか？」

「松杉さんの助言に基づいたの。あなたのデータは発明の効果と矛盾しているからオミットしたのよ」

「ああ。思い出した！」単が叫んだ。「確か、松杉さんが帆香にアドバイスしてたんや。忠岡のデータは怪しいからオミットせいって」

「そんなことしていいんですか？」忠岡は不服気に言った。

「間違っている可能性が高いデータをわざわざ入れなくていいってことらしいわ」

「ほんなら、僕は無駄な仕事してたってことですか？」

「そんなことは後で考えればいい。今はこの文書に集中して。二つの出願の大きな違いはもう一つあるの。詳細な説明の中で、アナザーワールドの方には電極の表面処理の工程が出てくるけど、わたしの方には出てこない」

「思い出した」単が言った。「これは企業秘密やから書かんでもええって、松杉さんが言うてた」

「つまり、相違点は二つとも、松杉さんが修正を指示した点を無視したってことか。でも、どうして犯人はそんなことをしたんだろう？」浅川は言った。

「犯人は松杉さんが修正したことを知らなかったからよ」

「なるほど！」単が掌を打った。

「どういうことや？」忠岡はぴんと来ない様子だった。

「わたしの特許を確認できる人間は限られている」帆香は言った。

「ええと。同じ研究グループの人間――この四人と松杉さん、それと直属の上司である部長と所長、それから知的財産課の人間や」単が数え上げた。

「一応、所長にはアクセス権があるけど、いちいち特許を確認しているのは見たことがない」帆香が言った。「とりあえず被疑者からははずしておいていいと思う」

「そしたら知的財産課のやつらか？」

「知的財産課に渡したデータは松杉さんの助言ですでに修正されていた。だから、知的財産課の人間は犯人ではあり得ない」帆香は続けた。「松杉さんは修正を助言した本人だから、修正前のデータを持ち出すのは不自然だわ」

「そうと言い切れるかな？」浅川が言った。「自分が犯人であると疑われないために、わざと古いデータを残したのかもしれない」

「確かに、その可能性もゼロではないわ。だけど、そうだとしたら、偽装があまりに中途半端だわ。松杉さんなら、コピーを疑われない偶然を装った完璧な偽装もできるはずなのに」

「ええと。松杉さんでないとしたら、僕ら三人も疑われてるんですか？」忠岡が不安げに言った。

「わたしは無実確定やわ。松杉さんに帆香が助言されるの聞いてたから」単が言った。

「わたしの考えでは、ここにいるメンバーは犯人ではないわ」帆香は断言した。

「どうして、そう思うんだ？」浅川は尋ねた。

「ここにいる四人は曲がりなりにも特許を書いたことがあるわ。他人のデータ丸写しなんて間抜けなことをするとは思えない」

「だとしたら、犯人は……」単が言った。

「そう。毒島部長よ。あの人は研究内容を理解していないから、丸写しせざるを得なかった」

「しかし、それは君の推測にすぎないんじゃないか？　証拠はあるのか？」浅川は言った。

「そうそこが問題」帆香は考え込んだ。

23

「今日、本社から見学が来るらしいんで、対応しといてくれ」毒島が実験室に入るなり、不機嫌そうに言った。

急に言われても困ります、と帆香は言おうと思ったが、先に単が口を開いた。

「誰か偉いさんですか？」

「知らん。なんか社長の知り合いの業者らしい」

「業者？」帆香は眉を顰めた。「社外秘を見せてもいいんですか？」

「特別な契約を結んでいる業者やから何見せてもええ言うてた」

「どんな業者なんですか？」

「知らん。あと十分程で来よるさかい、適当に相手しといたって」毒島はぶつくさ言いながら、部屋を出ていった。「ほんま、なんでもかんでもわしに押し付けくさって……」

「いったい、どういうことや！」単は相当苛ついているようだった。「こっちは例の件で、忙しいんや。業者の相手をしている暇はないんや」

「しっ！」帆香は慌てて唇の前で指を立てた。「それは機密事項よ」

「あっ」単は慌てて口を押さえた。

「失礼します」総務部の社員が部屋に入ってきた。「見学の方をお連れしました」

背広を着た男がきょろきょろと周囲を窺いながら入ってきた。

「どなたですか？　随分急なお話ですが」帆香は嫌味ったらしく言った。

「ええと。僕は基橋という者です。ええと。社長のマネージャー……いや。コンサルタントです」

「マネージャーさんですね」帆香は言った。

「まあ、そうなんだけど、社内ではコンサルタントということにしてる。そうしないと報酬が貰えないんでね」

「つまり、不正を働いてるっちゅう訳か」単が言った。

「違う。違う」基橋は慌てて否定した。「僕は正式なコンサルタントなんだ。ちゃんと社長の相談に乗っている」

「どっちでも構いません」帆香は言った。「そんなことよりさっさと見学を終わらせましょう。わたしたちもいろいろと忙しいんです」

「いや。僕の方も仕事を終わらせるまで帰る訳にはいかないんだ」

「仕事？　見学のことですか？」

「それは……」基橋はちらりと総務部員の方を見た。「僕の方はいいから仕事に戻ってください」

「でも……」

「いや。仕事の邪魔をしてはいかんと社長から言われてるんだ。さっさと戻って……」

総務部員は訝しげに首を捻っていたが、部屋から出て行った。

「仕事の邪魔をしてはいけないんだったら、見学なんかすぐやめて帰ったらどうですか？」単がずけずけと言った。

「単、失礼よ」

「君たち、どちらかが管理職ってことある？」基橋は単の失礼な態度は特に気にしていない様子だった。

「いいえ。二人とも平社員です」

「OK。それでいいんだ」基橋はドアを少し開けると廊下の様子を窺った。

「見学用の説明始めましょうか？」帆香が言った。

「それはいい」

「ほんなら、早よ帰って」単は不快感を隠そうともせずに言った。

「君たちに聞きたいことがあるんだ」基橋は単の態度に全く動じなかった。

「何が聞きたいんですか？」

「この会社でデータ偽装が行われた」

「……ええ。知っています」

「データ捏造の現場はここだ」

「はい」帆香は項垂れた。

ああ。この人は犯人捜しに来たんだ。黒星所長と毒島部長は松杉主任に罪を着せようとしている。現時点で、そのことが本社に伝わっているかどうかはわからないが、仮に伝わっていないとしても伝わるのは時間の問題だろう。本当のことを言うのなら今だ。だけど……。所長と部長からの強制はあったとは言え、実際にデータを捏造したのは忠岡君だ。現時点で、二人の関与を示す明確な証拠は出せない。だとしたら、罪は忠岡君一人が被ることになる。わたしは同僚を売ることになってしまうのではないかしら？ 帆香は強い葛藤を覚えた。正義を貫くためには情を捨てなければならないのかもしれない。だが、彼女はそう簡単に物事を割り切ることはできなかった。

犯人は知っているが、教えたくはない。この研究所を互いに監視し合う様な場所にはできない。

帆香はそう言って、基橋を説得しようと思った。

「あんた、わたしらに仲間を売れて言うんか？」単が先に言った。

その言い方は角が立つ。

帆香はそう思ったが、もちろん後の祭りだ。

「仲間を売る？」基橋はぽかんとして言った。

「社長は捏造した犯人を吊し上げよう言うんやろ？ そら、その方がはっきりするけど、捏造した人間にもやむにやまれぬ事情っちゅうもんがあるんや」

「ちょっと待ってくれ」基橋はポケットから手帳を取り出し、ぱらぱらと捲った。「犯人捜しはしなくていいらしい。と言うか、するな、という指示だ」

「誰の指示や？」

「ささら……社長だよ。所員たちを互いに監視させ合いたくないからって」

「ふうん。あのアイドル、割とまともやん」

帆香はほっとした。

アイドルから突然社長に抜擢されたと聞いて、ただの操り人形かと思っていたが、案外ちゃんとしているのかもしれない。

「犯人捜しでないとしたら、何しに来られたのですか？」帆香はこの人物を信じてみることにした。

「原因の究明だそうだ」基橋はさらに手帳のページを繰った。「本来企業がデータを捏造しても信用を失うだけで得なことは何もない。それなのに、どうして捏造に走ったのか？　その理由が知りたいそうだ」

「本当にわかってないのですか？」帆香は本社から来た男の能天気さに驚いた。いや。ひょっとすると、社長自身、この事態に気付いていないのかもしれない。

「ああ。本人が言ってたんだから間違いない」

「社長が無茶なこと言うたからや」単が言った。

「無茶？」

「売り上げを十倍にせえとか」

「あれは前の社長の決めたことだよ」

「そんな言い訳通用しぃひんやろ。これ見てみ」単はいつの間にか例の「事業計画書兼誓約書」のコピーを取り出してきていた。

「何だ、これは？」

「研究員全員がこれ書かされたんや」

「『百億円事業』って、何だ?」

「言葉そのままや。年間売り上げが百億円の事業や」

「……」基橋は無言で計画書を眺めていた。「……あの。こんなこと聞くのは失礼かもしれないいんだけど」

「何ですか?」

「研究員って、百億円事業をほいほい思い付くのかい?」

「常識的にそんな訳ないやろ!」

「やはりそうか」

「そんなもん思い付くんやったら、会社辞めて起業するがな!」

「独立しないのは資金的な理由かと思ったんだ」

「そんな凄いアイデアがあるんやったら、銀行とか投資ファンドがほっとかへん。最近やとクラウドファンディングもあるし」

「これはあれか、売り上げ十倍計画が関係してるのか?」

「当然やろな」

「データ捏造はこの計画書が関係してるってことか?」

「それだけやない。所長や部長の圧力がはんぱないんや」

「それを取締役の皆さんの前で証言してもらえるだろうか?」基橋は二人の顔を交互に見た。

「わたしは無理」単は即答した。「そんなんで目ぇ付けられたらたまらんわ」

「君はどうかな？」基橋は帆香の方を見た。

証言したい気持ちもある。でも……。

「ごめんなさい。利己主義的だと思われるかもしれませんが、わたしは社長のことがまだ信じられないんです」

「ささらが君たちを騙そうとしてるって思ってるのか？　いいや。彼女はそんな酷い人間ではないよ」

「社長の真意を疑っている訳じゃないんです」

「だったら何を心配してるんだ？」

「彼女自身の能力です。権力と言ってもいいかもしれません」

「ささらは社長だぞ」

「形式的にはそうです。でも、本当に力を持ってるんでしょうか？」

「どういう意味だ？」

「彼女に悪気はなくても、わたしたちを守り抜くことができないかもしれないってことです。彼女は新参者でしょ？　この会社には何十年も巣食っている妖怪がいっぱいいるんですよ」

「ああ。それはわかるよ」基橋は頷いた。思い当たる事実があるらしい。

「だから、証言はできません。名前も出さないでください」帆香は保身に走る自分自身が情けなかった。

だけど、今はまだ駄目。松杉さんの汚名を雪ぐまでは辞める訳にはいかないもの。

「わかった。じゃあ、この『事業計画書兼誓約書』のコピーは貰っていってもいいかい？」

「それは構いません。誰でも持っているものなので」

「文書だと証言より弱いけど、まあ全員に配布したものだったら、白を切ったりはしないだろう。じゃあ、これ貰っていくね」基橋は研究設備の説明を聞く気はなかったらしく、さっさと部屋から出ていった。

「あいつ信用できると思う？」単が不信げに言った。

「嘘は言ってないと思う。でも、信用できるかどうかはわからない。期待しない方がいいと思うわ。失望しないためにも」帆香は溜め息を吐いた。

24

「特許のチェックお願いします」浅川が部長席にやってきた。

「何や。今忙しいんや。明日にしてくれるか？」毒島は不機嫌そうに言った。「松杉が産業スパイ事件起こしたんで、てんてこまいなんや」そして、小声で呟く。「あいつ、死んだらよかったのに」

「スパイの証拠見付かったんですか？」

「ああ。あいつが自殺未遂する前に、わしと所長の前で『自分がやりました』言うたんや。二人が証人や。間違いない」

「だったら、松杉主任の案件は後でもいいでしょう。それより、このグラフを見てください。このデータを基に、忠岡君と僕が共同で特許を書いたのですが……」浅川は手持ちの書類を見せた。

毒島は浅川の話には興味なさそうに机の上のパソコンをマウスで操作し、メールを見ていた。

「本当に性能指数が十倍になったんですよ」

毒島の動きが止まった。

「今、なんて言うた？」

「このデータを見てください。性能指数が十倍です」

「これは……」毒島は目を見張った。

「それだけではありません。この技術は他社のデバイスにも使用可能なんです」

「なんやて？　どういうことや？」

「我々はついに真空管型量子ゲートの原理を解明したのです。この特許の使用権を他社に売れば、放っておいても金が入ってきます」

「なんでこんなことができるんや？　この技術があったら、もう天下取ったも同然やないか！」

「電極の表面処理の溶液のpHを変えたんです。それで、原子配列の最適化が実現できたんです」

「今まで誰もpHを変えることを思い付かんかったんか？」

「はい」

「なんでや？」

「さあ、思い込みでしょう」

毒島は目を輝かせてそのデータを見た。「特許の内容はもう専用パソコンに入ってるんか？」

「はい。先ほど入力は済ませました。部長がお忙しいんやったら、先に知的財産課と話付けておきましょうか？」

「待て。ルールでは、知的財産課に提出するのは、上長の確認の後や」

「はい。でも、概要だけ口頭で伝えるのは構わないと……」

「これは重要案件なんや!!」毒島は怒鳴り付けた。「まずわしが確認する。それまで誰にも見せるな」

「わかりました。今日中にチェックしていただいたら、明日には出願できると思います」

「あかん!!」毒島の声は事務室中に響き渡った。「出願は来週末まで待つんや」

「なぜですか？　こんな画期的な特許はできるだけ早く出すべきです。万が一、他社に出し抜かれたら……」

「そんなことはありえへん!!　これは焦って出したらあかん特許や。わしが充分に吟味するさかい、出願は来週末まで待つんや。わかったな」

「はあ。わかりました」浅川は首を捻りながら、自分たちの席へと戻っていった。

毒島は浅川の後ろ姿を見ながらにたりと笑った。

25

「部長」浅川が毒島のところにやってきたのは次の週の金曜日だった。「例の特許の件ですが、出願はどうしましょう？」

「特許って何や？」毒島は迷惑そうに尋ねた。

「先週、ご相談したやつです。電極の表面処理溶液のpHを変えるという」

「ああ。あれな。もう適当に出してもうてええで」

「確認はしていただいたんでしょうか？」

「もちろんや」

「修正箇所などなかったですか？」

「ああ。あれでええ。完璧や」

「完璧ですか？　……おかしいですね」

「何の話や？」毒島は何かを感じ取ったようだった。

「あっ。でも、部長がおかしいと思われなかったんなら、大丈夫でしょう」

「そやから何の話や？」

「ちょっと込み入ってるんで、ＩＴ室で文面を見ながら説明してもよろしいでしょうか？」

「わかった。今から行く」毒島は焦っているようで、よろよろとＩＴ室へと向かった。

ＩＴ室には、帆香と単と忠岡が待っていた。

「何やおまえら？　雁首そろえて。わしは今から大事な話があるんや。出て行ってくれるか？」

「例の特許の話ですね？」帆香が言った。

「浅川、他の人間に特許の話したんか？」

「ええ。もちろんです」

「特許は極秘事項やろ！　なんで他のやつに話するんや！」

「なぜって、同僚なんですから研究内容についての相談はしますよ」

「おまえら同士が話する必要はない。わしとだけ話したらええんや！」

「そやけど、部長、研究内容なんか何もわからへんやないですか」単が馬鹿にしたように言った。

「わかったような口、利くな!!　わしは部長なんや。おまえらみたいな平社員とは格が違うんや!!」

「ええと。部長はこの部屋で浅川さんの書いた特許の確認をされたんですね」

「そうや」

「一人で？」

「当たり前やないか」

「中身について浅川さんに質問しようとは思わなかったんですか？」

「そんなもん必要ない」

「だって、浅川さんは発明者ですよ」

「わしはこいつの上司や。こいつの考えることなんか一瞬でわかるんや」

「もう一つ質問があります」

「おまえ、何言うとるねん。わしは忙しいんや。早よ、ここから出ていけ」

帆香はゆっくり歩き出した。しかし、ドアには向かわず、ＩＴ関連のマニュアルが保管されている書架の前に立った。

「何しとるんや？」

「ここにビデオカメラが設置してあります」帆香はマニュアルの間から小型カメラを取り出した。

毒島の顔色が変わった。「なんでそんなもんがあるんや？」

「部長の行動を撮影するためです」

「勝手にビデオカメラなんか持ち込んで、どういうつもりや？　この部屋にカメラ持ち込む自体ルール違反や。懲戒処分覚悟しとけよ！」

「なるほど。そのルールをご存知でしたか。だったら、話は早いです」帆香は話を続けた。「特許はこの部屋のスタンドアローンのコンピュータで作成され、出願時のみ複数の特許スタッフの確認の下、データを取り出すことになっています。また、プリンタにも接続されていません」

「そんなことはわかってる」

「そこで、わたしは考えました。産業スパイはどうやって外部にデータを持ちだしたんだろうか、と。部長はどう思われますか？」

「そんなこと知るかい！」

「部長は『ドラクエ』って、ゲームご存知ですか？」

「ゲームの名前やな。わしはやったことないけど、オタクのやつらがよう話題にしとった」

「初期の頃のゲームはデータのセーブができなかったんですよ。でも、いくらなんでもＲＰＧをいっきにやりきってしまうことなんかできない訳です。どうしていたかご存知ですか？」

　毒島は帆香を睨み付けたまま何も言わなかった。

「正解を言います。ゲームを中断するとき、画面に復活の呪文というのが出たのです。それは本来セーブすべきデータをひらがなの文字列に変換したものです。プレイヤーはその文字列をメモしておいて、ゲームを再開するときに打ち込まなくてはなりませんでした。ときには何百字にもなったので、メモは大変だったそうです。よく写し間違えてゲームの続きができなくなったそうです」

「産業スパイは特許内容を全部メモしたってことか？　そんなこと実際には不可能やろ。全部写し終わるのに、何時間もかかる。その間に絶対に誰かが入ってくる」

「わたしは父にそのゲームを借りてやったことがあります。始めたとき、わたしはてっきり簡単にセーブができると思っていました。ところが、出てきたのはセーブ画面ではなく、復活の呪文です。わたしはどうしたと思いますか？」

「知らんがな」

「わたしは携帯で復活の呪文が映っているゲーム画面を撮影したのです。メモをするのは時間がかかり写し間違いもありますが、写真なら一瞬で済み、ミスもありません」

「犯人は特許が表示されている画面を撮影したって言うんか⁉　携帯の持ち込みは禁止されてるんやで」

「ルールではそうなっています。しかし、犯人はルールを破ったのです。産業スパイを企むような人物がルールを守るはずがありませんね」

「白状したな。ルールを破っとるのはおまえらやないか！」毒島は帆香の持つビデオカメラを指差した。

「ええ。これはルール違反ですね」帆香は微笑んだ。「でも、違反するだけの価値はありました。これをご覧ください」帆香はカメラの液晶ディスプレイを毒島の方に向け、再生を始めた。

　画面には毒島が映っていた。まさにこの部屋のパソコンの前に座っている。そして、徐（おもむろ）にポケットからスマホを取り出し、撮影を始めた。

　毒島は絶句した。だらだらと汗を流し始める。だが、深呼吸すると、気をとりなおしたのか話し出した。「違うんや。これは間違いがないようにあとで確認するために自分用に撮っただけや」

「でも、カメラ撮影はルール違反ですよね」

「えっ？　そやったかな？」

「部長は、先程カメラを持ち込むことはルール違反だとおっしゃいましたね。ということは、つまりこの行為がルール違反だと自覚されていたことになります」

「そんなもん、証拠になるか！」毒島は怒鳴った。「この部屋での隠し撮り自体が不正なんや！　不正な手段で手に入れた証拠は証拠にならんのと違うか!?」

「裁判とかではそうかもしれませんね」帆香は毒島の脅しには動じずに言った。「だけど、これは裁判以前の問題です。これを所長に見せたら、どうなると思いますか？

『不正な手段で入手した証拠やから証拠として採用しない』とおっしゃると思います

か?」

「……」毒島は顔面蒼白となった。「おまえら、わしを陥れようとしてもあかんぞ。そんなものはコンピュータグラフィックスで作ったフェイク画像や！」

帆香は毒島の往生際の悪さに呆れて言った。「だったら、所長の前でも、そう弁解してください。これがフェイクかどうかは調べればわかりますから」

「うわあああ‼」突然、毒島は絶叫した。

さすがの帆香も一瞬驚いた。

その隙を突いて、毒島は帆香に突進し、体当たりした。

毒島の体重は軽く帆香の三倍はあったろう。帆香は突き飛ばされ、弾みでカメラは床に落ちた。

「おらあああ‼」毒島はカメラを壁に向かって蹴り付けた。

ぱかりと液晶ディスプレイがはずれた。

「ちょっと何するんですか？」帆香が体勢を立て直す前に、毒島は全体重を掛けて、カメラを踏み付けた。

他の人間はあまりのことに呆然としている。

液晶画面が割れた。

毒島はカメラを持ち上げ、思いっきり床に叩き付け、さらに踏み付けた。

部品が飛び散った。

毒島はその中からメディアを拾い上げ、圧し折った。

「どや⁉」毒島は勝ち誇った笑みを見せた。

「何がどやなんですか？」忠岡が尋ねた。

「これで証拠はのうなったちゅうことや‼」

「ええと」浅川はぽりぽりと頭を掻きながら言った。「本気ですか？」

「何、強がり言うとるねん⁉　これで打つ手なしやろが‼」

「本気みたいだよ」浅川は帆香に向かって言った。

「ええとですね」帆香は困ったように言った。

「わたしが言うたるわ」単が帆香に代わって言った。「あのな、動画データは簡単にコピーできるねん。わたしらがコピーしてなかったと思うか？」

「おまえら勝手にビデオ持ち込んで撮影した上にデータをコピーした言うんか‼　完全に社内ルール違反やないか‼」毒島は激昂して言った。

「そうですよ。だから？」

「懲戒処分や」

「それは所長に判断して貰いましょう」

「……」毒島は肩で息をしながら帆香たちを睨み付けた。「おまえら勝ったつもりか？」

「勝ち負けの話ではありませんよ」

「会社はわしを訴えたりせえへんで。これ以上不祥事を増やしたないはずやからな。

内々で済ますはずや」

「別に部長に警察に捕まって欲しい訳じゃないです。松杉さんの無実が証明できればそれでいいんです」

「わしは首になる。おまえら嬉しいやろ!!」

「だから、そんなこと言ってないんですって」

「わしは大丈夫なんや。ちゃんと居場所は確保してある」

「そうなんですか?」

「なんでか知りたいやろ?」

「いや。興味ないです」

「今回の特許はすでにアナザーワールド社が出願してるんや。あの特許があったら、アナザーワールドは天下とったも同然や。わしはあの特許と引き換えにアナザーワールド社から厚遇を受ける約束になっとるんじゃ。相応のポストと破格の報酬や!!」

「でも、あの特許は僕が……」浅川が何か言おうとした。

「残念やな。日本は先発明主義やのうて先出願主義なんや」

「そういうことでは……」

「ほな。わしはどろんさせてもらうで……わあああああ!!」毒島は絶叫しながら走り去っていった。

「逃げよった……」単は呆然として言った。「このまま研究所から逃げるつもりやろか」

「たぶんね。そして、このままアナザーワールドに拾って貰うつもりでしょう」

「あいつ、気付いていないですよね」忠岡は愉快そうに言った。

「あの特許は全くの出鱈目だしな」浅川が言った。「数値は全部桁違いか、単位を間違えてる。……普通気付くよな」

「あいつ、相当なアホやな」単が言った。

「アナザーワールドには毒島部長の居場所はないわ」帆香が言った。「おそらくあの特許は出願すらもされていない。向こうの担当者が相当な間抜けじゃない限り。だから、毒島部長の期待したポストも報酬も幻に終わることになる」

窓の外を見ると、麓に向かって走っている毒島が見えた。

こちらに気付くと何のつもりか、いったん止まって、あかんべえをした。

忠岡はへらへらと手を振った。

帆香は少し考えた後、やはり手を振って見送ることにした。


「とりあえずは一段落やね」単が装置の立ち上げをしながら言った。「毒島のおっさんは雲隠れしたし、松杉さんは来週退院らしいわ」

ここは測定に使っているのとは別の実験室だ。発火性の物質を使っていることもあり、地下にある。天井には配管が走りまわっており、ボンベが置かれ、ガスを運ぶポンプの低音がぶんぶんと鳴り続けている。

「会社の方はまだまだ大変みたいだけどね」帆香は新しい制服に慣れないらしく、なんども襟や袖口を弄っていた。

「まあ、経営のことは偉いさんに任せとくしかないな。どうせ、研究所には関係ない話や。……制服、具合悪いんか？」

「なんというか、ぴったりこないのよね」

「わたしもだぶだぶなんや。サイズの種類が少な過ぎるな」

「経費節減のためにサイズの種類を増やせないのかもしれないわ」

「そやったら、わざわざ新しい制服にせんでもええのに。そもそもなんでショッキングピンクなん？　フリルまで付いてるし、女子社員だけならともかく、おっさんまでピンクって……」

「新しい社長の趣味でしょ。でも、どうも気になるのよね」

「デザインと色以外で？」

「この材質よ。たぶん、コスト優先なんだろうけど、技術開発や製造の現場で使うのは……」

装置が立ち上がり始めた。

「この生地がどうかしたん？」単は調整のため、装置のダイヤルに触れようとした。

ばちっ!!

単の手と装置の間に火花が飛んだ。

「静電気？　……まさか……」彼女は呆然とした。

ぽん‼

装置から煙が上がり、緊急停止した。

警報が鳴り響き、天井からスプリンクラーの水が噴き出した。

帆香と単はずぶ濡れになった互いの姿を呆然と見つめ続けていた。

26

「社長、いったいどのようなご用件でしょうか？」黒星は血相を変えて本社の会議室に飛び込んできた。

部屋の奥にはすでに忠則と忠介が座っていた。

「はっ？」忠則は腑抜けた表情で言った。「忠介、何の用でこいつら呼んだんや？」

「知りませんね。僕の案件と違いますから、緊急の案件があるから、ここに来いと言われただけですから」忠介は面倒そうに答えた。

「えっ？　でも、確かに社長がお呼びやと……」

「そういうことか」忠介が言った。「社長、いうのは僕のことやないで」

「えっ？　……あっ！」黒星は額を押さえた。「社長て、あの女の子のことでしたか！　だったら、こんなに慌てて来なかったのに……」

「何言うとる？　社長は社長や」忠則は言った。「おまえらは社長の家来なんやから、いつ何時でも呼ばれたら、馳せ参じなあかんやろ」

「もちろん、創業家の皆様の御意思でしたら、何を差し置いても駆け付けます。しかし、あのアイドル崩れの言うことでいちいち動いていたら……」

黒星はふと顔を上げ、忠則の顔を見た。

忠則は苛々とした様子で黒星を睨み付けている。

いったい何がよくなかったのだろう？

数秒の熟考の後、なんとなくわかってきた。

あの小娘を社長にしたのは、忠則自身なのだ。だから、ささらを社長扱いしないということは忠則の人事を否定することになるのだ。

全身から冷や汗が噴き出した。

「も、もちろん、社長の命令はお聞きします。ただまあ、会長もご存知の案件だと勝手に思い込んでおりましたので、ちょっと面食らってしまったのでございます」

「言い訳はええねん。あの子の命令はわしの命令やと思て貰わなあかんちゅうことや。そやないと、統制がとれんやろ。肝に銘じとけ」

「はっ」黒星は忠則に最敬礼の姿勢をとった。

「失礼します」スーツ姿のささらが部屋に入ってきた。後ろに菜々美が控えている。

「ささらちゃん、秘書従えて、社長姿が様になってきたな」忠則が嬉しそうに言った。

「それで、今日、僕らを呼び付けた訳は何や？」忠介が言った。

「最近、うちの会社で起こった事件について考えたんです」ささらが答えた。

「どの事件のことや？」忠則が暢気に尋ねた。

「しっ」忠介が慌てて父親を制した。

「主にデータ偽装の件です」ささらは言った。

「ああ。それでしたら、犯人の目星はついています」黒星が答えた。

「わたしが言いたいのは、犯人が誰かということではないのです。データ偽装が起きた原因が重要なんです。……まあ、真の原因という意味では、真犯人ともとれますが」

「何の話をしてるんですか？」黒星はうんざりした表情で言った。「もし、重要なお話でないのでしたら、わたしもいろいろと忙しいんで、研究所の方に帰らせていただきたいんですが」

「これです」ささらは菜々美から手渡された三枚の紙を忠則と忠介と黒星に配った。

「何や、この『事業計画書兼誓約書』っちゅうのは？」忠則が訊いた。

「これが全研究員に配られていたんです」ささらは努めて落ち着いた声で言った。「これを配らせたのはあなたですね、黒星所長？」

黒星は書類をちらりと見て答えた。「よく覚えてませんが、こんな感じの書類を配ったような気がしますね」

「こんなものを配ったら、研究員たちはどうなると思いますか？」

「一生懸命、仕事しようと思うでしょうね」黒星は肩を竦めた。

「百億円事業が簡単に思い付くものでしょうか？」ささらは尋ねた。

「なんで、誓約書なんか付けてるんだ？」忠介が苛立ちを隠さずに言った。

「それはですね。そうすることで、所員の決心をより強固なものに……」黒星はおろおろと言った。

「こんなもん要らんやろ」

「その……」

「忠介の言う通りや」忠則が言った。「これは不必要や」

「申し訳ありません」黒星は頭を下げた。

勝った。創業家の二人は意外にまともだったんだわ。二人がおかしなことになっているのに気付けば、この会社はきっといい方に変わるわ。

ささらは小さなガッツポーズを作って、菜々美に見せた。

菜々美は笑顔ではなかった。

何？　まだ何か？

「誓約書なんか要らんのや」忠則は続けた。「上司の命令は絶対や。うちの社員は誓約書なんか無うても忠誠心で命令は命懸けで達成するんや」

「えっ？」ささらは目を丸くした。

このお爺さんは駄目だわ。めちゃくちゃなことを言っている。

ささらは助けを求めて、忠介の方を見た。

「百億円事業を起ち上げろと言われたら、死に物狂いで達成する。それがレトロフューチュリアの社員や」忠介は言い放った。「上司の命令に逆ろうたら、背任罪やからな。誓約書は不要や。こんなもん付けたら、ふだんの命令は達成せんでもええと思てまうやろ！『上司の命令は石垣家の命令と思え』とふだんから言うて聞かしてたら、誓約書なんか必要ないんや！」

「ああ。これは迂闊でした」黒星は土下座をした。「わたしの考えが足りませんでした」

「おまえの考えが足りんことは承知しとる。そやけど、この程度の失敗で本社に呼び付けることはないやろ」忠則はささらを見た。「わしらも暇やないんやから、いちいち呼び出さんといてくれるか？」

わたしが悪いの？　いいえ。そんなはずはないわ。

「その、すべての研究員が百億円事業など産み出せるものでしょうか？」

「はあ？」忠則は首を傾げた。「この子は何言うとるんや？」

「世の中には天才と呼ばれる存在はいます。だけど、すべての人間が天才である訳ではありません。全員が百億円事業を思い付くのは無理でしょう」

「無理とか、無理でないとか訊いてるんやない！」忠介は強い口調で言った。「百億円事業のアイデアを出せ、と命令してるんや。できひん理由を考えても仕方がない。どうやったら実現できるかを考えるんや。社員にそれ以外の選択肢はない」

「もし思い付けなかったら、どうなるんでしょうか？」

「会社が思い付け、言うてるのに、思い付かへんかったら、それは背任罪や！　そいつは犯罪者や！」

「そんな役立たずは要らんな」忠則が言った。「すぐにクビや。警察に突き出さんだけましやと思てもらわなあかん」

この人たち、何を言ってるの？　何を言っても無駄なの？　……いいえ。落ち着くのよ。ちゃんとした道理を話せばわかって貰えるはずよ。

「もし、その人たちが百億円事業を思い付けるのなら、独立して自分で起業するとは思いませんか？」

「そんなことは命じるはずないやろ」

「はっ？」

「命じてもないことをしたら背任罪や」

「いや。退職したら、背任も何も」

「さっきから何言うとるんや？　金儲けのアイデアがあるんやったら、辞めさせる訳ないやろ」

「だから、そういうことを言ってるのではなくて……」

「河野さん、いい加減にして貰えるか？」忠介の目は完全に怒っていた。「これ以上、意味不明の戯言で僕らの時間を無駄にする気やったら、君こそ背任罪になるで！」

「わ、わたしは……」

予想外の出来事だった。自分の常識がここでは全く通用しないのだ。なんだか、自分の方が間違っているような気さえしてきた。

この会社の大人たちは毎日こんな環境で働いていたため、常識がねじ曲がってしまっているんだわ。しっかりするのよ。ここで飲まれては駄目。落ち着いて。正しいのはわたしの方なんだから、順を追ってゆっくりと説明すればわかってくれるはずだわ。

「わたしが言いたいのは、なぜ偽装が起こったかということです。無理な目標を立てさせられた所員は追い込まれて偽装を……」

ちょうどそのとき、ノックの音がした。

「今、会議中や。誰が通した⁉」忠介が怒鳴った。

ドアが開くと、そこには棚森がいた。

「何しとるんや？　おまえは、僕らが余計な話で煩わされんように、ブロックする係やないか。それが率先して会議の邪魔してどないするねん」

「緊急事態なので、敢えてルールを破りました」棚森は平然と言った。「全社で事故が頻発しております。すぐにでも対策をとる必要があります」

「全社で？　いったい原因は何や？」

棚森は真っ直ぐにささらを指差した。

えっ？　わたし？　なぜわたしのせいになるの？

「まさか、君何か仕掛けたんと違うやろな！」忠介の語気が強くなった。

「いいえ。何も知りません。何かの間違いです」

「残念ながら、間違いではありません」棚森は淡々と言った。「あなたの発注した制服が原因です。あの制服の生地は静電気対策ができていなかったのです」

「本当に申し訳ありません」ささらは取締役たちに頭を下げた。「あの生地が静電気を溜めやすいって知らなかったんです」

「謝って済む問題と違うで!!」新川は怒りが収まらない様子だった。「あっちこっちの工場が止まっとるねん。こんな生地を製造業の制服に使うなんて、正気の沙汰やないで!!」

「お言葉ですが」頭を下げるささらの隣で菜々美が言った。「河野社長はこの分野には素人なんですよ。彼女は服飾メーカーにデザインを発注して、その中から我が社の制服に相応しいと思われたものを選択しただけです。そして、各事業部長にも内覧会を開いて確認していただきました。もし、それが製造業に相応しくないものだったのなら、その時点で指摘されるべきだったのでは？」

「社長がこれにしたい言うてるのに、反対できるかいな」

「そや。会長もＯＫ出さはったし」別の取締役が言った。

忠則はすでに会長ではなかったが、いまだに社内では「会長」で通っていた。当初、菜々美はいちいち訂正していたが、その努力は全く無駄だとわかってきたので、今では放置している。

「そもそも秘書の分際で、何取締役に意見しとんのや」

「わたしは社長の代弁をしているのです」

「社長はそこにおるんやから、本人に言わしたらええやろが」

「あなたがたのように、一方的に攻撃的な態度をとられたら、社長は……」

「もういいの、牧原さん。わたしの考えが足りなかったの。謝るのはわたしの務めです」

「しかし……」

「それで石垣社長はまだ来はらへんのかいな?」新川は苛々と言った。

「石垣社長」というのは忠介のことである。忠則が「会長」と呼ばれるように、忠介は「社長」と呼ばれていたが、正式な社長はささらであり、紛らわしいので、いつの間にか「石垣社長」と呼ばれるようになっていたのだ。

ドアが開いた。

全員がドアの方を見た。

入ってきたのは、CFOの東峠だった。「会長も石垣社長も取り込み中や。もうちょっと待ったってくれや」

「こっちも変な制服のせいで大変なんや」

「そんな小っさいことで騒いでどうすんねん」

「小っさい？　いやいや。これは結構な大ごとでっせ」

「これよりもかい」東峠は会議テーブルの上に記事のコピーのようなものを投げ置いた。

「明日出る週刊誌や。たぶん明日の各紙の朝刊も書きたてるで」


レトロフューチュリア社不適切会計疑惑発覚。全事業部において巨額赤字隠しか。


全員が我が目を疑った。

「なんでや……」新川が呟くように言った。「なんでばれたんや？　誰か密告したんか⁉」新川はささらを睨んだ。

残りの全員もささらの方を見た。

「記事をよう読んでみぃ」東峠が言った。「『継続企業の前提に重大な疑義を抱かせる事象または状況のあることを表明』て書いたあるやろ。つまり、監査法人が音ぇ上げよったんや。まあ、こんなに派手にやっとったら、監査法人がゲロせんでも、遅かれ早かれマスコミが嗅ぎ付けとったやろけどな」

「どうしたらええんですか⁉」取締役たちは顔面蒼白となった。

「覚悟決めなはれ。……とは言っても、逮捕者がぎょうさん出てはこの会社はもたん。とりあえず、被害範囲は最小限にしなあかんわな」

被害？　まるで、自分たちが被害者であるような言い草だわ。立派な加害者なのに。みんなが共謀して悪事を働いたのよ。

そして、自分もその一味ということになっていると思い出し、ささらは強い自己嫌悪に陥った。

「あなたは悪くありません。あなたに選択肢はなかったんですから」菜々美が耳元で囁いた。

「とりあえず、箝口令でんな」東峠は面倒そうに言った。「マスコミには余計なことは喋らんように。各事業部の幹部社員にも言うとくんや」

役員たちは個々に携帯電話を掛け始めた。

東峠は慌てふためく男たちの様子をにこやかに眺めていた。

たぶん、この人は自分を部外者だと思っている。一時的に取引先に出向しているだけで、自分の居場所は銀行だと思ってるんだ。そして、おそらく、その認識は正しい。

東峠が開けっ放しにしていたドアの向こうに棚森を引き連れ、やってくる忠則と忠介の姿が見えた。

「遅いでんがな。待っとりましたで」東峠は落ち着いた様子で言った。

忠則は顔面蒼白になり、ふらふらと歩いていた。

逆に忠介は顔を真っ赤にして、床を踏み鳴らしながら歩いていた。どうやら怒っているらしい。誰に対して怒っているのか知らないが。

「えらいことになってもうた」忠則は力なく言った。「どないしたらええんや」

「おまえらのせいやからな!!」忠介は怒鳴った。「なんで粉飾なんかしたんや⁉」

それはあなたが無理な売り上げ計画を立てたからじゃないの。

誰も忠介の質問に答えなかった。

「まあ、今更犯人捜ししてもしようおまへんやないですか」東峠が言った。「まずは被害を最小限にする方策を考えまひょ」

「東峠はん、あんたに聞きたいことがありますねん」忠介が東峠に近付いた。摑み掛かりそうな勢いだ。

「何でっか?」東峠は涼しい顔で言った。

「銀行から言うてきた、格付け格下げによるシンジケートローンの返済要求ってどういうことや?」

「まだ確定事項やおまへんで。ただ、おそらくこのままやったら、格付け会社によって、この会社は格下げになるってことです。つまり、投資不適格っちゅう訳だ。うちの銀行が音頭取って、あっちこっちの金融機関に声かけて、シンジケート団を組んだげたんやけど、投資不適格となったら、手ぇ引くのは当然でっしゃろ。契約書にもちゃんとそう書いたあるがな」東峠は忠介の肩にぽんと手を置いた。

「自分だけ、逃げる気か?」忠介の目は真っ赤に充血していた。「どこから嗅ぎ付けたのか。株価は暴落してまたストップ安や。取引先への手形での支払いも拒否されてる。

このままでは……」

「何言うてまんねん。わしらは一蓮托生でんがな。銀行はまだ見捨てまへんで」

「今、うちが倒産したら、銀行は貸している分、丸損ですからね」珍しく棚森が皮肉を言った。「資金を回収するまでは、うちを倒産させる訳にはいかないのでしょう」

「棚森君!!」東峠は人差し指をぐっと棚森の顔の真ん前まで付き出した。

棚森はぎくりとして、一歩引き下がった。

東峠は鼻で笑ってから言った。「君、わりと鋭いな。そうや。銀行はこの会社を潰されへんね。そやけど、それはこの会社にとってもええことなんやで。銀行――つまり、わしの言うことだけきっちり聞いといたら、ここは潰れんで済むっちゅうことです」

「どうすればええんや？」忠則が憐れな声を出した。「そや。この女の子を辞任させよう。それで、責任はとったっちゅうことで、わしと忠介が復帰して会社を建て直したらええんや」

　ささらは呆れ果てて反論する気にもならなかった。

　このお爺さんはそんな簡単に責任逃れができると思っているのかしら？　それとも、本当に世の中っていうものは、そんな単純なの？

「いずれは辞任して貰わなあきまへんやろな」東峠はちらりとささらを見た。「そやけど、まだ早おすな。まだまだいろいろと埃は出てくるでしょうから、今復帰したら、あんたらもすぐ辞任になりまっさかいな。この女の子にはぎりぎりまで耐えて貰わんと」

「ちょっと待ってください」ささらはついに声を上げた。「それって、わたしに全ての罪を擦り付けるってことですか？」

「あんた、社長と違うんかい⁉」東峠は凄んで言った。

「えっ？」

「社長は全社員の上司や。部下の不祥事の責任をとるのが上司ってもんやろ‼」

なんだか正論を言っているようだが、ついこの間まで、ささらは石垣親子や東峠の部下だったのだ。責任をとりたくなかった彼らがささらを社長に押し上げたのだ。

そう言い返そうと思ったが、なんだか馬鹿馬鹿しくなってきた。今、ここでささらが何を言おうとも、東峠は適当な言葉を並べて、はぐらかすことだろう。それに、ささら自身も自分が社長になれば何事かをなせるのではないかと、思っていたのは事実だ。実際には殆ど社長の仕事には手を付けることができず、唯一自分の発案で動いていた新制服は大失敗だった。ひょっとして、わざと失敗するように仕向けるために、誰も静電気のことを教えてくれなかったのかもしれないが、今それを言ってもどうしようもない。

「ほな。とりあえず対策会議や。わしのスタッフと会長と社長……石垣社長のスタッフだけここに残ってくれ。部外者はみんな出ていってくれ」東峠は取締役たちに言った。

「部外者って……。わしらはこの会社の……」新川は文句を言った。

「大事な話なんや。あんたらには決まったことを後で連絡するわ」言葉遣いは優しいがその目は全く笑っていなかった。

取締役たちはこそこそと部屋から出ていった。

「お嬢ちゃん、何してまんねん？」東峠はささらに言った。「わし、部外者は出て行ってくれって言いましたやろ」

「部外者？　わたしはこの会社の社長……」

「承知しました」菜々美はささらの腕を摑むと強引に会議室から引き摺り出した。

「何するんですか？」ささらは文句を言った。「あの人たち、わたしを完全に馬鹿にしているわ」

「あそこにいても、あなたにできることは何一つありません。それどころか悪巧みに関与していることになる危険もあります」

「じゃあ、このまま何もしないの？」

「いいえ。こっちも、これから社長室に戻って対策会議です」

「会社を建て直すための？」

「いいえ」菜々美はきっぱりと首を振った。「生き延びるためのです」

27

まだ昼休みの始まる時間ではなかったが、研究所員たちの殆どは食堂に集まっていた。点けっぱなしのテレビはレトロフューチュリア社の不適切会計についての解説を流していた。

「えらいことになってもうたなあ」所員たちはついつい不安を口にしてしまう。

「そやけど、こんな大きな会社、まず潰れへんやろ」

「俺もそない思うけど……どうなんかな？」

「こんな大きな会社、潰れたって聞いたことあるか？」

「あんまり気にしてなかったけど、大きな会社でも潰れたとこは結構あるみたいやで」

「そんな会社はどうなるんや？」

「たいていは、再建を請け負う会社が出てくるんや。どこも手を挙げへんかったら、国の機関が動くらしい。そこがリストラしたり、事業を切り売りしたりして、なんとか建て直すんや」

「ほんなら、社員が全員助かる訳にはいかんのか？」

「まあ、潰れるんやからな。一文無しで放り出される訳やないだけましと違うか？　中小やったら、そのまま廃業して解散ってこともあるらしいし」

帆香たちも不安げに放送を見ていた。

「あのアイドル全然あかんやん!!」単が不満を口にした。「社長になって、いきなり、こんな不正働くなんて!!　あの、マネージャーは、なんかわたしらの力になってくれるみたいなこと言うてたのに!!」

「たぶんだけど、あの子に責任はないと思うわ」

「そやかて、今までうちの会社順調やったのに、あの子が社長になってから急にこんなことになったやん」

「冷静に考えてみて。あの子の一存でこれだけの不正を働けると思う？　たとえば、うちの研究所がやったデータ偽装も忠岡君の独断ではないでしょ？　たとえやろうと思っても、絶対に上司の誰かが気が付く」

「でも、あの子は社長なんやろ。命令は絶対違うの？」

「二十歳そこそこの社長の命令で、五十代、六十代のおっさんたちが一斉に不正を働いたとしたら、馬鹿の集団じゃない。まあ、実際馬鹿だったのかもしれないけど、少なくともあの子のせいじゃないと思う」

「じゃあ、どうしてあの子に代わってから急にこんなことになったん？」

「二十世紀のことだけど、大きな証券会社が倒産したことがあったわ。倒産のとき、社長が『悪いのは自分たち経営者で社員は悪くありません』と号泣して話題になったんだけど、その社長は就任三か月だったの」

「そのおっさん、大会社を三か月で潰したん？」

「そんな訳ないでしょ。その人が社長になったときには、事実上破綻してたのよ」

「つまり、この会社も元々破綻状態やったってこと？」

「だからこそ、こんなめちゃくちゃな人事にしたのよ。責任逃れのためね」

「そやとしても、なんでアイドルに社長なんかやらせたんや？　なりたいおっさんはいくらでもおったやろ。なんやったら、わたしがしたってもよかったのに」

「あんたに会社経営なんかできるの？」

「自信はないけど、たぶん二十歳そこそこのアイドルよりはうまいことできるような気がするで」

「社長が生え抜き役員に社長を任せなかったのは、基本的に部下を信用していないからだと思うわ」

「そんなことある？」

「噂だけど、会長の父親は厳しい人で、会長に名前を隠させて下積みから修業させたらしいわ」

「ええ話やないの」

「会長は全く仕事ができなかったので、えらく虐められたそうよ」

「それは会社の風土が最低やな」

「会長はこの会社の社員を信用していない。だから、自分の息子には下積みを経験させず、入社後いきなり経営幹部に抜擢した」

「自分とこの社員は信用できんけど、アイドルは信用できるってこと？」

「信用できるって、訳じゃないだろうけど、経営のことをよく知らないアイドルなら操りやすいって、思ったんじゃないかしら。とりあえず弾除けにはなる」

「……この会社大丈夫かな？」単は深刻な顔で言った。

「正直な意見聞きたい？」

「もちろんや」

「大丈夫ではないと思う」

「潰れるんか？」

「会社が消滅するということはないと思う。だけど、さっき誰かが言ってたみたいに吸収されたり、解体されたりということは充分考えられるわ」

「さっさと転職した方がええんかな？」

「それは何とも言えないわね」

「どういうことや？　これから大勢リストラされるんやったら、早い目に辞めて職探しした方がライバルが少なくて済むで」

「でも、今辞めたらただの自己都合退職よ。わたしたちの年代だったら、退職金は雀の涙だわ」

「でも、定年退職できるまで、この会社もたんやろ」

「再建を支援する会社が出てくれれば、そこがリストラ費用を捻出してくれるかもしれない」

「そんなことして何の得があるんや？」

「社員が減れば、人件費が減るから、一時的に会社の業績がよくなるの」

「けど、退職金がかかるから損と違うんか？」

「退職金はそもそも負債として計上してあるから、名目上損失は割増し分だけで済むのよ」

「なんかようわからんけど、数字の上のからくりがあるんやね」

「からくりがあるのよ」

「でも、人減らしたら、業績が上がるって、おかしいで。そんなんやったら、人のおらん会社ほど大儲けのはずや」

「その通りよ。人を切れば、見掛け上業績は上がる。だけど、それは一瞬のことで、やがて無理が出てくる。間接部門の人数を減らせば、直接部門の雑用が増えて業務は滞るし、開発や宣伝や広報の人間を削ると、新製品が出せなかったり、出せても宣伝ができなかったりして、徐々に売り上げが削られることになる。でも、とりあえず目の前の利益は出せるようになる」

「そんなんに引っ掛かる人間おらんやろ」

「それがいるのよ。いや。引っ掛かっているふりをして、本当は引っ掛かってないいつもりの引っ掛かった人間がね」

「ややこしいな」

「とりあえず、その期の利益が出せれば、株価を上げる理由になる。株価を上げて儲けたい人は、増益に乗って株価をつり上げようとする訳よ。また、リストラして身軽になった事業なら買いたいという企業も出てくる。特許やノウハウが手に入る訳だし、自分たちの余剰人員をそこに送り込んで、疑似的なリストラもできる」

「社内リストラか」単は顔を顰めた。「とりあえず、辞めるのはリストラ募集が来てからで遅うないってことか？」

「絶対とは言えないけどね。最終的には単が決めることだと思う」

「帆香はどうするねん？」

「えっ？　だから、リストラ募集を待つのよ」

「リストラ募集が来たら、どうするん？　それですっと辞めるん？」

「……実は迷ってるの」

「この会社に未練があるってこと？　さっさと新天地に行った方がいいんと違う？」

「未練とかではないの。敢えて言えば好奇心……かな？」

「好奇心？」

「こんな大きな会社が潰れるなんて、滅多に見れるもんじゃないでしょ。早々に辞めてしまうのはちょっと惜しいかなって」

28

忠則が取締役会の開会を宣言した。

いつも通りだ。だが、絶対におかしい。忠則が議長であることの根拠がないのだ。彼は今代表取締役ではない。会長でもない。ただの平の取締役だ。それなのに、取締役たちは全員、忠則の一言一言に注意を向け、真剣なまなざしで見つめている。

　ささらは虚ろな目で、取締役たちを眺めた。

　彼らは創業家に忠誠を誓っているように見えた。しかし、いったい何にしたがっているのだろう？

　創業まもない頃には、株の大部分は創業家が握っていたらしい。しかし、上場後は増資で株数そのものが膨らんだことに加え、創業家が持ち株の一部を売却したため、すでに持株比率は一パーセント程度だという。大株主には違いないが、法的にこの会社を支配できているはずがないのだ。

　株主総会で取締役として信任されたということは大きいかもしれない。だが、それを言うなら、ささらを含めてこの場にいる取締役は全員平等だ。石垣家の者だけが特別扱いである理由にはならない。

　彼らが会社を支配している理由について、ささらと菜々美は話し合った。そして、一つの結論に達していた。

「発言させてください」ささらは手を挙げた。

「なんや。ささらちゃん、珍しいな」忠則はにたりと微笑んだ。

「わたしの地位を確認させてください」

「今更何を言うてるんや」

「わたしはこの会社の代表取締役社長です」

「そうや」

「そして、石垣さん、あなたは代表権のない只の取締役です」

「何が言いたいんや？」いきなり忠則の目が険しくなった。

殆どの取締役たちは互いに顔を見合わせているだけだった。ただ、東峠だけは興味深げに二人のやりとりを見ていた。

「つまり、わたしはあなたの上司に相当するのではありませんか？」

「河野さん！」忠介が声を荒らげた。「言い過ぎや」

「待て」忠則が副社長を制した。「おもろいやないか。社長ごっこが楽しなったんか？」

「ごっこではありません。わたしはこの会社の社長です。わたしは……あなたがた親子の辞任を要求します」

石垣家が会社を支配している理由——それは思い込みなのだ。

取締役たちも社員たちも「この会社の支配者は石垣家だ」と思い込んでいるのだ。

馬鹿馬鹿しい話だが、取締役や社員たちにもこの思い込みはある種のメリットがあった。つまり不特定多数である株主の方を見るなんて厄介なことをしなくていいのだ。ただ、石垣家の方だけを見ていればいい。何万といる株主を満足させる方法なんて、想像することすらできないが、石垣家を喜ばせるのは簡単だ。彼らが喜べば、それが正解なのだ。

銀行にとってもメリットがあった。取締役一人一人に権限があったら、彼らをコントロールするのは骨の折れる仕事になっただろう。だが、現在の体制が維持されれば、石垣家の二人を操るだけでいい。これは相当な労力の軽減になる。

そして、株主たち。もし、この会社の経営中枢がころころ代わったら、誰に文句を言えばいいか混乱するだろう。それが石垣家に固定されていれば、文句を言う相手がはっきりし、責任も追及しやすくなる。ただし、本当に責任を追及して辞めさせるところまではしない。株主総会で吊し上げにするだけでいいのだ。そうすれば溜飲が下がる。そして、どうせこの会社は潰れはしないのだ、と思い込む。

そうなのだ。これらの思い込みが機能していたのは、石垣家に任せていれば会社の経営が致命的な状況に陥ることがないという前提ありきなのだ。

法的にはささらに石垣親子を解任する権限はない。だが、辞任を要求することはできるし、株主総会で議題とすることもできる。

問題は取締役たちに思い込みを捨てさせることができるかだ。彼らの目を覚ますことさえできれば、この会社は生き延びられる。

「しょうもない冗談は大概にしなはれ!!」漸く東峠が口を開いた。「今回の取締役会は決めなあかんことが仰山おまんねん!! あんたの遊びに付き合うてる暇はないんや」

「冗談や遊びではありません」

「ほお。本気っちゅう訳でっか?」東峠は取締役たちをぐるりと見回した。「誰の入れ知恵や⁉　今更クーデター起こしてどないなるっちゅうねん‼」

「誰にも入れ知恵なんかされていません」

「ほんなら、全部自分で考えたっちゅうんか？　こんなことして何になると思てるねん」

「会社のためになります」

「家来が大将の首とって、どうやって戦に勝つんや？」

「会社は戦国大名じゃないし、経営は戦争ではありません」

「わかったような口きくやないか。ほな。訊くけど、なんで会長と石垣社長が辞めなあかんねん？」

「最近、我が社には大きな問題が起きました。データ偽装と粉飾会計です」

「そやから、それらの対処を早よ決めなあかんねん。こんな茶番はもうええねん！」

「対症療法では、根本的な治療はできません。この二つの事件の原因は一つです」

「何や⁉　言うてみい」

「『売り上げ十倍計画』です」

　忠介が立ち上がった。忠則も立ち上がりこそしなかったが、少し腰を浮かした。

「これを達成するのは実は不可能だったんです。無理なことを要求された社員は、追い込まれ、『できる』もしくは『できた』と嘘を吐かなくてはならなくなってしまったのです。研究分野ではデータ偽装となり、経理では粉飾になった。彼らを追い込んだのは

「僕は売り上げを上げろと言うただけや。粉飾しろと言った覚えはない」忠介は不快感を露わにした。

「では、彼らの目標が達成できなかったら、どうなったでしょうか？」

「僕は売り上げを十倍にしろと言ったんだ。できなかったら、命令違反だ」

「彼らは命令違反をしたくなかったために嘘を吐いたのではないでしょうか？」

「そやから、僕は嘘を吐けとは一言も言ってないんや。君の言うことは滅茶苦茶や。支離滅裂や」

「数年で売り上げを十倍にしろという命令は支離滅裂じゃないんですか？」

「上司の命令に間違いはないんや。上司が売り上げを十倍にしろと言ったら、石に齧りついても、それを実行する。それが社会人の常識や！」

「じゃあ、売り上げ十倍を達成した社員はそれに見合った報酬を得られるんですか？」

「そら、そこそこの報酬はやるで。ただ、そいつはただ単に上司の指示に従っただけやから、たいしたことはないな。本当に価値があるのは、『売り上げを十倍にする』という発想なんやから、凄いのはその上司や」

「それが……世間の常識ですか？」

「当たり前や。非常識なんは君の方や」

ささらは眩暈を感じた。

何だろう。この徒労感は。だけど、ここで負けてはいけない。負けたら、もう打つ手はない。

「では、多数決をとりたいと思います。わたしに賛成の方は挙手願います」ささらは手を挙げた。

反応はない。

だが、ささらはすぐには手を下げず、じっと石垣親子の顔を見詰めた。

一分が経った頃、取締役の何人かはもぞもぞとし始めた。

迷ってるんだわ。

ささらは敢えて彼らの方を見なかった。親子から目を逸らしたくなかったからだ。

そして、ついに何人かの取締役たちがゆっくりと手を挙げ始めた。

「そろそろ茶番は終わりにしよか⁉」東峠が大声を出した。

手を挙げかけた者たちは慌てて下した。

「ここでクーデター起こして、誰が得するんや？　このお嬢ちゃんにくっ付いといた方が石垣家にくっ付くより得やという確実な根拠でもありまんのか？　違いまっしゃろ。この娘のいうことが正論っぽいから雰囲気に飲み込まれかけただけや。会長に辞任要請するということは、会社と切っても切れん関係——つまり、会社と一体の創業家を敵に回すっちゅうことや。会社を敵に回すんやで！　会社を敵に回して会社経営ができるか⁉　なあ‼　わかっとるんか‼」東峠の言葉はほぼ恫喝のそれだった。

さっき手を挙げかけた者たちは俯いている。

石垣親子は満足げに微笑んでいた。

ささらは自分が負けたことを悟った。だが、それは予想外のことではなかった。むしろ、成功するのは奇跡的なことだと予想していた。自己満足と言われたら、そうかもしれない。それでも、ささらは会社を建て直す可能性があることをやらずにはいられなかったのだ。

「ほんなら、予定通り、不適切会計の報道に対する対応を説明して貰おか？」忠則が何事もなかったかのように言った。

「待ってください。わたしは社長を辞任しようと思います」ささらは言った。「これだけのことをしたからには、社長に留まれるとは思っていません」

「勘違いして貰たらあかんな」東峠がぱたぱたと扇子で自分を扇ぎながら言った。「わしらはあんたに経営して貰おう思て、社長にならせたんと違うんや。あんたには、責任をとって貰うために社長にしたんや。粉飾会計のな!!」

それもわかっている。わかっていて、そのおかしさを糾弾したのだ。

「でも、ここは株式会社でわたしはそこの代表取締役です」

東峠は目を見開き、息を吸い込んだ。

「笑わせてくれるな。株式会社ていうのは只の建て前や」だが、先に口を開いたのは忠則だった。「ここはわしらの会社や。あんたはお人形さんでいたらええのんや」

忠則は真実を口にしたつもりなのだ。何も間違ったことを言っていないという信念を持って。だから、何恥じることなく真正面を向いてはっきりと言ったのだ。そして、当然ながら誰一人反論する取締役はいなかった。

ささらは自分の心がぽきりと音を立てて折れるのを感じた。

29

「国の再生機構の方には話付けてくれたんか？」忠則が虚ろな目で東峠に言った。

ここは元の会長室だが、今ではドアに「特別役員室」という銘板が取り付けてある。もっとも、何が特別なのか、明確に説明できる人間はいない。

「いや。前から何度も言うてまんがな。再生機構はもう解散してまんねん。あれは、一昨年破綻したスーパーベジータ社救済のための組織やから、もう用済みやと判断されたんですわ」

「ほうか」忠則は目をしょぼしょぼさせた。「それで再生機構の金はいつ貰えるんや？」

「忠介はん、会長になんとか言うたって」東峠は鬱陶しそうに忠介に呼び掛けた。

「東峠さん」忠介は怒りを隠そうともせずに言った。「あんたは銀行がなんとかして助けてくれると言わんかったですか？」

「ああ。言いましたな」

「ところが、銀行はシンジケートローンの返済を求めてきてます。全く話が逆やないですか！」忠介は口から泡を飛ばした。

「落ち着きなはれ」東峠は全く動じずに言った。「この会社が潰れてもうたら、元も子もおまへん。シンジケートローンの返済を迫ってるんは、余所の銀行が絡んでるからでんねん。うちだけやったら、なんぼでも待ちますんやが、他の銀行の手前、うちだけ足並み乱す訳にはいきまへんやろ」

「そんな言い訳しても、本心ではうちを助けるつもりがないんやろ!!」

「ここが潰れたら、うちも困るっていうてまんがな。そもそもシンジケートローンは三百億円もあるんですから、取ろう思ても無理でっしゃろ」

「当たり前や。一瞬で資金ショートや」

「国の再生機構の方には話付けてくれたんか？」忠則が繰り返した。

「お父さん、今大事な話してますから、ちょっと黙っといてください」

「会長、どないかしはりましたんか？」

「ここのところ、心労が溜まって、ちょっと混乱してるだけや。一時的なもんや」忠介は苛々と答えた。

「そうでっか？　そやけど、会社のトップがこんな状態では、まずいんと違いまっか？まあ、正式にはあのお嬢さんがトップでしたな」

「父の具合が悪いときは僕がトップや」忠介は断言した。「何か、文句でもあるんか？」

「なるほど。それで、この会社の総帥たるあなたは銀行に何をお望みなんでっか？」

「シンジケートローンとは別の資金調達や。五百億円程出して欲しい」

「五百億円！　とんでもない額でんな。なんでそんな額がいると思わはったんでっか？」

「リストラするにも資金がいる。一万人の従業員を半分にするとして五千人。一人一千万円として、こんなもんやろ」

「ははん」東峠は笑みを浮かべた。「大変な額ですな。ぽんと五百億円出せと言わはる」

「それだけあれば、うちの会社は助かるんや」

「……甘いでんな」東峠はぽつりと言った。

「大変な額やということはわかってる。しかし、それだけの金がないと……」

「そういう意味で甘い、言うたん違いまんねん。五百億円の融資ではあきまへんねん」

「えっ？」

「一人一千万円程度でええかどうかは別にして、とりあえず金払うて、五千人に辞めてもらうとしますわな。で、何が残りまんねん？　さらなる五百億円の負債でんがな！」

「それは、銀行に待って貰う」

「待とうが待つまいが関係おまへん。これ以上、負債が増えたら、この会社は真っ赤っかでんねん。完全な債務超過。つまり、負債額が資産額を超えてまうっちゅうことだ。信用ゼロ。もう立ち直れまへん」

「だから、銀行が後ろに付いてくれたら……」

「そんなことしたら、銀行の信用がなくなりまんがな。無理です」

「じゃあ、どうしろと言うんや!!」忠介は興奮して、東峠のネクタイを掴んだ。

「落ち着きなはれ!!」東峠は忠介の手を振り払った。

弾みで忠介は床の上に倒れた。

「増資でんがな」東峠はネクタイを直しながら言った。

「増資……そうか！　増資や!!　借金やのうて増資やったら、資本が強化されるから債務超過は解消できる」

「そういうことだ」東峠は自慢げに言った。

「今、増資て言うたか？」忠則が言った。

「はい。増資です、お父さん」忠介が答えた。

「増資はあかん。あれは既存株主が怒る。わしらかて損する」

「今は緊急事態なんです！」忠介が叱るように言った。「ほんなら、すぐに証券会社に公募増資の依頼に行こ。それとも、銀行の方から言うて貰えるんかな？」

「公募増資!?　何寝惚けたこと言うてまんねん」

「そやかて、五百億円もの金、公募以外でどうやって……」

「五百億円では足りまへんで。そんな額やったら、退職金払てしまいや。この会社立て直すには最低一千億円の金が要りようです」

「一千億……うちの時価総額や」

「随分、少なくなりましたな。まあ、株価が百円割りかかってるからそんなもんか」

「一千億円もの金、やはり公募増資しか……」

「増資はあかんで」忠則が思い出したように言った。

忠介も東峠も忠則の言葉を無視して会話を続けた。

「この会社はこれから大変な修羅場になりまんねん。事業の切り売りとか、他社との提携とか、即座に判断する必要があります。そんなとき、いちいち何万人もの株主のご意見伺いしてたら、好機を逃すことになりまんねん」

「じゃあ、どうするんですか？」

「第三者割当増資をするんですわ」

「それはあかん」忠則が言った。「会社乗っ取られる」

東峠はちらりと忠則を見て言った。「一つの会社に増資を頼みまんねん」

「そんなことしたら、株の大半はその会社が持つことになるん違うんか？」

「それがええんでっせ。過半数持ってたら、全部の意見が通りまんがな。どんな大きな案件でも、他の株主の言うことは気にせんとずばずば決められるんや。会社経営は民主主義ではあかんのです。独裁者ががんがん命令を下すんが正しい姿なんや。海外の成長している会社は全部独裁者が経営しとる」

「つまり、銀行がこの会社の親会社になるっちゅうことか？」

「銀行？　それは銀行の仕事とちゃいまんな。そやけど、心配する必要はおまへん。ちゃんと相手は見付けてます」

「そこが一千億円出すと？」

東峠は微笑みながら頷いた。

「増資はあかん。株が希薄化する」忠則はぽつりと言った。

忠介は父親の顔をいったん見てから言った。「会長の心配ももっともや。株数が増えたら、一株当たりの配当が減るし、株価も下落する。既存株主が納得するやろか？」

「そこを説得するんが、あんたらの仕事ですがな……と言いたいところやけど、心配は必要おまへん。この株は市場には出回らん優先株にして貰います。それで株主は安心するでしょう。それに、この増資がなかったら即倒産や、言うたら承諾せざるを得んわな」

「でも、普通株には転換できるんやろ？」

「そこは相手方にあんじょう頼んどきます。将来、この会社が立ち直った時に、優先株は償還——つまりこの会社自身が色付けて買い戻すっちゅうことで」

「僕らはどうなるんや？」忠介が言った。「一族の持つ株は一パーセント程や。その会社が親会社になるんやったら、僕らは要らなくなるんと違うか」

「そこも話は付けてます。その会社は量子デバイスメーカーの経営には興味はないんです。ただ、儲かったらほんでええんです。優先株は普通株に転換せず、市場には出さん。

この会社が立ち直ったら償還する。代表取締役には、創業者一族に就いて貰い、経営には口出さん。これだけのことを口約束して貰ってます」

「口約束？」忠介が怪訝な顔をした。

「『口約束』という表現が嫌やったら、『密約』と言うときましょうか」

「ちゃんと契約書を結んだらええやろ」

「それはあきまへん」東峠は手を振った。「向こうにも金主っちゅうもんがおりまんねん。そんな何もかもこっちに有利な契約書見せたら、この話自体がご破算になりまんがな」

「そやけど、口約束だけっちゅうのは……」

「心配おまへん。さっきの条件が守られることはわしが保証します」

「東峠が保証してくれるんやったら安心や」忠則はやっと笑った。

「会長がそう思うんやったら、大丈夫やろ」忠介はほっと一息吐いた。「こう見えても浪花のジョブズと言われる名経営者や」

東峠は笑いを嚙み殺した。

「ところで、うちの増資に応じてくれるのは何ちゅう会社や？　まさかライバル会社やないやろうな」忠介は尋ねた。

「安心してください。ライバル会社とは違います。ヴァルチャー・オヴ・プレイっちゅう、外資ファンドでんねん」

30

「ついに来たな」単が手に持ったパンフレットを食い入るように見詰めていた。

昼休みに元松杉チームの四人は喫茶室に集まっていた。

この部屋は元々店員のいる歴とした研究所内の喫茶店だったのだが、経営不振になってからは、会社からの補助が出なくなったため業者は撤退し、今は自動販売機が置いてあるただの喫茶室になっていた。

「これ、わたしらの年代はあまり旨味ないなぁ」単が愚痴った。「入って、二、三年目は得やな。ほんまやったら退職金は百万円もないはずやのに、三百万円も貰えるんやて」

「理由はわからないけど、入社したての若い年代にはあまり期待してないのかもね」

「あと、五十代に入ったら、いきなり割増率つり上がるなぁ。三千万円てどういうことや？」

「この年代はそもそも基本給が高いし、毎年どんどん退職金支払額も上昇するから辞めて欲しいんでしょ」

「そやけど、一年ごとに急激に下がってって、五十九歳で割増しなしやて」

「そりゃ、もう一年しかないんだから、辞めても辞めなくてもどっちでもいいってことでしょ」

「わたしら、中途半端な年代は悩むところやな」

「あなた、わたしと一緒に最後まで会社に残るって言ってなかった？」

「言うてたで。言うてたけど、ここに残って大丈夫かなって気になってるんや。次の希望退職募集のときはもうこんなに割増し金残ってないかもしれんし、そもそも退職金すらないかもしれん」

「確かに、その懸念はあるわね」

「お疲れさん」部屋に入ってきたのは松杉だった。

「あっ。主任、お身体、もういいんですか？」浅川が声を掛けた。

「ああ。まだ本調子とは違うけどな。今日は所長の面談に呼ばれたんや」

「この間の件、所長から謝罪してくれるんですか？」

「そんな気ぃあるかいな。希望退職についての面談や」

「どうしはるんですか？」単は興味津々に聞いた。

「とりあえず今日話を聞いてからやけど、心は受ける方に傾いとる」

「そやけど、松杉さん、まだ四十代やから割増しはたいしたことないでしょ」

「ここは僕に向かんのやないかと思うてるんや。世の中にはいろいろな会社がある。今の世の中は日進月歩でどこも技術者が不足してるんや。ありがたいことに僕みたいな五十前の技術者でも欲しいいて言うてきてくれるところはたくさんある。邪魔者扱いされているところにしがみ付くよりは新天地を探した方がええんと違うかと思てな」

「松杉さんを邪魔者扱いする人間がおかしいんです。あいつらの方がよっぽど邪魔でした」

松杉はしばらく考えた後、ぽつりと言った。「企業の風土というものはそう簡単に変わらへんのやと思うてる。毒島部長はおらんようになっても、黒星所長がおらんようになっても、結局この会社の中は同じことの繰り返しやないかと」

「そんな悲観的なこと言わないでください」帆香が言った。

「悲観的なんやない。企業は生き物と一緒なんや。各個体はそれぞれできるだけ長生きしようとするが、永遠に生きられる訳やない。そやけど、個体は滅びても種全体は生き延び進化していく。この会社はもう限界に来たかもしれんけど、この会社のええとこを他の会社で伸ばしていけると思うんや。僕がＤＮＡの運び役になれるんやないかと。もちろん、特許やノウハウを盗むっちゅう話とは違うで。真空管が量子ゲートに使えることが発見されたこと自体は単なる幸運やったかもしれんけど、再現条件を確認して、それを工業化できたのは、うちの会社の社員たちの持っていた特別な文化というか、哲学のようなものやったと思うんや。……ちょっと大げさな話やけど」

「わかります」

このとき、帆香の中に何かのヒントのようなものが芽生えた。

「あの……」忠岡が言い難そうに言った。「本当に申し訳ありません」

「何のことや?」松杉はきょとんとして言った。

「データ偽装のことです。あれやったんはほんまは僕やったのに、何もかも松杉さんに被せる形になってしもうて……」

「ああ。そのことやったら、ええんや。会社で上司の命令に逆らうことは本当に難しい。僕みたいにえらいことになってしまうからな。もし、君があいつらに逆らってたら、君が僕と同じような目にあってたかもしれへん。それに、今や大粉飾が発覚して、もうみんなデータ偽装のことなんか忘れたやろ」

「面談終わったらすぐ帰らはるんですか?」単が尋ねた。

「どうしようかな。特に用事もないし……」

「今日、社長が研究所に見学にくるそうですよ。新しい取締役の人たちと一緒に」

「社長やったら、何べんも見たことあるからええわ。ただの太ったおっさんや」

「そっちの方ではなく、アイドルの方です」

「ああ。そっちの方か……」

「ひょっとしたら、もう見る機会もないかもしれないので、記念に見ていったらどうですか?」

「ほんなら、話のタネにアイドル社長見ていこうか」

見学ルートは決まっていた。石垣社長時代は、社長が来るたびにわざわざ集会室を改装して臨時の展示ルームを作ったため、研究を中止して一週間掛かりで準備をしたものだが、今回は常設の展示ルームと研究室のみでいいということで、かなり省力化できた。

帆香は自分の担当の実験設備の前で待機した。一応、時間は決まっていたが、時間が足りなくなった場合は、省略されるかもしれないということだった。省略されるなら、それはそれで手間が省けていいな、などと思っていると、ぞろぞろと社長一行が入ってきた。

アイドルには思ったほどのオーラはなかった。地味な髪形とスーツ姿で黒縁の眼鏡を掛けている。美女という訳ではなく、かと言ってカリスマ性も感じられなかった。名目上、彼女はこの会社の代表取締役だが、実質的には何の権力もないという話だった。

可哀そうに。彼女も犠牲者なんだわ。

帆香は思った。

会社の上層部は客寄せパンダのつもりで招聘したのだろう。彼女がどこまでそのことを認識していたのかはわからないが、その後不祥事が相次いだため、パンダの役目すら果たせなかったのだ。彼女はある日突然社長に祭り上げられ、そしてマスコミの前に曝され、謝り続けた。誰もが彼女のせいでないことを知っていた。だが、彼女以外に責めどころもないため、マスコミ側も矛盾を感じながらも、彼女を追及するしかなかったのだ。

取締役たちの中には前社長や会長の姿はなかった。そもそもあまり技術に関心がないこともあったろうし、特別扱いされないということもプライドが許さなかったのだろう。

外資の支援を受けるということで、今回の見学会には外国人の姿が目立った。特に自らマザー・サムという愛称で呼ぶことを要求した黒人女性は異彩を放っていた。おそらく二百キロ近くあるであろう、その巨体は前社長の忠介氏を凌駕するものだった。彼女はドアの入り口で引っ掛かってなかなか入れなかったが、数分間粘った後、肩を竦めて引き下がったようだった。

残りのメンバーは研究室に入ってきて、てんでに研究員に質問していた。今までにはなかったことだ。外資の人間の方が内部の経営陣より社員に近付いてくるというのも皮肉なものだと感じた。

「あの……」ささらが帆香に近付いてきて、質問した。「この機械は実験設備なんですよね。今でも動くんですか?」

「ええ。ただし、これはもう使ってない装置です。稼働中はクリーンルームの中に置いてありました。クリーンルームってご存知ですか?」

「ええ。確か空気中の塵がとても少ない環境だとか」

「塵もそうですが、温度や湿度も厳密に管理されていますし、静電気も起こりにくい環境になっています」帆香は何の気なしに言った。

「すみません。わたしのせいでご迷惑を掛けて」ささらは深々と頭を下げた。

そのときになって、帆香は自分の発言が皮肉と捉えられかねないことに気付き、慌てて弁解した。「いいえ。違うんです。今のはそういう意味で言ったのではないのです」

「わたし開発現場のこと何にも知らなくて……」

「あなたが知らなかったのは当然です。問題は、新しい制服の導入に全くブレーキが掛からずに実現してしまったことです。この会社はトップダウンでしか動かなくなってるんです」

「今はもう大丈夫なんですよね？」

「ええ。帯電防止素材に変わりましたから」

「無駄な出費になってしまいました」

「いえ。粉飾額に較べたら、ほんの些細な額です」

今のも失言かしら？

暗い顔だったささらはふっと笑みを浮かべた。

帆香もつられて微笑んだ。

軽く礼をして、ささらは一行と共に部屋を後にした。

31

「おい、ささら、これを見てみろよ」基橋がへらへらしながら社長室に入ってきた。

「みほりのやつが……。わっ!! どうしたんだ!?」

ささらは机の上に突っ伏して号泣していた。「もう駄目だわ。わたし、何にもできなかった！　最低の社長だったわ！」

　菜々美はすぐ傍で困り果てた様子でささらを見守るように立っていた。

「そんなことはない。斬新な制服とか結構評判になったよ」基橋は手に持っていた雑誌をソファの上に置くと、必死になってささらを慰めようとした。

「わたしのせいで大勢の人がリストラされちゃったのよ!!」

「順番に整理して考えよう。リストラと言っても、希望退職だ。無理やり首にした訳じゃない」

「わたし知ってるのよ。暗に『部署が統廃合されるので、君の仕事はなくなる』とか、『遠隔地に転勤することになる』とか言って、辞めさせてるんでしょ」

「そうなのか？　まあ、そうだとしてもだ。データ偽装も粉飾も君の知らない所で起こったんだから、君の責任のはずがないだろう」

「わたしがつまらない経営方針を立てたからこうなったのよ！」

「確かに、君の経営方針はつまらなかったけど、それを採用したのは社長だろ」

「今はわたしが社長なの！　それにあのときだって、取締役だったんだから責任はあるわ！」

「君を取締役にしたのだって、前会長じゃないか。どう考えたって、今回の経営危機の最大の責任者はあの親子だろ。きっと新しい親会社に首にされる」

「あの二人はお咎めなしよ！　それどころか、元の会長と社長に戻ったの！」

「えっ？　本当なのか？　それは酷いな」

「この前の取締役会で決まったの。わたしはただの取締役に戻った。次の株主総会で取締役からもはずされるって」

「えっ。じゃあ、首になるのは君の方ってことか……って、俺も首？」

「せめて、社長と会長には責任とって欲しかった」

「創業家は社員を外資に生贄（いけにえ）として差し出したようなものです」菜々美は珍しく怒りを表情に出していた。「これから社員たちはさらに苛烈なリストラの嵐に遭い、事業は解体され、ばらばらに切り売りされることになるでしょう」

「俺たちの報酬はどうなるんだ？　返さなきゃならないのか？」

「今までお支払いした分は、そのままです。今期分はどうなるかまだ決定していませんが」菜々美が言った。

「だとすると、二人合わせて二億円はある訳だ。じゃあ、これでよかったんじゃないか？」

「そんなお金受け取れないわ！」ささらは泣き続けている。「わたし、返金する！」

「いやいやいや。そんなことありえないだろ」基橋は慌てた。

「だって、みんながリストラされたのに、わたしだけこんなお金受け取れない」

「リストラされたやつはちゃんと割増し退職金を貰ってるんだよ。会社だって、外資から一千億円入ってうはうはだし、俺たちが二億円返上したって、誰も得しないんだよ！」

「もし、河野取締役が報酬を返上されたとしてもあなたは返さなくてもいいんじゃないですか？」菜々美が提案した。

「ああ。そうか」基橋はほっと胸を撫で下ろした。

「まあ、マスコミに漏れたら相当叩かれるでしょうけど、まあそれは気にしなければ済む話ですし」菜々美が言った。

「当然だ。なんで気にする必要がある？　ささら、おまえもだぞ。一億円貰っとけ。罰は当たらないから」

「こんなお金持ってても、きっと身に付かないわ」

「だったら、俺が預かってやる。うまく増やして倍にして返してやる」

「河野取締役、この方の言うことはあまり気にされなくていいと思いますが、報酬の返上にはわたしも反対です」菜々美が言った。「あなたはマスコミに曝されて大変な思いをされました。報酬を受け取る権利はあります」

突然ドアが開いた。棚森と戦略企画室のスタッフたちが入り込んできた。

「何？　ノックもしないの？」

「ああ。もう社長でもないし、事実上取締役でもないから、気を使う必要はないんだよ。もうすぐヴァルチャー・オヴ・プレイの方々がここに乗り込んでくる。その前にいろいろと片付けておかなくてはならないんでね」

「見られてまずいものを片付けるってこと？　結局、あんた、創業家に付くの？　どっちかって言うと、ヴァルチャーの方が上位なのに」

「向こうの取締役にくっ付くのは難しいだろうからね。ハゲタカを騙すのは至難の業だろうし、万が一懐に飛び込めても、不要になったら切り捨てられる。馬鹿に付いていた方がまだ望みはある」

「蜘蛛の糸ぐらいの望みだと思うけど」

「ないよりはましだ。よし、この部屋の書類、パソコン、全部持って行け。書類はシュレッダーにかけて燃やせ。パソコンは物理的に破壊してハードディスクも粉々に割った後、塩水に浸けるんだ。……ん？　これは何だ？」棚森はソファの上の雑誌を手に取った。

「それは俺が持ってきた雑誌だ」基橋が言った。「持っていってもいいけど、代金払ってくれよな」

棚森は無言で雑誌をささらが突っ伏している机の上に放り出した。

そして、あれよあれよという間に、部屋の中は引き出しの中まで全て片付けられた。

「じゃ。ここにいられるのもあと僅かだけど、最後の余韻を楽しんでくれ」棚森たちは姿を消した。

　ささらは泣き続けている。

「もう諦めろ」基橋は言った。「万事休すだ」

「こんな仕事引き受けるんじゃなかった。わたしには経営者なんて向いてない」

「まだ言ってるのか？　経営者が向いてないなら、他のことをすればいいじゃないか」

「何をするの」顔を上げたささらは雑誌に気付いた。「これは何？」

「あっ。俺が持ってきた雑誌だ。おまえに見せようと思って」

「この会社のことが載ってるのね。馬鹿な社長が社員を不幸にしたって」

「違うよ」基橋は雑誌の中ほどを開いた。

そこには暴漢に指を切断された中岸みほりの写真が掲載されていた。

「何？　みほりにまた何かあったの？」ささらは胸騒ぎを感じた。

「よく読んでみろよ。あいつ、地下アイドルを辞めて、ドラマのオーディションを受けたんだ。そして、見事主役の座を射止めた」

「じゃあ、指は治ったのね」

「指は動かないままだ。だけど、あいつはそんなことには負けなかった」

ささらは記事の中身を読んだ。それは、みほりへのインタビュー記事だった。

あの事件の後、みほりはそのまま地下アイドルを引退してしまったのだ。仲間たちとも連絡を絶って、ずっと引き籠っていた。そんなとき、テレビで、元の仲間だったささらがレトロフューチュリアという大会社の社長になったというニュースを知った。それがみほりの支えになった。みほりは自分に何の自信も持っていなかった。地下アイドルは本物の芸能人じゃなくて、アイドルの真似事がしたい痛い女の子とアイドルと付き合いたいという妄想を持ったファンが互いの利益のために幻のアイドルごっこをしている だけだと思っていたのだ。自分も仲間の地下アイドルも何も持っていない空っぽの存在だったと。でも、それは違ったのだ。河野ささらが——あの暴漢を前に毅然として警察を呼んでくれたささらが実力で大会社の社長の座を勝ち取ったのだ。

——だから、わたしも負けてなんかいられないと思ったんです。

みほりは記事の中で答えていた。

——一緒に地下アイドルをしていたささらがこんなに頑張っているんだから、わたしにだって何かが出来るはずだ。指の一本ぐらいで絶望してどうなるんだって。だから、わたしに力を与えてくれたのは、ささらなんです。今まで自分が恥ずかしくて、それに立派になった彼女が眩しくてできなかったんですが、今度勇気を出して連絡しようと思っています。

彼女は指のハンデを物ともせず、主演の座を勝ち取ったのだ。

「みほり、凄いわ。彼女は自分の力で運命を切り開いた。それに引き替えわたしはただ単にラッキーで、社長に上り詰めただけなの。わたしが立派だなんてただの誤解だわ。自分がとても恥ずかしい」

「いいや。そうでもないんじゃないか?」基橋が言った。「おまえもみほりも俺が見出した人材だ。そしてそれぞれが輝き出した」

「わたしは輝いていない。輝いているとしても、周りの光を反射しているだけよ」

「確かに、経営者としては駄目だった。だけど、みほりを見てみろ。彼女はおまえから勇気を貰ったんだ。今度はおまえが彼女から勇気を貰う番じゃないのか？」

「あんた、今いいこと言ったと思ったんじゃない？」菜々美が指摘した。

「本当にいいこと言ってるだろ？　みほりにできるなら、おまえにだってできる。さあ、今からドラマのオーディションを受けに行こう！」

「女優も経営者と同じぐらい向いていない」ささらはまた顔を机の上に突っ伏した。

「本当にそうでしょうか？」菜々美が言った。

「女優に向いてないってことか？」基橋が尋ねた。

「そうじゃなくて、経営に向いてないってことです」

「現に会社が潰れかかったじゃないか」

「それは河野さんのせいではありません。アホなおっさんたちのせいです。河野さんは事実上、まだ何もやっていません。だから、経営に向いていないなんて言えないんです」

「制服は失敗したぞ」

「あれはまともな経営の仕事をさせて貰えなかったから、手を出してしまったんです。それに、誰も止めなかった。担当部署全員の責任です」

「だからと言って、経営の才能があるとは言えないだろ」

「わたしは本社の秘書課でいろいろな重役を見てきました。創業家を含めてです。そのわたしが言います。彼女には経営者としての最低限の資質があります」

「最低限？　最低では駄目だろ」

「でも、この会社の重役たちには誰一人最低限の資質もありませんよ」

「創業家の二人も」

「あの二人は特に。敢えて言うなら、東峠ＣＦＯは策士としての才能はあります。ただ、策に溺れがちですが」

「棚森さんとか切れ者風だけど？」

「彼は自己保身の欲求が強いだけです。自分の身が守れるほど高い地位までは出世したいけれど、自分の身が危うくなるまでは出世したくないのです。頭が切れるので、もったいないのですが」

「そいつらに較べると、ささらには経営者の才能があると？」

「ええ」

「芸能人としての才能とどっちが強い？」

「芸能人については知見がないので」菜々美は眉を顰めた。「素人目にはよくわかりません。彼女にはそれ程芸能人としての才能があるんですか？」

「全然」基橋は顎を撫でて考え始めた。「だとしたら、経営者の方向もありか」

「何を考えているんですか？」

「ここにいると、何百億円、何千億円という単位の金の話ばかりで感覚が麻痺してしまっているが、二億円というのは、一般的にいって、相当な大金だ」

「ええ。わたしたち庶民は一生かかってもお目に掛かれないでしょうね」

「起業するに充分な金だ」

「もちろんです。資本金百万円で起業する人もいます。法的には一円でも可能です。

……二億円で起業するつもりですか？」

「一億円あっても、年間五百万円使えば二十年で使い果たしてしまう。起業すれば、それで一生食っていけるかもしれん」

「えっ？」ささらは尋ねた。「どういうこと？」

「俺らには資金がある。それを使えば会社を起こせる。また、社長に――代表取締役になれるんだよ」

「わたしが社長……でも、この会社はあの二人の経営が続くのよね。たくさんの人がリストラされたのに、この会社は何も変わらない」

「それは仕方がない」

「わたしの会社がこの会社に勝てばいいのかしら？」

「こんな大会社には一朝一夕ではなれないさ。勝つためには何十年か力を蓄えて……」

ささらはもう一度みほりの記事を見た。

――わたしに力を与えてくれたのは、ささらなんです。

だったら、今度はわたしが彼女から力を貰ってもいいはずだわ。

「ちょっと待って」菜々美が何かに気付いた。「それは何？」

「だから、それは俺が持ってきた雑誌だよ」

「違うわ。それじゃなくて、河野さんの真ん前にある書類よ」

今まで、ささらが突っ伏していた机の上に書類があったのだ。涙と鼻水でずくずくに濡れていた。

「あっ。わたしがこの上で泣いてたから、棚森さんたち見えなかったんだわ。すぐに持っていってあげよう。それとも乾かしてからの方がいいかしら？」

「ちょっと見せて」菜々美は書類を拾い上げ、ぱらぱらと捲った。「これって、会議の議事録じゃない。棚森に持っていくなんてとんでもないわ」

「いったい、何なんだ？」基橋は菜々美の手から書類を取り上げ、読み始めた。

数秒後。

「なんじゃ、こりゃ!!」基橋は絶叫した。

32

「新取締役たちはまだ来いひんのか!?」忠介は苛立った様子を隠しもせずに東峠に当た

った。

会議室にいるのは、忠則・忠介親子と東峠、ささら、そして彼らのスタッフだけだった。

ヴァルチャー・オヴ・プレイは優先株の取得により、レトロフューチュリア社の議決権の七十パーセントを手に入れた後、形ばかりの株主総会を開き、旧取締役の殆どを解任した。残ったのは、石垣親子と東峠、そしてささらの四人だけだった。なぜこの四人なのかは判然としないが、会長、社長、ＣＦＯの経験者ということで、会社の中枢と見做されたのかもしれなかった。おそらくこの四人を押さえておけば、基本的な経営はできると踏んだのだろう。いずれにせよ、ヴァルチャー・オヴ・プレイからは五人の取締役が送り込まれてきたので、取締役の過半数は彼らだということになる。

「そう苛々しなはんな」東峠はいつものものらりくらりした様子で答えた。「何か、緊急の打ち合わせが入ったので、そっちを先に済ましてから来るそうです」

「うちの取締役会より、身内の打ち合わせを優先するっちゅうんか⁉」

「こっちは一国一城の主やけど、向こうは勤め人や。その辺、勘弁したってもええんちゃいまっか？」

「今は誰の家来やて言うてんねん。この会社の取締役になったら、主君は僕と違うんか？」

「まあ、それはまだ自覚してへんのとちゃいまっか？　言うなれば、あいつらは豊臣家から徳川家に付けられたお目付け役みたいなもんです。いずれは、こっちが天下取ったらええんですわ」

「あんたも同じ立場でんな。東峠はん」

「わしが？」

「あんたの主君は銀行や。いざとなったら、銀行に逃げ帰ったらええと思てるんと違うか？」

「東峠、逃げるてか？」今まで居眠りをしていた忠則が目を覚ました。

「わしが逃げたりしまっかいな。ボンの冗談だす」

「そうか。ほなええねや」忠則は再び目を瞑った。

「人をボンあつかいするのはやめてくれ。僕はこの会社の社長なんやから」

「これは失礼」東峠は鼻で笑った。「ところで、このお嬢さん、なんでここに？」彼はささらの方を見た。

「彼女は現時点ではまだこの会社の取締役や」

「別に全員出席している必要はありまへんで」

「出席して悪いことはないやろ」

「そらそうでっけど」

「わたしがいるとまずいことがあるんでしょうか？」ささらは東峠に尋ねた。

「いや。別にいてもかまへんで。ヴァルチャー側の取締役は過半数の五人おるんやから、あんたが何言うても、関係ないしな」

「ヴァルチャーの取締役が半数を超えているというのも、承諾しがたいところや」

「なんででっか？ ヴァルチャーが株式の過半数押さえてるんやから当然でっしゃろ」

「一株四十円というのも、強引に決められたことや。優先株を二十五億株も発行させられてしもうた。元々の発行済み株式が十億株やから、株式の七十パーセント以上を握られたことになる」

「この会社の業績が回復したら、償還するんでっさかい。一株が何円でも一緒ですがな」

「そやけど、株式数がいっきに三倍半になるなんて聞いたことがない」

「今んとこ、希薄化の影響はたいしたことないようですけど」

「あまりに極端な希薄化やから、市場が理解できてへんだけと違うか？ 経済紙の一株当たりの資産や利益も普通株数で計算しているみたいや」

「それはそういう計算ルールになってるからでんねん。それに気付かんのは投資家のせいで、この会社のせいでも経済紙のせいでもありまへん」

「希薄化だけが問題やない。あいつらはこの会社の株の七十パーセント持っとるんや。その気になったら、いつでも乗っ取れるんと違うか？」

いや。すでに乗っ取られているのでは？

ささらは思った。

そして、忠介がその事実を理解していないようだということに驚愕した。

「そこは口約束してまっさかい、安心しておくんなはれ」東峠は調子のいいことを言った。

東峠自身はこの会社をどの程度掌握しているんだろうか？　今までは主力銀行の力で実権を握ってきたのだろうが、今やこの会社はハゲタカファンドの子会社だ。そう簡単にいくものだろうか？

ささらが考えていると、突然ドアが開いた。

マザー・サムを筆頭にぞろぞろと役員たちとスタッフ、通訳たちが入ってきた。

「大遅刻や」忠介が言った。「君らは元の会社でどういう地位やったかわからんが、郷に入っては郷に従えや。この会社では遅刻してええのは、会長と社長だけや。これからはこんなことのないよう心せえ」

通訳が訳している間、忠介は威厳を保っているつもりか、ずっとふんぞり返っていた。

通訳が訳し終えると、新任役員たちは、はっはっはっと笑った。

忠介も高笑いした。

東峠も少しだけ笑った。

忠則は驚いて目を覚ました。

ささらはじっと新任役員たちに注目していた。

彼らは無言で、席についた。

「ほな。会長、始めましょうか？」忠介が忠則に呼び掛けた。

「そやな。そしたら、取締役会を……」

「ストップ！」マザー・サムが巨体を震わせながら、片手を上げて、忠則の言葉を制した。

「ちょっと、待ってくれ」忠介がうんざりした顔で言った。「さっき、郷に入っては郷に従えって言うたやろ。前回の臨時取締役会は会長と社長の人事案件だけやったから、短時間で略式やったけど、今回は事実上初めての本格的な役員会や。きっちり、伝統の段取りを踏ませて貰うで」

マザー・サムは通訳に英語で喋った。

「謝るんやったら、通訳の方を見るんやのうて会長の方を見んかい！」忠介の堪忍袋の緒は切れかかっているようだった。

マザー・サムの言葉を聞いて、東峠の顔色が変わった。

「何や？　ちゃんと謝ってるんか？」

「会長と社長の解任動議を提出します」通訳は言った。

「通訳の訳し方がおかしいぞ。『解任動議』なんて言うとる」

「社長」東峠が真顔で言った。「この通訳は正確に訳してます」

「えっ？」忠介は目を丸くした。あまりのことに言葉が出てこない。

「この外人らは何か勘違いしとるん違うか？」忠則が言った。「こいつらにそんな権利はないやろ」

　複数の通訳が忠介と忠則の両方の発言を英語に訳した。

「あなたたちを代表取締役にしたのは間違いだった」通訳はマザー・サムの言葉をほぼ喋ると同時に訳した。「我々はあなたたちを解任し、平の取締役とする。そして、次の株主総会であなたたちを取締役からも解任する」

「何言うとるねん。あんたらにそんな権利はないで。この会社はわしらのもんや」

「我々は取締役会の過半数を占めている。そして、会社の株の三分の二以上を保有している。この会社は我々のものだ」

「東峠、これはどういうことや⁉　この会社はわしらのもんやという約束やなかったんか⁉」忠則は久しぶりに激昂しているようだった。

「わしもてっきりそうやと思とりました。ヴァルチャーはん、どういうことだんねん。約束が違いまんがな」

「約束？」

「この会社の経営は石垣一族に任せるっちゅう約束です」

「契約書にはそんな文言はなかった」

「いや。口頭でいいましたがな」

　東峠の言葉を通訳が訳し終わると、新任役員全員が爆笑した。

「東峠はん、どういうことや？　僕らは騙されたんか？」

「騙したのは、そちらだ」マザー・サムはテーブルの上に書類の束を投げ付けた。

忠介はそれを拾い上げた。「何や、これは⁉」

33

「これは議事録よ。それも、取締役の間で、粉飾が発覚したときの」菜々美は言った。

「これ、まずいんじゃないか？」基橋がおどおどと言った。「さっきの偉そうなやつに渡した方がいいんじゃないか？」

「まずい？　逆よ。これは大チャンスだわ」菜々美が言った。

「だって、これ悪事の証拠だろ？」

「そうよ。これを公開されると困る人たちがいる」

「ささらもその中の一人なんじゃないのか？」

「わたし、もう覚悟はできているわ」ささらが言った。

「あなたは殆ど心配する必要はないわ。何十年も会社経営に携わっているおっさんに利用されただけだということは、誰の目からも明らかよ」菜々美は目を輝かせていた。

「そんな言い訳通用するんですか？　わたし、立派な大人なのに」

「地検からすれば、弱い立場の人間を責めるより、巨悪を叩く方がやりがいがあるのよ。世間の目もあるし」

「じゃあ、それを地検に渡すんですか？」

「一瞬、それも考えたけど、そんなことをしたら、ハゲタカは撤退せざるを得なくなる。創業家と銀行は痛手を被るけど、この会社も潰れてしまうわ」

「だったら、使えないじゃないですか」

「使えるわ。これを材料にして、創業家と銀行にこの会社から手を引いて貰う」

「脅迫はまずいぞ」基橋が震えあがった。「手が後ろに回っちまう」

「脅迫？　わたしがそんな下手を打つ訳ないじゃない。仮に脅迫が必要だとしても、わたしたちが直接手を下すことはないわ」

「誰かにやらせるってことか？」

「まあ、そういうことね」

「そうだとしても、誰かに犯罪を教唆することになって、結局罪になるんじゃないか？」

「教唆はしない。そいつらが勝手にやるのよ」

「勝手にやったことにするんだろ？　つまり、忖度させる訳だ」

「わたしは反対です」ささらが言った。「弱い立場の人たちに、無言の圧力を掛けて犯罪を行わせるなんて」

「何か誤解しているみたいだけど、わたしはわたしたちより弱い立場の人間を利用しようとなんかしていないわ」

「だったら、誰にやらせるんだよ？」基橋が尋ねた。

「強い立場の人間よ」

「強い立場の人間に強制なんかできないだろ」

「ええ。もちろんよ。だから、強制なんかしない。これを見せれば、すべてを了解して、実行してくれるはずよ」

「そもそも強い立場の人間って誰だよ？」

「ヴァルチャー・オヴ・プレイよ」

「こんなもの見せたら、即撤退するだろ」

「もし、これが公になったらね。だけど、秘密裏に彼らにこれを見せたら、公開せずに利用しようとする公算が高いわ」

「利用って、どういうことですか？」

「ヴァルチャーはすでにこの会社に投資してしまっている。今、撤退しても何も旨味がないわ。だから、公開せずに活用しようとするはずよ」

「具体的にはどういうことですか？」

「創業家と銀行を脅すことになるわね。彼らを経営からはずすことができれば、この会社を自分たちの思い通りにできる」

「それって脅迫ですよね？」

「そうよ。でも、わたしたちがやらせる訳じゃない。彼らが勝手にやるの。そして、彼らは絶対に捕まるようなへまはしない。法律の抜け穴を使うのか、強引な手法を使うのかは知らないけどね」

「でも、それじゃあ、この会社の支配者が創業家からヴァルチャーに代わるだけじゃないですか」

「そうよ」

「牧原さんは創業家よりヴァルチャーが信用できると考えてるんですか?」

「まさか」菜々美は首を振った。「どっちも全く信用できないわ」

「だったら、どうしてヴァルチャーの味方をするんですか?」

「彼らの方がより論理的だからよ。馬鹿は何をするかわからない。自分の損になることでも平気でするので、行動が読めないの。誰も得をしない方向に暴走するかもしれない。だけど、論理的な人間なら、何をするかはだいたい予測できる。彼我共に得になるような提案をすれば、乗ってくる可能性が高いわ」

「なるほど。ヴァルチャーと組んで創業家と戦うって訳か。なんだか、面白そうな展開だな。企業小説みたいだ」基橋ははしゃいだ。

「だけど、この議事録だけで大丈夫でしょうか?　こんなのただワープロで作った文書に判子を押しただけじゃないですか。只の怪文書だと思われて終わりじゃないですか?」

「これだけじゃね。だけど、これが本物だと言う証人がいたらどうなるかしら?」

「証人って、ささらのことか?」基橋が言った。「ささら一人だと証人として弱いんじゃないか?」

「他にもいるでしょ?」

「創業家の二人と東峠が自分たちに不利になる証人になる訳がないだろう」

「あの三人の訳がないじゃない」

「でも、それ以外に誰もいないだろう」

「歌舞伎の舞台では、黒子は見えないという約束になっている。だけど、彼らは実際には舞台に立っているのよ」

「それって、戦略企画室の皆さんのことですか?」ささらの顔が輝いた。

「そんなやつらいたんだ」

「会議のときは必ず出席しているわ」

「どんな秘密会議でも」

「ええ。彼らがいないと議事録を書く人がいないから」

「会長か石垣社長が書けばいいじゃないか」

「あの二人に文章を書くなんて無理よ」

「だったら、東峠が書けばいい」

「彼は創業家から信用されていない」

「いっそのこと、議事録なんか書かなければいいんじゃないか?」

「議事録がなかったら、何を話し合ったかわからなくなるじゃない」

「覚えていられないのか?」

「覚えていられるぐらいなら、自分で議事録を書くでしょ」

「でも、戦略企画室のスタッフは棚森さんの部下なんじゃないですか?」ささらは不安そうに言った。

「そうよ」

「棚森って、さっきの偉そうなやつか? だったら無理じゃないか」基橋は口を尖らせた。

「無理じゃないわ。わたしに考えがある。少し時間を頂戴」

「牧原さん、何だか生き生きしてますね」

「ええ。今まで気付かなかったけど、わたし、守りより攻めに向いているみたい。自分が今までの自分でなくなって、本当の自分になったような自由な気分よ」

「わたしもそう思いました。いつの間にか、敬語もなくなってますし」

「あっ……」菜々美は自分の口を押さえた。

「いいんです。わたしもこの方がしっくりします。ずっと年上の方に敬語を使われるのって、なんだかむず痒い気がしますし」

「ずっとじゃなくて、ちょびっとだけどね」菜々美は笑った。「じゃあ、これからはこんな感じで喋ることにするわ」

そして、菜々美は自らの計画を話し始めた。

34

菜々美は人通りの絶えた夜道を歩いていた。嵐が近付いているとのことで、人々は早々と家路に就いたようだ。

空を見上げると、黒い雲が凄まじい速さで流れ、月が短時間で見え隠れを繰り返した。すでに街の中は不穏な空気に包まれている。

菜々美はビルとビルの間の狭い路地に入ると、やや速足になった。

彼女の行く手を人影が遮った。

サングラスを掛けた人物だ。

菜々美は一瞬訝しげな表情をしたが、すぐに人を馬鹿にするような表情に変わった。

「何？　わたしに用でもあるの？」

「恍けるのはよしてくれ。大事な書類が見付からないんだよ」棚森はサングラスをはずし、いつもより鋭い眼光で菜々美を睨んだ。

「何の話かわからないわ」

「故意に渡さなかったのか？」

「書類は全部あなたたちが持っていったじゃない」

「議事録が見付からない」

「何の議事録？」

「だから、恍けるのはよせって言ってるだろ」

「何？　あなた、わたしを脅しているの？」

「議事録を素直に出せば、それでいいんだ。俺だって、波風立てたくはない」

「何の話かわからないわ」菜々美は棚森の横を通り過ぎようとした。

棚森の背後の闇の中から数人の男たちが現れた。

菜々美は一瞬考えた後、突然、回れ右をして走り出した。

だが、元来た方向からも男たちが現れた。

菜々美は男たちに挟まれた格好になった。

「馬鹿じゃないの？　今の世の中、防犯カメラだらけなのよ」

「残念なニュースがある。ここは都会では珍しい防犯カメラの死角なんだよ」棚森はにやりと笑った。

「議事録を渡さないと言ったら、どうするの？」

「無理に奪うしかない。だが、もちろん、俺はそんな手荒な真似はしたくない。さっさと議事録を渡せ。そうすれば、俺も安泰だし、君も無事に家に帰ることができる。まさに、ウィンウィンだ」

菜々美は不敵な笑みを見せると、バッグから紙の束を出し、前に付き出した。

「見せてみろ」棚森は近付き、書類を奪おうとした。

だが、棚森の手が触れようとした瞬間、菜々美は素早く書類を引っ込めた。

「俺を焦らしても何の得もないぞ！」棚森は凄んだ。

「もし、渡さなかったら、わたしをどうする気？」

「さあな。こいつら酷く気が立っているから、君を酷い目に遭わすかもしれないな」

男たちは互いに顔を見合わせた。「棚森さん、俺たち、そんな……」

「黙れ！」棚森は一喝した。「おまえたちは喋らなくていい。この女とは俺が話す！」

「暴力でわたしからこれを強引に奪ったら、わたしは警察に訴えるわ」

「証拠は何もない。俺にはここにいる以外にも部下が大勢いる。彼らが俺のアリバイを証言してくれる」

菜々美は吹き出した。

「何がおかしい⁉」

「そんなことで隠し通せるとでも思ってるの？」

「隠せるさ。……やりたくないが、君を殺してしまえば、俺を訴える者もいなくなる」

「棚森さん、そんなことは……」男たちはざわめいた。

棚森は舌打ちをした。「いちいち騒ぐなよ！　俺は今、交渉中なんだ！」

「打ち合わせ不足ね」菜々美は言った。「この人たち、あなたのはったりにいちいち本気で反応してるじゃない」

「はったりじゃない」棚森はむきになって言った。

「わたしを殺すとか、今思いついたんでしょ。わたしを脅せば、簡単に書類を渡すと思って。残念でした。あなたのはったりだということはお見通しよ」

「おまえら、本気見せてみろ！」棚森は怒鳴った。

男たちの中の何人かが菜々美に近付いてきた。

これが綿密な打ち合わせによる行動なのか、それとも単なる偶然の積み重ねなのかはわからない。ただ、棚森にその気がないとしても、部下が暴走してしまうということは充分にありうることだ。

菜々美は履いているハイヒールを手を使わずに蹴る動作で、左右それぞれの方向に脱ぎ飛ばした。そして、徐に両腕を胸の高さに構えた。「わたしボクシングをやってるの。腕に覚えのある人から順番に掛かってきて」

「なんでボクシングなんかしてるんだ？」

「ダイエットにいいのよ」

走り寄ってきた男たちは躊躇した。

「それこそはったりだろ」棚森は言った。

「そう思うなら、掛かってきなさい！」菜々美はさらに腰を落とした。「全員で掛かればわたしに勝てるかもしれないわね。でも、最初に掛かってくる人は肋骨の四、五本は覚悟なさいね」

男たちは近付くどころか、一歩下がった。完全に菜々美の気迫に押されている。

「よく考えろ。その議事録で何をするつもりなんだ？　おまえなんかにそれが活用できるもんか」

「あなたにだって、活用できないわ」

「そうだよ」棚森はあっさり認めた。「だから、すっぱりと廃棄する」

「本当？」

「本当だ。君が困ることなんか何もない」

「ふうん」菜々美は手に持った書類を見詰め、そしてぽいと投げ捨てた。

棚森は慌てて、地面に落ちた書類に飛び付いた。震える手でページを捲る。「どうやら、本物のようだ。君は賢明だ。こんなものは残していても使い道なんかない。このまま処分するのが……。うん？」棚森はもう一度表紙を見た。「これって……」

「そうよ。それはコピー。印鑑が本物ではなく、コピーになっているでしょ」

「本物はどこだ？」棚森は菜々美に走り寄った。

菜々美はぴくりとも動かない。じっと戦闘態勢を崩さない。

棚森も両手の拳で戦いのポーズを取ろうとしたが、どうにもかっこうが付かないので、すぐに諦めたようだった。

「本物はどこなんだ？」

「そんなこと言う訳ないじゃない。それにコピーは一部だけじゃないわ」

「何部コピーした？」

「だから、言う訳ないじゃない。馬鹿じゃないの？」

棚森はしばらく議事録のコピーを見詰めた後、突然地面に投げ捨てた。

「馬鹿馬鹿しい!! こんなのはただのテキストデータをプリントアウトしただけじゃないか。いくらでも作れる。何の証拠にもならない」

「ええ。テキストデータ自体は証拠にはならないでしょうね」

「会議は録音されていない。この議事録が唯一の証拠だ。そして、それには証拠としての信頼性がない」

「この議事録だけを証拠にするつもりはないわ」

「なにを言ってるんだ？」

「この議事録には出席者が書かれている。ここにも何人かいるんじゃないの？」

男たちは明らかに戦意を喪失したようで、戦闘態勢をとる者は一人もいなくなった。

「あの女の言うことに惑わされるな。こんなものはなんの証拠にもならない。どこの誰が書いたのかすらわからないただの怪文書だ」

「そう。これはただの怪文書に過ぎないわ。……裏付けとしての証言がなければ」

「誰が証言するんだ？　自分たちの悪事を証明することになるのに」

「でもね、会議の参加者は何十人もいるのよ。いつも何の発言もしないし、ただ黙々とメモを取っているだけだから、経営陣はその存在を意識していないと思うけど、みんな確かに存在しているの。その中に一人でも良心を持った人物がいたらどうかしら？　怪文書は真実ということになる。その人物は司法取引で、無罪、もしくは軽い罪になるのよ。そして、隠そうとしたあなたたちは重い罪が科せられる」

「その女に騙されるな。一人が証言したからといって、その文書の信憑性が高くなったりはしない」

「わたしの意見に賛成な人はわたしから離れて壁に背を向けて立って頂戴。わたし、あなたたちの顔と名前は一致してるから後で連絡するわ」

　誰も動かなかった。全員が棚森の顔を見ていた。

「だから気にするなって、誰も証言しなければ、あれは只の怪文書だ」棚森が言った。

「地検に取り調べられても、嘘を吐き通す自信があるの？」菜々美が言った。

　一人の男が壁に近付き、背を向けた。

「馬鹿が一人いたってことだ」棚森が言った。

「ゼロと一では、大違いよ。少なくとも地検を動かすきっかけにはなる」

　もう一人、男が壁際に移動した。

「そして、一と二では雲泥の差ね」

「騙されるな。みんなが隠し通せば……」

　男たちは次々と壁際に向かっていった。

　棚森は男たちにこっちに来い、と合図した。

男たちは棚森の傍に向かったが、途中で次々と脱落して壁際に向かった。棚森のところに到達したのは、二名に過ぎなかった。

「失敗は認めよう。だが、こいつらが動揺したのは、君の説得が巧みだったからではなく、俺が準備不足だったからだ。もう少し時間があれば、全員の心を掌握できていた」

「強がり言わないで。あなたは今まで一人の心だって摑んだことないじゃない」

「今まで部下たちは俺に付いてきていた」

「それは自分で判断ができないから仕方なくあなたに従ってただけ」

「ふむ」棚森は自分の下に戻った僅かな部下たちを見た。「まあ、表層的にはそう見えるかもな。でも、こいつらは俺に従うことに決めた様だぞ」

「彼らは一番判断力がない人たちだからよ」

棚森の下からさらに一人離れる者がいた。

棚森は咳払いをした。「まあ、いいさ。この状況下で、信頼関係のない者は使えない。選別が出来て却ってよかったというものだ」

「それだけの負け惜しみが言えるのは一つの才能ね」

「君は最初からこれを狙ってたんだな。わざと隙だらけで夜道を歩いて、俺たちを誘った。そして、まんまと証人たちを手に入れた訳だ」

「想像にお任せするわ。……それで、あなたはどうするの？　あなたもこっち側に来ていいのよ」

棚森はしばらく無言でいたが、やがてゆっくりと首を振った。

「どうして？」

「君の真意を測っていたんだ。本気で、その文書をマスコミか地検に持ち込む気なのかって」

「わたしにそうしない理由がある？」

「今はネットを使えば一瞬で情報を送れる時代だ。現時点でそうしていないということは、する気がないということだ」

「それはたまたま気が向かなかっただけよ。今から五分後には、送信済みになっているかもしれないわ」

「俺はそうでない可能性が高いと思っている」

「だとしたら、どうなの？　どっちにしてもあなたに勝ち目はないわ」

「細かい戦闘の勝ち負けはどうでもいいんだ。最終的に勝てば問題ない」

「勝ちって何？」

「生き延びることだ」

「文字通りの意味？　それとも比喩？」

「もちろん、両方の意味でだ」棚森は言った。「俺は君がそれを地検に持ち込む可能性は極低いと考えている」

「ゼロとは思ってないんでしょ？」

「よしんば、地検に提出して有罪だと認定されたとしても、俺の罪は軽い。罪の大部分は経営陣によるものだ。俺たちは枝葉末節だ。おそらくマスコミに名前が出ることもない」

「生き延びられるってこと?」

「ダメージは軽微だ」

「じゃあ、何を恐れてわたしから議事録を奪おうとしたの?」

「君たちは確実な生き残りではなく、リスクをとって、会社全体を救う道を探っていると考えたんだ」

「それの何が悪いの?」

「俺にとっては、非常に悪い。先を見通せなくなる」

「今は見通せてるってこと?」

「だいたいはな。だが、君たちが余計なことをしたら、先行きが不透明になる。俺は君たちと違ってハゲタカを全く信用してない」

「別にわたしたちも信用してるって訳じゃないわ」

「あいつらは狡猾だ。創業家のやつらとは全く違う」

「わたしも同意するわ」

「だったら、なぜそんなことをするんだ?」

「狡猾な者の行動の方が愚か者の行動より読めるからよ。いい方に転がるかもしれない」

「それは希望的観測に過ぎないだろう」

「今のままだと絶望しかないわ」

「それは見解の相違だな」

「で、どうするの？　わたしはあなたに説得されるつもりはないわ。選択の余地はないと思うけど」

「選択の余地はあるよ。俺はハゲタカを信じているから」

「さっき、信じてない、って言ってなかった？」

「あいつらに善意があるとは信じていないが、あいつらの行動原理が金だということは信じているってことだ。ハゲタカは金儲けを第一に優先する。つまり、逆に言うと金にならないことはしない。だから、最悪の事態にはならない可能性が高い。俺は様子見することにする」

「日和見するってこと？」

「創業家を操るのが一番楽な道だったが、ハゲタカに媚び諂ったり、君たちと道を同じくする選択肢もある」

「今、決めたら？」

「今は決めない。状況がはっきりしてからでも遅くはないからだ」

「今じゃないと、わたしたちは受け入れないわよ」

「見解の相違だ。まだ機会はいくらでもある。じゃ」棚森は菜々美に背を向けた。

一人残った男は躊躇しながらも棚森の後を追った。

「知ってたわよ。本気でわたしに危害を加える気はなかったんでしょ?」

「当たり前だ。傷害事件を起こしてしまったら、弁明のしようがない。脅すだけなら、何とでも言い逃れができる」棚森は振り返りもせずに言った。

「あなたたち、いったん会社に戻って。今からやって貰うことがあるから」菜々美は男たちに言った。

彼らは素早く姿を消した。もう菜々美を新しいボスと認識したようだった。

そして、振り返ると、棚森たちの姿もなかった。

「実は、わたしもボクシングやってるなんて、大嘘だったのよ」菜々美は夜闇に呟いた。

35

ヴァルチャー・オヴ・プレイ日本支社の雰囲気はレトロフューチュリア社の本社のそれとは全く違っていた。余計な威厳を感じさせる門構えも、長い廊下も、役員専用のフロアや豪華な食堂もなかった。あるのはただ、厳重なセキュリティと簡素な執務室だけだ。

受付にも巨大なロゴなどはなく、小さく社名が掲げられているだけだった。

「レトロフューチュリア社の取締役の河野ささらと申します。マザー・サムさんに会わせてください」

「アポイントメントはありませんね」受付の女性はただそれだけを言った。

「アポイントメントはありません」ささらの背後にいた菜々美が言った。「しかし、会う必要があるのです」

「では、来週の火曜日の午後二時にいらしてください。三十分程度なら面会可能です」

女性は木で鼻を括ったような対応だった。

ささらは、これはもう無理だなと半ば諦めかけていた。

「緊急案件です。通してください」菜々美はそのまま通ろうとした。

「駄目です」

「今、会う必要があるんです」

「セキュリティを呼びますよ」女性は立ち上がると、電話に手を掛けた。「それとも警察を呼びますか?」

「牧原さん、今日のところはもう……」ささらは残念そうに言った。

「責任とれるんですか⁉」菜々美は叱り付けるように言った。

ささらはどきりとしたが、その言葉は彼女に向けられたものではなかった。

受付嬢は菜々美の眼光に恐れをなしたのか、少し体を仰け反らしていた。

「せ、責任って何ですか?」

「レトロフューチュリア社、存亡の危機なんです」

「だから、ちゃんとアポイントメントをとって……」

「何日も待ってる時間はないのです。こうしている間にも、我が社は倒産するかもしれません。そうしたら、ヴァルチャー・オヴ・プレイの損失は一千億を超えるでしょう。あなたにその責任がとれるのかと訊いているのです」菜々美は受付のテーブルにばんと手を叩き付けた。「責任をとれるのなら構いません。そうでないのなら、今すぐマザー・サムに取り次いでください」

「しかし、マザー・サムはアポイントメントのない面会はお受けになられません」

「一千億円を超える損害の責任をとりたくないのなら、すぐ彼女に電話して説得して」

女性は電話を掛けた。そして、何度も謝ってから、緊急で面会の必要があると伝えた。だが、マザー・サムは面会する気はないようで、女性は、わかりました、と言って、電話を切ろうとした。

菜々美はその電話を奪い取った。そして、早口の英語でまくしたてた。向こうも大声で何か言い返しているらしく、電話口から声が漏れてくる。

そんなやりとりを一分程続けた後、菜々美は微笑むと、受話器を置いた。「面会してくれるそうよ」

「まさか……」受付嬢は目を丸くし、口をぽかんと開けた。「あの頑固なマザー・サムが……」

「何をしてるの？　首になりたくなかったら、ドアの鍵をはずして」

「あっ。はい」

女性が簡単な操作をすると、じいという音がして、ドアの鍵がはずれた。

「ありがとう」菜々美はドアを開けて、中へ入っていった。

ささらも慌てて後を追う。

「マザー・サム、随分気難しそうな人でしたが、よく会ってくれる気になってくれましたね」ささらは言った。

「彼女、会ってくれる気になんかなってないわよ」菜々美は廊下を速足で歩きながら言った。

「でも、さっき受付の人に……」

「あれは嘘よ。マザー・サムは電話口で『わたしは忙しい。とっとと帰れ』って怒鳴ってたわ」

「嘘を吐いたんですか⁉　どうして⁉」

「そうしないと中に入れないからよ。ここがマザー・サムの執務室ね」菜々美はノックもせずに、いきなりドアを開けた。

「あっ……」ささらは、菜々美の行動があまりに突発的だったため、止めることすらできなかった。

マザー・サムは皿の上に山ほど盛ったドーナツを両手で摑み、貪り食っている最中だった。そして、二人に向かって、何か英語で怒鳴り出した。ドーナツの欠片が部屋中に飛び散った。

「怒っているみたいですけど」ささらが言った。

「気にしなくていいわ。彼女に議事録を見せて。英訳したものも一緒に」

「わたしが渡すんですか?」

「あなたはレトロフューチュリア社の取締役なんだから、あなたから渡すべきよ」

菜々美はマザー・サムにささらを紹介した。

マザー・サムはドーナツを齧りながら、ささらを睨み付けた。

「これを見てください」

ささらが言うと、菜々美が即座に通訳した。

ささらはドーナツの皿の横に議事録とその英訳版を置いた。

これは何、とマザー・サムが尋ねた。

「あなたから答えて」菜々美が言った。

「英語は得意じゃないんです」ささらはおどおどと言った。

「大丈夫、わたしが通訳するから」

「レトロフューチュリア社の取締役たちの議事録です、違法な内容です」ささらはマザー・サムに向かって答えた。

マザー・サムは油まみれの手で、議事録の英訳版のページを捲った。

これが本物だという証拠は?

「出席者の大部分から中身の正しさを証言した誓約書を貰っています。これはそのコピーです」ささらは机の上の皿の横にさらに書類を置いた。

これをどうしろと？

「あなた方にお渡しします」

地検に持ち込んでもいいの？　あんたら逮捕されるよ。

「それは覚悟の上です」

わたしたちが金に目が眩んで、これを握り潰すと高を括ってるね、とマザー・サムはささらを睨んだ。

「怯まないで」菜々美はささらの耳元で囁いた。

「握り潰すかどうかはそちらの自由です」

つまり、取り引きがしたいんだね。これは、わたしたちが創業家と銀行を追い落とし、会社の実権を手に入れるための大義名分となる。

ささらは答えなかった。相手に喋らせた方がいいと判断したのだ。

菜々美は少し微笑んで小さく頷いた。

舐めるんじゃないよ。わたしたちはいつでも自分の好きなタイミングで、彼らを追い払うことができるんだから。

やっぱり、そのつもりだったんだ、とささらは納得した。

しかしだ、とマザー・サムは指をちゅぱちゅぱと嘗めた。これがあると、随分話の進め方が楽になるのは確かだね。これを見せれば、向こうがマスコミや世論を味方に付ける可能性を完全に排除できる。で、何が望みだ？

「取り引きがしたい訳ではありません。ただ、もし望みを聞いていただけるなら、お願いしたいことがあります」

言ってみな。

「会社をばらばらにしないでください。社員が離れ離れになるような事業の切り売りはやめてください」

わたしたちは会社の経営がしたいんじゃない。買った会社の価値を上げて高く売り飛ばすのが仕事だ。

「存じています」

あの会社はぼろぼろだ。このままで企業価値を上げるのは至難の業だ。価値のある事業だけを切り売りするのが一番簡単だ。

「経営を掌握する時間と手間が節約できるのですから、その分、社員たちに手を掛けてくださっても罰は当たらないと思います」

菜々美はささらの言葉に一瞬詰まったが、ごくりと唾を飲み込んだ後、正確に訳した。

あんた、幾つだ？

「二十三です」

なかなかいい度胸だ、気にいった、とマザー・サムはにやりと笑った。この議事録はここに置いていくんだよ。

「あの……」

まだ何か用かい？

「お願いは聞いていただけるのでしょうか？」

悪いことをしたのはそっちだ。取り引きできる立場にはないことはわかるだろ。

「わかっています。わたしはあなたの慈悲に縋っているのです」

面白い子だ。あんたの願いは確かに聞いた。心に留めておこう。ただし、叶えてあげるとは約束できない。

「わかっています」

そして、もしわたしがあんたの願いを叶える気になったとして、果たしてそれが社員たちのためになるのかどうかもわからないよ。これはあんたが心に留めておくんだ。

ささらはマザー・サムの言葉の意味をしばらく考えていたが、一礼すると部屋から出ていった。

今度は、菜々美が慌てて後を追う番だった。

36

「これは……議事録や。新川を問い詰めて粉飾がわかったときの……」取締役会で突然、マザー・サムが提示した文書を見て、東峠の声は震えていた。

「これは匿名で我々に送られてきたものだ。これによると、あなた方は随分前から粉飾の事実を掴んでいた。それなのに、そのような重大な事実を秘匿し続けてきた」マザー・サムの言葉が訳される。どうやら、ささらが提供したことは伏せるつもりのようだ。

「それは折を見て、発表しようと思っとったんや」

「発表する機会はいくらでもあった。それなのに、あなた方二人は発表せずに代表取締役を退き、河野取締役を傀儡として代表取締役に据えた。そして、マスコミ報道で粉飾が明るみに出た後、河野社長に責任をとらせ、自分たちは代表取締役に返り咲いた。これは明確な背任行為だ。あなた方のような人たちが経営陣に留まっていては、企業価値を大幅に毀損することになる。今回の解任動議はそのためだ」

「そんなもん気にする必要おまへんで。言わへんかったら、誰にもばれへん」東峠はいつになく焦った口調で言った。「そんなもん、やめ検――検察ＯＢの弁護士に金積んで第三者委員会作らせて、『こいつらは潔白や』って、報告してもうたら、それで丸う収まりまんがな」

「我々に送ってきた相手は次はマスコミにこれを送り付けるかもしれない」

「こんなもの印刷物やおまへんか！　何の証拠にもならへん！」

「そうや」忠介も少しほっとしたようだった。「こんなもんただの中傷や」

「その議事録に名前が載っているスタッフの証言があったとしたらどうだ？」

「そんなはずはない！　あいつらは僕らに忠誠を誓っているはずやから、絶対にばらしたりせぇへんはずや！」

「ばらす？　つまり、自分たちの罪を認めるということか？」

「待ってくれ。今から、スタッフに事実を確認するから。せめて明日まで待ってくれ」

「残念ながら、調査はすでに完了している。スタッフの大半は議事録の内容が正しいという誓約書を提出しているのだ」

「僕は認めへんぞ‼　なんでおまえらがこの会社の持ち主みたいに振る舞うてんねん！この会社は石垣一族のもんや‼」

「忠介、どういうことや？」忠則が不思議そうな顔をした。

「お父さん、こいつら、この会社を乗っ取ろうとしてるんです」

「なんやと！　首や！　こいつら全員首にせい‼」

「はい。今からそうします」忠介は胸を張った。「君たちは全員首や。今すぐここから出ていけ」

　東峠は頭を抱えた。

　やっぱり、東峠はちゃんと理解してるんだ。

　ささらは思った。

　自分は理解しているのに、会長や社長に理解させようとして来なかったんだ。その方が操りやすいから。

「社長、ここは諦めまひょ」東峠は忠介に言った。

「なんでや。こっちが上やのに、諦める必要はないやろ。この会社は僕らのもんや」

「いいや。会社はあの人らのもんだす」

「はっ？　何言うてるねん。この会社は石垣一族が創って代々継承してきたんや」

「株式会社になって上場したときに、この会社は創業家のもんやのうなったんです。この会社は株主のもんです」

「株なんて、金集めの道具や。言うてみたら借用書みたいなもんや。あんたにはこれこれの額の金借りましたっていう。配当は利子みたいなもんや」

「違います。株は借用書やありまへん。株は……株は会社そのものだんねん。株を売るっちゅうことは、会社そのものを切り売りすることだす」

「そして、我々はこの会社の株の七十パーセント以上を保有している。あなた方が持っている株は一パーセントに過ぎない。つまり、この会社を支配しているのは我々だ」

「そんな屁理屈、通用するか！　そや。東峠はん、銀行があった。銀行がこの会社に出している金は、こいつらより多いんと違うか⁉　銀行が付いてくれたら、こいつらに勝てるやろ！」

「銀行は……銀行の融資は株式とは別もんでんねん。融資額を根拠に間接的に影響力は行使できまっけど、株主の決定には勝てまへんのや」

「首になるのはあなたがたです。さあ、この部屋から出ていってください」

忠介は立ち上がり、新任役員たちを睨み付けた。「……納得いくか！」目の前のマイクを取り上げた。「おかしな屁理屈通す気やったら、こっちは実力行使や‼」彼は直径三センチはあろうかというマイクを両手で持った。「うぉおおおりゃあああああ‼」忠介は絶叫した。マイクを二つに圧し折り、そのまま床に叩き付けた。

床の上に破片が散乱した。

「どや‼」忠介は顔を真っ赤にしてさらに雄叫びを上げた。

殆どの新任取締役たちの顔は蒼白となった。立ち上がり、忠介から距離を取り始める。

暴力は原始的な恐怖を呼び覚ます。冷静に考えれば、創業家側には全く勝ち目はない。だが、いったん心に恐怖が埋め込まれると、理性的な行動が阻害されてしまうことがある。今、忠介がエリート一族に似合わない怪力を披露したことで、場の空気は一変してしまった。

ひょっとすると、こういうのは石垣一族のお家芸で、危機に際して忠介は無意識にそれを発動してしまったのかもしれない。

ささらは思った。

創業家を排除する唯一の秘策だと思ったけど、それもここで潰えるのかしら。きっとこれから議事録をヴァルチャーに渡した犯人捜しが始まる。もちろん、取締役をやめる覚悟はしていたけど、刺し違えることができなかったのは残念だわ。

忠介は鬼の形相で、彼らに向かって歩き始めた。

彼らは悲鳴を上げ、まだ椅子に座ったままのマザー・リムの背後に隠れるように寄り添った。

彼女は体重が重すぎてすぐには立てないのかしら？

だが、マザー・サムの目に恐怖は宿っていなかった。忠介を睨み付けたまま、ゆっくりと立ち上がった。

他の新任取締役は彼女の背後から様子を窺っている。

マザー・サムは大理石の円卓の端を摑んだ。

「はあああ‼」気合いと共に円卓が持ち上がった。

マイクやケーブルや電気コードが引き伸ばされ、ばりばりと音を立てて抜けていった。

忠介の顔の表情が一瞬で怒りから驚きへと変わった。

「ふんっ‼」マザー・サムが円卓を水平に投げ飛ばした。

円卓は壁に激突し、激しい音を立てながら、四散した。部屋中に破片が飛び散り、さらと東峠は衝撃で、椅子から投げ出された。

マイクを折った忠介は肩で息をしていたが、マザー・サムの呼吸は全く乱れていなかった。

「化け物や」忠則は椅子ごと仰向けに倒れていた。

形勢はいっきに逆転した。

マザー・サムがヴァルチャー・オヴ・プレイで重要な地位を獲得したのも、この特技のおかげかもしれない。圧倒的な腕力には腕自慢のおっさんどもを屈服させる神通力があるのだ。

「忠介、ここはいったん引くんや。態勢を立て直して反撃したら、まだ勝ち目はある」忠則が秘書たちに助け起こされながら言った。

これは格闘技の試合ではない。だから、一度圧倒されてしまえば、もはや盛り返すことはできないのだ。だが、忠則にはその実感がないらしい。

「わかりました。とりあえず、会長室に戻りましょう」忠介は忠則を背負うと、会議室から飛び出した。

「この建物内の設備は全てレトロフューチュリア社の設備だ。おまえたちが勝手に使うことは許されない」マザー・サムの言葉を通訳が翻訳したが、二人は聞く耳を持たないようだった。

「忠介～。忠介～」忠則は背負われながら、弱々しく叫び続けた。

37

会長室に入ると、忠介は忠則を椅子に座らせた後、ドアに鍵を掛け、その前に椅子やテーブルを積み上げた。バリケードのつもりだ。

次に窓に近付き、外を確認した。

ここは最上階だ。いくらなんでも窓からの侵入はないだろう。

「忠介、化けもんはどうなったんや？」

「ここは僕らの城です。なんとかして、あいつらを追い出さなあきません」

「警察を呼ぶか？」

「いや。警察呼んでもあかんかもしれません」忠介は少し冷静に考えられるようになってきた。「筋が通ってるのは、僕らの方ですが、あいつら法律の運用に巧みなんです。なんやかんや屁理屈言うて警察を追い返してしまうかもしれません」

「ほな、どないしたらええんや。このまま会社乗っ取られるんか？」

「ちょっと考えさせてください。……糞っ。棚森はどこ行ったんや。あいつに何か手を考えさせたいのに」

忠介は指の爪を噛み締めた。

「この会社はわしらの城やし、一万人の社員は全部わしらの家臣みたいなもんや。絶対にとられたらあかんぞ」

「そうや！　その手があった‼」

「どないしたんや？」

「いくらハゲタカが法律上はこの会社を乗っ取ったとしても、絶対に乗っ取られへんもんがあるんです」

「何や、それは?」

「社員の忠誠心です」

「そうか。社員は一人残らず、わしら石垣家に忠誠を誓っとるんや。法律を盾にとっても、わしらが呼び掛けたら、誰一人あいつらの言うことは聞かん。そやけど、どうやってここから呼び掛けるんや?」

「うちの会社には電子メールシステムがあります」

「一人ずつに向けてメール打つんか?」

「いや。全社員一斉送信メールというのがあります」

「IT課の人間をここに呼ぶんか?」

「いえ。そのぐらいのこと、僕でもできます」

「なんやと! さすがわしが社長に見込んだだけの男や。そんな高度なコンピュータの技術持っとったんか!」

「いや。ちょっと勉強したら、わかってもうたんですわ」忠介は頭をかいた。「持って生まれた才能でしょう」

早速会長室のパソコンを起ち上げ、忠介は全社員に向けてのメールを打ち込み始めた。

発信者:代表取締役社長　石垣忠介
件名:緊急メール

わたしは社長の石垣忠介です。

緊急事態が発生しました。

なんとヴァルチャー・オヴ・プレイから来た新任役員たちが反乱を起こしたのです。難癖を付けて、わたしたち親子を解任するというのです。

理屈としておかしいですね。部下が上司を首にできるはずがありません。わたしは会社のトップに立つものです。わたしは誰でも首にできますが、誰もわたしを首にはできません。これはちょっと考えればわかることです。

でも、あいつらはわたしを首にすると言いました。つまり、会社を乗っ取ろうとしているのです。

皆さんは会長やわたしに忠誠を誓った社員です。到底このようなことは許せないでしょう。さあ、力を合わせて、やつらに目に物見せてください。そして、わたしたち親子を救ってください。

今、わたしたちは本社の会長室で戦っています。全員すぐに駆け付けて、わたしたちにあなた方の忠誠心を見せてください。

「一斉送信と」忠介は送信ボタンを押した。

「これですぐに助けが来るでしょう」

「ああ。よかった。やっぱりおまえは頼りになる」

そのとき、外から声が聞こえてきた。「すぐ、ここを開けなさい」

スピーカーを使っているようだ。

「ここは僕らの会社や。おまえらが出ていけ」忠介は言い返した。

もうすぐ援軍が来るはずや。数で押せばこいつらもきっと引き下がる。

「あなたたちは不法にこの会社の設備を占拠しています。もっと言えば、不法侵入でもあります」

「何勝手なこというとるねん!!」

「では、仕方がありません。強制的に突入します」

何や。重機でも突っ込んでくるんか?

忠介は身構えた。

忠則はただただおろおろとしている。

ドアの前に築いたバリケードが一瞬で吹き飛んだ。

何や。爆弾か？　爆弾使うたんか？

激しく開け放たれたドアの向こうにはマザー・サムが仁王立ちしていた。その背後に他の取締役たちが身を隠していた。

彼女一人の腕力でバリケードを突破したらしい。

「何や！　絶対にここは明け渡さんからな!!」

警備員たちがドアから乱入してきた。

「おい。おまえら、この女を取り押さえ……」

彼らは忠則と忠介を取り押さえた。

「おまえら、裏切るんか!!」

「その者たちは会社に雇われているのだ」マザー・サムの言葉が同時通訳された。「おまえたちの個人的なしもべではない」

「そんなアホな！　ここはわしらの会社やないか」忠則が文句を言った。

「おまえたちには株主代表訴訟や刑事訴追が待っている。今や、おまえたちは会社にとって邪魔者なのだ」

二人は抱え上げられ、なすすべもなく、建物の外に引き摺り出され、そのまま道端に放り投げられた。

「今後、我々の意に反して会社に侵入しようとしたら、躊躇せずに警察を呼ぶ」

取締役たちは建物の中に戻っていった。

「おい。わしらを中に……」忠則は顔見知りの守衛に呼び掛けた。

呆然とする二人の前で、守衛はぴしゃりとドアを閉めた。

「どうしたんや!?　わしらの顔がわからんのか!?」忠則は怒りで全身を震わせながら言った。

「部外者は立ち入り禁止です」守衛は冷たく言い放った。

「ん？　何や？」単は新たなメールが届いているのに気付いた。
発信者：代表取締役社長　石垣忠介
件名：緊急メール
「しょうもな」彼女は発信者と件名を見た時点でメールを削除した。

「ん？　何だ？」浅川は新たなメールが届いているのに気付いた。
発信者：代表取締役社長　石垣忠介
件名：緊急メール
一瞬、躊躇した。
忙しいときに時間はとられたくない。だが、社長からだし、緊急だというし。
浅川はメールを開いた。
新任役員たちの反乱？　社長解任？　ふうん。
浅川は最後までメールを読んだ後、即座に削除した。
やっぱり時間の無駄だった。

多くの社員はメールを読む前に削除し、一部の者は中身を読んでから削除してすぐに忘れ去った。

本社に駆け付けた者は一人もいなかった。

38

「社長、ヴァルチャーから企業売却の打診がありました」

「ハゲタカが何を売ろうってんだ？」

「レトロフューチュリア社だそうです」

　ここはスチームパンク社の社長室である。

　スチームパンク社は元々レトロフューチュリア社とよく似た業務形態で、ライバル社でもあった。いや。ライバルというよりは、むしろスチームパンク社は圧倒的優位に立っていた。突如、レトロフューチュリア社が量子デバイスメーカーとして、世界市場を席巻するまでは。

「そう言えば、レトロフューチュリア社は何か事件を起こしてたな。何だっけ？」スチームパンク社社長の出中三太郎（でなかさんたろう）は首を捻った。レトロフューチュリア社のメイン事業が自分の会社と被らなくなった時点で彼は、レトロフューチュリア社に全く興味を失っていたのだ。

「粉飾決算が公になったそうです」M&A担当者の北浜田（きたはまだ）がすかさず答える。

「あそこ、そこそこ儲かってるのに、なんで粉飾なんてしたんだ？」

「そこはわかりませんが、最近代替わりしたので、新社長が功を焦ったのではないでしょうか？」

「ふうん。最近の株価は？」

「百円前後をふらついているようです」

出中の目が輝いた。「安いな」

「まあ、相当叩かれてましたし」

「時価総額はいくらぐらいだ？」

「ちょっと待ってください。今、ネットで調べさせます」

隣にいたスタッフが慌てて、パソコンの操作を始めた。

「一千億円ほどです。ただし、ヴァルチャーがいくらか優先株を持っているようです。そちらも今から調べます」

「まあ、優先株は誤差の範囲だろう」出中は満足げに言った。「うちのキャッシュは今二千億円近くあるから問題ない。よし、全株買うぞ。ＴＯＢを実施する！」

「ちょっと待ってください。今、優先株のことを調べたのですが……」パソコンの画面を見て、スタッフは顔面蒼白となっていた。

スタッフが言い掛けた途端、出中がスタッフを睨み付けた。

北浜田の目がつり上がった。「聞いてなかったのか？　天下の……て、ん、か、の」

彼は一文字ずつゆっくりと発音した。「スチームパンク社の社長が『買う』とおっしゃったんだ。すでに判断はなされたということだ」

「しかし、実際の時価総額は……」

「黙れっ‼」北浜田はスタッフを怒鳴り付けた。今にも殴り掛かりそうな勢いだった。

一瞬の静寂の後、スタッフは床の上に土下座した。

「申し訳ありませんでした！」

出中は満足げに頷いた。「じゃ、これから知事との会食なんで、M&Aの件、よろしく頼んどくよ。細かいことは勝手に決めていいから」

「ははあ」

出中は上機嫌で出掛けて行った。

39

ささらの取締役室は随分狭い部屋に替えられていた。一階にあった社員用の会議室がそのまま宛てがわれて、そこにささらと菜々美と基橋が押し込められていたのだ。十畳ほどしかなかったが、ささらはそれなりに快適だと思っていた。

「本当にこれでよかったのかしら？」菜々美が言った。

「マザー・サムはわたしの希望を聞きいれてくれたわ。事業の切り売りはせずに纏めてスチームパンク社に売り渡してくれた」ささらはさっぱりとした様子で言った。

「これはもう裏技的なテクニックよ。スチームパンク社の経営陣がどうかしていたから成功したようなものよ」

「それなら、うちだって、他社のことは言えないわ」

「でかい会社の経営者って、みんなどうかしてるんじゃないか?」基橋が達観したように言った。

「問題は、河野さんと約束したのは、あくまでマザー・サムであって、スチームパンク社の経営陣じゃないってことよ。きっと、彼らは切り売りするのに躊躇はないわ。これは想定外だったわね」菜々美は意気消沈しているようだった。

「いいえ。想定内ですよ」ささらは断言した。

「えっ?」菜々美は驚いたような顔でささらを見た。

「それって、只の強がりだよな」基橋も目を丸くしている。

「いいえ。マザー・サムの言葉を覚えてますか? 『果たしてそれが社員たちのためになるのかどうかもわからないよ』。これは全ての事業を纏めて売った場合のことを言ってたんです。結局、身売り先で切り売りされるんじゃないかって、意味です」

「彼女に嵌められたって訳?」

ささらは首を振った。「マザー・サムもまたヴァルチャー・オヴ・プレイの歯車に過ぎないんです。彼女の意思が全てには反映されません。彼女が何をどうしようが、結局この会社は切り売りされる運命だったんです」

「それがわかってて、どうしてマザー・サムに全てを託したの？」

「もちろん、時間稼ぎのためです。レトロフューチュリア社を丸ごと買ったスチームパンク社はメンツがあるので、事業の切り売りをすぐには始めないはずです。おそらく一年か二年の間は」

「一年か二年首が繋がったとしても、社員たちは救われないんじゃないかしら？」

「でも、それだけ時間があれば、準備には充分です」

「何の準備？」

「もちろん、救命艇の準備です。沈む船から社員たちを救い出すための」

40

黒星の前にはうらぶれた姿の肥満体の中年男が項垂れていた。

「今日はどうしてここに呼ばれたかわかるか、毒島君？」

「あの。わたし、訴えられるんでしょうか？　会社の恥になるから産業スパイでは訴えられへんと聞いてたんですけど」

「それはまあケースバイケースだろう。訴えた方が会社のメリットになると判断すれば、訴えるだろう」

「ほな……」毒島は腰を浮かした。逃げ出すつもりのようだ。

「安心しろ。おまえを警察に突き出すつもりなら、こんなファミレスに呼び出したりはせずに、最初から警察に通報している」

「では、何の目的で……」

「わたしは君の犯罪行為をまだ上に報告していない」

「えっ？」

「というか、あまりに本社がごたついていたので、誰に報告していいかすらわからなかったのだ」

「ごたついとったんですか？」

「おまえ、新聞も見てないのか？」

「はあ、経済のことは元々あまり興味がないんで」

「うちの会社はハゲタカファンドに乗っ取られた」

「それは聞いたことがあるような気がします」

「ハゲタカファンドはうちの会社をスチームパンクに売りとばすようだ」

「それはありえんでしょう」

「なぜ、そう思う？」

「うちとあそこは元々ライバルです。社員同士絶対にうまいこといきまへん」

「普通はそう思う。だが、あそこの社長が断言したんだ。必ず実行する」

「買収すると発表したんでっか？」

「正式にはしていない。だが、経済紙に『TOBで全株取得して完全子会社にする』とリーク記事が載った。実行できなければ大恥だ。この時点で撤回はあり得ないだろう」

「TOBって、株式公開買い付けのことでっか？　いくらぐらいの金が要りまんねん？」

「普通株が十億株、優先株が二十五億株だから、合計三十五億株。市場価格の百円で買うとしても三千五百億円だな」

「確かヴァルチャーは一株四十円で買うたんでは？」

「四十円で買ったものを四十円で売ったんでは、ハゲタカとは呼ばれないだろ。あくまで市場価格もしくは、それ以上の価格で買わせるんだ」

「えげつないもんですね」

「スチームパンク社の出費はそれだけじゃない。完全子会社にすると、うちの会社が焦げ付かせているシンジケートローンやら社債やらの一千億円近い借金も全部スチームパンク社が被ることになる」

「なんでそんなアホなことするんですか？」

「正気の沙汰とは思えない。でも、実行されるんだ。社長は一度言ったことは撤回しない。あそこはそういう会社だ」

「でも、これで会社は潰れへんことになったんでっしゃろ。万々歳やないですか」

「何が万々歳なものか。ヴァルチャーにリストラされて当座は利益が出るようにはなったが、来期も同じように出るとは限らない。スチームパンク社はさらにリストラを進めるだろう」

「けど、それは平社員とかの話やないんでっか？」

「いいか。親会社には出世したい幹部候補社員がひしめいてるんだよ。買収した子会社の研究所所長にどれだけのチャンスがあると思うんだ？」

「でも、首になったりはせんでしょう」

「降格されて、自分より若い主任の下に付けられても平気やったらな」

「そんなことあるんですか？」

「ある」

「そうなったら、どうしはるんですか？」

「そうならないようにするしかない」

「どうやって？」

「いいか？　会社には社長が必要だ。だが、いきなり、スチームパンク社からレトロフューチュリア社に社長を送り込んだりはしないと踏んでいる」

「どうしてですか？　うちを買収したんなら、そうするでしょう」

「そこだよ。そんなことをしたら、かつてのライバル社をあからさまに占領したような感じになってしまう。世間の印象を大事にするなら、レトロフューチュリア社出身の社長を選ぶはずだ。そいつは、そこそこ経営に携わってはいるが、今までの取締役とは別の人物がいい。権力を継承させないためだ」

「ひょっとして……」毒島は黒星の目論見に気が付いたようだった。

黒星は頷いた。「ピンチをチャンスに変えるんだよ。俺は社長を目指す」

「でも、どうやって？」

「基本的には今までと同じでいいはずだ。自分はスチームパンク社に忠誠を誓っていて、そこそこ能力があるけれど、子会社の社長以上は決して望まないと信じさせるんだ」

「でも、もし社長になれなかったら？」

「その場合は、なんとか新社長になったやつに喰らいついて、一緒に引き上げて貰うんだ」

「つまり、今まで蹴落とそうとしていたライバルに負けると決まった瞬間、そいつの配下になるっちゅうことですね」

「そうだ。その場合は、あくまで自然にそして素早く身を翻さなくてはならない」

「それは相当難しいんとちゃいまっか？」

「だから今、俺はスタッフを集めてるんだ。俺を社長に押し上げてくれる軍師たちを」

「えっ⁉　ひょっとして、わたしがその軍師っちゅう訳ですか⁉」

「勘違いするな。おまえ一人に頼るつもりはない。だが、おまえのその卓越した狡賢さは捨て難い。おまえが俺に忠誠を誓うというのなら、今まで姿をくらましていたことは不問にしてやろう。調査のため、外国出張でもしていたことにすればいい。だが、もし俺を裏切ってみろ。即、警察に突き出してやる」

もちろん、毒島に選択肢などはなかった。

「わかりました。所長のために、この身を捧げさせていただきます」彼はファミリーレストランの床に平伏した。

41

かなりの人間が研究所からいなくなった。特に入社からさほど年月の経っていない若者、そして中年以降でも、転身が図れそうな研究開発のキーパースンや資格を持った者たちや世渡り上手な者たちからいなくなっていた。

それに比して、定年間近な者、特に研究に実績のない管理職、世渡り下手で直向きな研究者たちは残っていた。

まあ、世渡り下手な研究者はスチームパンク社にとっては、お買い得だったかもしれないわね。でも、あの人たちを活用するのは、相当難しいけど。気を抜くとすぐに突っ走ってしまうから。

そう思った帆香自身は結局研究所に残っていた。辞めるという選択肢も検討したが、特にそこで働きたいという場所が見付からなかったこともある。このまま研究できるなら、ここで留まっていても構わなかった。

会社が買収されても、日常に特に変わりはなかった。

一緒に残った単と共に、今までの研究を続けていた。

そんなある日、本社であるスチームパンク社から北浜田という男が査察にやってきた。

帆香たち研究員は各実験室に待機して、査察の対応をすることになった。

北浜田は説明された技術内容にはあまり関心がないようで、建物の構造や周囲の地形の方に興味があるようだった。

「なんでまたこんな山の上に研究所なんか立てたんだ？」北浜田は不機嫌そうに言った。

そんな質問を想定していなかった帆香は面食らったが、なんとか答えを捻り出した。

「ここなら住宅地が遠いので、周辺住民からの苦情の心配をしなくていいからじゃないでしょうか」

「はっ！　こんな辺鄙な場所に会社の施設を建てるなんて見識のなさが露呈している」

「だから、ここなら住宅地が遠いので……」

「こんな場所だとマンションやスーパーに転用できないじゃないか！」

「えっ？」帆香は声が出なかった。

少し離れた場所にいた単が慌てて近付いてきた。「ここ売るんですか？」

「当たり前だろ。うちの会社にはちゃんと研究所がある。こんなものは一つで充分だ」

「でも、うち独自の研究が……」

「今やレトロフューチュリアはスチームパンクの完全子会社なんだ。レトロフューチュリアの技術はスチームパンクの技術でもある。ここで続ける必要はない」

「別にここでやってもええんちゃいますか？　第二研究所ってことで」

「君たちの会社を買収するため、うちの会社はいくら使ったと思ってるんだ？　本社の土地や建物を担保にしてまで借金しなくちゃならなかったんだぞ。それに加えて、この会社が元々抱えていた莫大な借金まで肩代わりしなくちゃならないんだ。こういう無駄な施設は更地にして売却しなくっちゃ、株主に顔が立たないんだよ」

「そんなにお金使うたんですか？」

「ああ。とんでもない額だ」

「そんなにお金使うたら、スチームパンク社もうちみたいに経営破綻するってことはありませんか？」

　単の空気を読まない失礼な質問に研究所員たちは驚いて、なんとか取り繕おうとしたが、北浜田はそもそもあまり気にしていないようだった。

「ふっ」北浜田は鼻で笑った。「うちみたいなでかい会社は潰れないんだよ。だから、頭のいいやつはみんなうちに来るんだ」

42

大邸宅の扉が開くと、中から恰幅のいい中年男性と老人が現れた。元気よく歩き出す男性に老人はよろよろとついていこうとする。

「お父さん、見送りはもういいですよ。家に入っていてください」

「そんなこと言うても、今日は初出勤や。わしが付いていかんでも大丈夫か？」

「お父さん、僕を幾つやと思てるんですか？」

「そんなこと言うたかて、人に使われるんは初めてやないか。おまえは使われるより使う方が向いてるんと違うか？」

忠介は溜め息を吐いた。「お父さんはずっと勘違いしてたんです」

「勘違い？」

「外資に乗っ取られるまで、会社をうまく経営できてたんは、お父さんは自分自身や僕の力やと思うてたんやないですか？」

「そらそうやろ。社長がちゃんとしてなかったら、会社なんかすぐに潰れるやろ」

「ところがそうやなかったんです。会社がうまくいってたのは、創業者の力やったんです。創業家ではなく、創業者。わかりますか？」

「一代目はとうの昔に亡くなっとるぞ」

「本人は亡くなっても、その威光が長いこと生きとったんです」

「それやったら、先祖の威光でまた社長に戻ったらええやろ」

「いや。威光は実体のあるもんやないんです。それは社員の共同の幻想やったんです」

「幻想で会社が持つか？」

「幻想の威光のために社員のみんなが力を合わせたんです。その力こそが経営力やったんです。それを僕らは自分らの力と勘違いしてたんです」

「勘違いで経営できてたということか？」

「そうではなく、みんなの協力で経営できてたんです。創業者の威光は協力の結節点のようなものやったんです。それ自体に実体はないけど、まるでそこに存在するかのように感じてたんです。自分たち同士が引っ張り合い助け合いをしているのに、まるで中心に太陽があって、全員がその周りをまわっているという幻想を共有してたんです」

「その幻想を誰が壊したんや？」

「お父さんです」

「何やと⁉」忠則は怒ったようだった。「わしは何も壊しとらんぞ」

「お父さんはどこぞのアイドルを社長にしました」

「あれはおまえを守るための仮の社長や」

「社長に仮なんてありません。あれで社員たちが夢から覚めたんです。創業家は特別な存在やない。誰でも社長になれるチャンスがあるんや、と」

「誰でもはなられへんやろ」

「チャンスの話です。今までは絶対になれないと思ってたのに、実は誰でもなれるもんやと」

「それはわしの意思でやったからや。わしの許しがないと、誰も社長にはなれんのや」

「そのルールはお父さんが思っていただけやったんです。創業家と代表取締役が分離したことで、社員たちの一部は威光が幻であることに気付いたんです。それやのに、僕たちはそのことに気付いていなかった。そやから、簡単に外資に頼るという安易な道を進んでしもうたんです」

「外資に頼らずに踏ん張った方がよかった言うんか？」

「それは何とも言えません。会社にとってどっちがよかったんか」忠介は邸宅の方を見た。「幸いにも、ヴァルチャーは僕らが会社を辞めた途端、責任追及に興味を失ってしまったようで、株主代表訴訟も刑事訴追もやる気はないみたいです。この家も手放さんで済みました。……実は誰かは知りませんが、僕らのことをヴァルチャーに直訴した人には感謝してるんです」

「なんでや？　わしらの仇やないか」

「あのまま会社に残ってても碌なことにはならんかったでしょう。何も気付かず、勘違いしたまま、多くの社員を犠牲にする間違いを繰り返してたかもしれませんし、結局はどこかのタイミングで、ヴァルチャーに放り出されてたんやないかと思います。早いこと目が覚めてラッキーでした。今やったら、まだなんぼでもやり直せますから」

「ほんなら、もう一回会社を乗っ取り返すか？」

「そんなことは殆ど不可能ですし、する意味もありません。僕はこれから普通のサラリーマンになります。創業者も最初は普通の勤め人やったんやから、もし僕にご先祖のオ能が伝わっていたら、いつかまた自分の会社が持てるようになるでしょう。それに、せっかく大学時代の友人の会社に入れてもらったんやから、無下にもできません」

「そうか。おまえは義理堅いな。大将の器や」

「今はまだ新入社員ですよ」

「おまえには苦労かけるな」忠則は泣き出した。「立派な息子や。わしが見込んだだけのことはある」

「お父さんはゆっくりしてください」忠介は父の背中を撫でた。そして、笑顔になると腕時計を見た。「さあ。そろそろ行かないと初日から遅刻になってしまいます」

忠則の顔はくしゃくしゃになった。

43

一人で残業をした後、帆香は脚を引き摺るようにして下山し、最寄駅に着いた。

残業と言っても、前向きなものではない。すべての研究開発は中断してしまっていた。帆香は莫大な書類や設備や薬品のリスト作りに駆り出されていたのだ。もちろん、それらのリストは元々存在していたが、今回は基本的に廃棄前提に作成し直さなくてはならない。

スチームパンク社に移管するもの、処分するもの、機密保持のために完全消滅させせなければならないもの、環境に影響を与えないよう処理しなくてはならないもの……。

そして、リストが完成したら、今度はそれらを実際に処理しなくてはならない。期限が決められているため、ぐずぐずしてはいられないのだ。期末までに研究所の中身を空っぽにして、すぐに取り壊し工事に掛かるのだ。

売り飛ばし先がまだ決まってないのに、どうしてこんなに急ぐのか、帆香にはわからなかった。税制上の問題なのか、会社買収に関する法律の問題なのか、それともレトロフューチュリア社の研究所の存在は絶対に認めないというメンツなのか。

まあ、どっちでもいいか。

帆香は年寄りのようにどっかりとホームのベンチに座り込み、自暴自棄気味に思った。次の異動先で研究職に就ける可能性はさして高くないようだった。ひょっとしたら、閑職に追いやられ、自発的な退職を待たれているだけの存在になるのかもしれない。

まあ、それでもいいか。

だらだらと耐え抜いて、定年までの給料と退職金をせしめるのも一つの生き方だ。それだけの精神力があればの話だけれど。

ああ。わたしの人生はもう先が見えてしまった。もう何も面白いことは起こらないんだ。

帆香は欠伸をした。

これは今日一日の疲れを示すものであると共に、帆香のこれからの人生全ての疲れを示すものであった。これから定年までの膨大な時間、帆香は退屈して過ごすのだ。いや、退屈するのならまだいいかもしれない。ずっとストレスと戦い続けなくてはならないのかもしれない。そして、定年までに脳卒中か、心臓病か、鬱病による自殺で死んでしまうのかもしれない。

こんな遅い時間なのに、もう一人乗客が改札口から入ってきた。こつこつこつとヒールらしき足音がする。

若い女性だ。大きな眼鏡を掛けている。知っている顔かな、と一瞬思った。だが、同僚ではない。

気のせいか。

帆香はまた俯いた。女性はこつこつと歩き続け、帆香の前を通り過ぎた。

帆香は違和感を覚えた。

知り合いのような、そうではないような。

数回会っただけの知り合いとか？

帆香は一生懸命思い出そうとした。でも、何も出てこなかった。

まあ、いいわ。思い出せないってことはたいした関係じゃなかったんだわ。近くのコンビニの店員とか、最近たまたまファミレスの近くの席に座っただけの人とか、きっとそういうのだ。それとも、完全に勘違いかもしれない。知っているタレントと似ているだけだったりとか、アイドルとか……。

アイドル？

若い女性はいつの間にか、Uターンして帆香の方へと戻ってきていた。

「あの……」女性の方から話し掛けてきた。「レトロフューチュリア社の研究所で働いている方ですよね？」

「はい。そうですが、もう研究はしていません。これからもできるかどうか……」

「研究……またしたいですか？」女性は微笑んだ。

「……もちろんです」

女性は眼鏡をはずすと、持っていたハンドバックの中から名刺を取り出した。「お久しぶりです。わたしこういうの始めたんです。今、意欲のある研究者を集めてます。興味があったら、連絡してください」

そう。松杉さんがＤＮＡの運び役になりたいと言ったとき、わたしの中に何かが芽生えたんだ。それが何かがわかった気がする。未来が見えてきた。わたしには役目があったんだ。

女性が差し出した名刺にはこう書かれていた。

株式会社駄沙未来
代表取締役　河野ささら

解説　小林泰三さんのこと

澤島優子（さわしままさこ）

二年前の十一月二十五日午後、私のスマートフォンが鳴り響いた。画面を見ると「小林泰三・自宅」と表示されている。誰からであれ、最近は電話がかかってくることは滅多にない。恐ろしい現実が、「もしもし」という女性の声と同時に襲ってくる。気がつけば自分の泣く声で相手の話もなにも聞こえなくなっていた。

小林泰三さんが亡くなったのは、二〇二〇年十一月二十三日のことだ。その二日後、奥様からの電話で私はそのことを知った。ほとんどの編集者や読者はこの二十五日夜の発表で初めて知らされたことと思う。作家でご友人の田中啓文氏の告知文によると、「奥様はネット環境になく、田中さんに公表してもらえとご本人がおっしゃっていた」ため、小林家の代理で告知した、とのことだった。「奥様はネット環境になく」というフレーズが胸に迫る。私自身、ネット方面には極めて疎く、SNSなどもやっていないので、ネット上の告知にいつまでも気づけなかった可能性が高い。小林さんはそういう私の事情をよくご存じだったので、わざわざ奥様に、「澤島さんには電話で直接知らせてほしい」と言い残してくださったのだ。私なんかのために、最期まで、なんという思いやり深い人だったろう。

小林泰三さんと私が出会ったのは、今から二十五年以上も前の一九九五年、小林さんが「玩具修理者」で第二回日本ホラー小説大賞の短編賞を受賞されたとき、正確には最終候補の六作に残ったときである。当時の私は角川書店の小説誌「野性時代」の編集者で、日本ホラー小説大賞の選考委員である荒俣宏、高橋克彦両氏の担当だったこともあり、最終候補作品をすべて読み、選考会当日も会場に詰めていた。

日本ホラー小説大賞は前年に第一回が華々しく開催されたのだが、結果は佳作三作の選出にとどまった。ちなみに佳作の一編がのちに直木賞作家となる坂東眞砂子氏の「蟲」だったことからもわかるように、非常にレベルとハードルの高い文学賞としてスタートしていた。関係者のだれもが、今回は大賞受賞作を出したい、それに値する傑作が応募されていてほしいという熱い想いを抱いていた。その期待に違わぬ作品が集まったという手応えが、第二回の最終候補作を読んだ編集者や選考委員にはあったと思う。

一月三十日の選考会では、ほぼ満場一致で大賞に瀬名秀明さんの「パラサイト・イヴ」が、そして新設された短編賞には小林泰三さんの「玩具修理者」が選出された。選考委員も編集者も一様に興奮し、満足した結果だった。

七百枚を超える長編作品で受賞した瀬名さんは、単行本でのデビューが決まっていたため、すぐに書籍部門の担当編集者が付いた。一方、短編一作では本一冊の分量に届かないため、小林さんの「玩具修理者」はまずは受賞発表号となる「野性時代」（同年四月号）に全文掲載し、別の作品と合わせて後日短編集を出すことになった。取り急ぎ、発表号に掲載する「受賞のことば」や本人のプロフィール、顔写真などを送ってもらうための連絡係が必要となり、編集長から指名されたのが私だった。小林さんにとって、初めての「担当編集者」である。

作家にとって担当編集者は、最初の読者であり、理解者であり、ときには指導者、共作者ともなる大事な相棒なのだが、作家、特に新人作家に担当編集者を選ぶ権利はない。出版社側が押しつけてくる人間を黙って受け入れるしかないのだ。あまり好きな言葉ではないが、今風に言えば「編集ガチャ」ということになるだろう。

私は早速小林さんに電話をかけて「受賞のことば」の原稿と顔写真を送っていただきたいとお願いし、さらに、ペンネームについてうかがったと記憶している。新人賞受賞者が応募時の本名からペンネームに変更したり、逆にペンネームをやめて本名に戻したりするのはよくあることで、実際、瀬名秀明さんも応募時は本名だったが、デビューに際してペンネームに変えられている。

「小林さんはどうなさいますか？」と尋ねる私に、「え？　考えてもみませんでした」と小林さんは驚かれた。ペンネームを使うという考えはまったくなかったのだという。「小林泰三」というシンメトリーな字面（じづら）、「たいぞう」ではなく「やすみ」という読み方など、「性別不詳で、作家らしい、とてもいい名前だと思います」。初めての電話で、私たちはそんな会話を交わした。
瀬名さんの『パラサイト・イヴ』が大ヒットし、小林さんの「玩具修理者」とともに日本ホラー小説大賞は大きな話題となった。特に注目されたのが、東北大学大学院の薬学研究科に在籍する瀬名氏と、大阪大学大学院で基礎工学を研究し、大手電機メーカーの研究員である小林氏の経歴だ。高度な科学知識を有する「理系作家」の誕生は、従来の新人文学賞の受賞者像を一変する衝撃だった。このインパクトが続いているうちに、小林さんのデビュー短編集を出版したい。担当編集者ならここで新人作家の尻を叩くところだが、私はあくまでも雑誌の担当者なので、最初の連絡係以降、小林さんと作品についてやり取りをしたことはほとんどなかった。ほどなく「野性時代」が休刊となり、会社も辞めてフリーランスとなった私が、なぜ本書の解説を書くことになったのか。もうしばらく、昔話におつき合いいただきたい。

フリーの編集者兼ライターとなった私は、新しい媒体で機会があるたびに、小林さんにエッセイなどをお願いし、細々とおつき合いを続けていた。二〇〇二年、「東京カレンダー」の版元が立ち上げた小説誌を手伝うことになった私は、小林さんに初めて連載小説を依頼した。当時の小林さんは会社員と作家の二足の草鞋(わらじ)状態で、作品のほとんどを書き下ろしで発表されていたのだが、不慣れな月刊誌連載を快諾してくださった。それが、雑誌「生本　ＮＡＭＡＢＯＮ」でスタートした「世界城」という作品である。巨大な「城」の中で、傷つきながらも成長していく少年の姿をドラマチックに描くジュブナイル的ファンタジーで、小林さんにとっても新たな挑戦だった。しかし、雑誌の売れ行きが期待ほど伸びず、「世界城」にも連載中止命令が出て、小林さん初のファンタジー小説は未完のまま、幻の作品となってしまった。

その十年後の二〇一三年、今度は日経文芸文庫の立ち上げに参加することになった私は、すぐに小林さんに連絡して、「『世界城』の残りを書き上げて、書き下ろしとして出版させてほしい」とお願いし、二〇一五年十二月、ついに刊行に漕ぎつけた。出会いから二十年、私は初めて小林さんの本を企画から出版まで担当することができた。作家と編集者の仕事は、実に長い時間がかかるものである。

本稿のために、二十年以上ぶりに『玩具修理者』（角川ホラー文庫）を読み返してみた。「玩具修理者」と書き下ろし「酔歩する男」の二作を収録した短編集である。面白かった。そして、やっぱりわからなかった。応募作品として「玩具修理者」を読んだときも、とても面白く、楽しめたし、緻密で完成度の高い小説だと唸った。だが、私は「ラヴクラフト」も「クトゥルー」も知らなかったし、呪文に隠された謎にも気づかなかった。小林さんから、「これ、実はビートルズなんですよ」とこっそり教えてもらったにもかかわらず、である。

「酔歩する男」にいたっては、なんだか変テコな恋愛小説だなあ、でもその変テコぶりが怖くて面白くてとても印象的な作品だなあ、その程度の感想だった。今、井上雅彦氏の文庫解説を読むと、ほとんどが私の理解を超えていて、つくづく私は小林作品をきちんと理解できていなかったことがわかる。発売当時、同僚や知り合いの編集者から、『酔歩する男』はすごいね」「ハードSFの傑作だよ」などと称賛されたし、小林さんのオールタイムベストでも一位になるような作品なのだが、私自身は小林さんにトンチンカンな感想しか伝えていなかったと思う。先ほど「編集ガチャ」と書いたが、私は小林さんにとっていい編集者ではなかった。作品への理解力もなければ、SF脳もホラー脳もミステリー脳も持ち合わせていない。そのことを小林さんは、かなり早い時期に気づいておられたのだと思う。

『海を見る人』か『天体の回転について』の献本に添えられた手紙だったと思うが、「電卓片手に計算しながら読む人にも、澤島さんにも楽しんでもらえるように書きました」と書かれていた。電卓を片手に小説を読む人がいることにも驚いたが、小林さんが私という人間をきちんと理解してくださっていたことに感動した。そして、「専門知識のない一般読者」を想定する際に、私という「編集ガチャ」が少しはお役に立てていたのかもしれないと、今になって少しホッとしているのである。

昨年出た「SFマガジン」（二〇二一年四月号）の小林泰三特集の追悼座談会やエッセイを読むと、小林さんは「仮面ライダーとウルトラマンの話をする人」だったという記述がいくつも出てくる。「え、本当に?」と驚く。私は小林さんと一度もそんな話をしたことがなかった。ただの一度も。私は理系方面が苦手なだけでなく、一般常識や社会情勢にも疎いので、テレビや新聞で新しいことを知ると、それがどういうものなのか、どんな仕組みになっているのか、未来にどんな影響を及ぼすのかなど、小林さんに会ったら聞いてみようと思うことを頭の中で箇条書きのリストにしていた。小林さんと私は三歳違いの同世代で、作家と編集者というよりは、物知りで頼れる先輩と不出来な後輩のような関係に思えて、私は甘えていたのだと思う。実際にお会いすると、ただお喋りするのが楽しくて、箇条書きの質問など聞けたためしがないのだが……。他愛のない日常のあれこれを、時間が許すかぎり話していた。

「野性時代」が休刊して書籍部門に異動した頃、すでに担当ではなかった私は(むしろ担当を外れた気楽さからだったかもしれないが)、小林さんから「今、占いの勉強をしているので、生年月日を教えてもらえないか」と頼まれたことがある。後日、A4用紙数枚に占いの結果がびっしりと書かれた手紙が届いたのだが、そのなかに印象的なフレーズがあった。「孤独を愛する一匹狼」というものだ。その頃の私は会社員生活に耐えがたい息苦しさを感じていて、なんとかうまくやっていきたいと思う反面、企画会議を抜け出してトイレで吐いたりしていた。当時の職場がどうこうではなく、そもそも自分は組織に合わない人間なのではないかと思い始めていた。そんな心情を小林さんに吐露した記憶はないのだが、このフレーズは天啓のように胸に響いた。「孤独を愛する一匹狼、いいじゃないの！　人生という荒野を、ひとり駆け回るのだ」。まもなく私は退職を決めて、フリーランスの道に踏み出した。

会社というのは不思議な場所だ。社風というか企業風土のようなものがそれぞれあって、はたから見れば滑稽で、理不尽で、信じられないことが、日々会社では起こっている。某カバン屋や某家具屋のドロドロお家騒動や、吸収合併を繰り返してシステムダウンを起こす某銀行など、会社で起こる事件は枚挙にいとまがない。

長いおつき合いの中で、小林さんから会社勤めの愚痴や悩みなどを聞いたことはほとんどないが、『世界城』を刊行した頃、珍しく職場の話をされて驚いたことがある。ご自身の会社で起こっているドタバタを、ユーモアを交えてあれこれ話してくださった。それからしばらくして、小林さんは会社を辞めて専業作家になられた。愛妻家で子煩悩の小林さんにとって、会社員を辞める、つまり安定を手放すということはとても大きな決断だっただろうと思う。

専業作家となったことで執筆時間も増え、小林さんの作品世界は一段と深まり、広がっていった。その一方で、二十年ほど続けた会社員生活を自分なりに小説に描いてみたいと考えられたようだ。そして私が文藝春秋でのお仕事をご提案したとき、この『代表取締役アイドル』を書き上げてくださったのである。ここで描かれる「レトロフューチユリア社」のドタバタ劇はもちろんフィクションだが、多分に小林さんの実体験が反映されていると思われる。そこに地下アイドルを加えたのは、いかにも小林さんらしい工夫だ。会社というものの滑稽さや理不尽さ、創業家という厄介な存在、現場の平社員と幹部との乖離、企業研究員あるあるなど、これまでの小林さんの作品とはひと味もふた味も違う小説に仕上がったと思っている。

ホラーにしろSFにしろミステリーにしろ、小林さんの描く世界はある意味、異次元や異空間が舞台のものが多いのだが、その反面、リアルで身近な物語だという印象がある。それは小林さんが長く会社員を続けられたこと、また家族思いの生活人であったことと無関係ではないと思う。現実から遠く離れた「どこか」の場所ではなく、日々の暮らしと地続きの、すぐ隣か目の前にこそ恐怖や狂気や事件があるのだということを、私は小林さんの作品から教えられたし、それこそが小林さんの作家としての凄さでもあるとも思っている。

デビュー以来、さまざまなジャンルの（あるいはジャンル分けできないような）素晴らしい作品を発表されてきた小林さんは、作家と研究者という二足の草鞋を履きながら、ほぼ毎年、新刊を出し続けた。並大抵のことではない。「作家は、なることよりもあり続けることのほうがはるかに難しい」とは私の敬愛する大沢在昌氏の言葉だが、デビュー後に消えていく作家のほうが、活躍し続ける（つまり売れ続ける）作家よりもはるかに多いのが現実である。そして、有名小説雑誌や大手出版社ではないところからの依頼にも、ただ私が「最初の担当編集者」であったというその一点から、小林さんはいつも応えてくださった。どんな編集者に対しても真摯に向き合い、誠実に仕事をする。小林さんはプロの作家であり続けた人だった。

ここ数年の小林作品を読むと、一種のクロスオーバーを試みていらしたようにみえる。新たな物語のアイデアも数多く持っていらしたと思うが、シリーズ化されている作品や単発で書かれた短編を別の作品と融合したり、登場人物が別々の作品を行き来したりするような、大きな世界を構想されていたのではないだろうか。本書でも、ラストで河野ささらが新たな会社「駄沙未来」を興している。いったいどんな会社になったのだろう？　ぜひ続編も読んでみたかった。

「人生一〇〇年」とか「超高齢化社会」と言われるこの時代に、享年五十八。小林泰三さんの早すぎる死に、私は今も途方にくれたままだ。

小林さん、コロナはまだ終息していません。今年も自然災害が各地で起こりそうです。「シン・ウルトラマン」という映画が公開されましたよ。ロシアは今、ウクライナに侵攻しています。世界はこれからどうなっていくのでしょう？　私の「今度小林さんに会ったら聞きたいことリスト」は、日々伸び続けている。

（フリー編集・ライター）

初出　1から11を「別冊文藝春秋」第332号〜第335号に掲載。
　上記以降は書き下ろし。

単行本　二〇二〇年六月　文藝春秋刊

DTP制作　エヴリ・シンク

文春文庫

代表取締役アイドル（だいひょうとりしまりやく）

定価はカバーに
表示してあります

2022年9月10日　第1刷

著　者　小林泰三（こばやしやすみ）
発行者　大沼貴之
発行所　株式会社　文藝春秋

東京都千代田区紀尾井町3-23　〒102-8008
TEL 03・3265・1211㈹
文藝春秋ホームページ　http://www.bunshun.co.jp

落丁、乱丁本は、お手数ですが小社製作部宛お送り下さい。送料小社負担でお取替致します。

印刷・萩原印刷　製本・加藤製本

Printed in Japan
ISBN978-4-16-791935-1

（　）内は解説者。品切の節はご容赦下さい。

白石一文
僕のなかの壊れていない部分
東大卒出版社勤務、驚異的な記憶力の「僕」は、どんな女性とも深く繋がろうとしない。その理屈っぽい言動の奥にあるのは絶望か渇望か。切実な言葉が胸を打つロングセラー。（窪　美澄）
し-48-4

小路幸也
踊り子と探偵とパリを
一九二〇年代、狂乱のパリ。作家志望の青年ユージンは呪われたダイヤの行方を追って、探偵マークや美貌の踊り子ブランシェと共に作戦を開始する――。恋と友情の華麗なる冒険物語。
し-52-5

島本理生
ファーストラヴ
父親殺害の容疑で逮捕された女子大生・環菜。臨床心理士の由紀が、彼女や、家族など周囲の人々に取材を重ねるうちに明らかになった環菜の過去とは。直木賞受賞作。（朝井リョウ）
し-54-3

新庄　耕
カトク
過重労働撲滅特別対策班
大企業の長時間労働を専門に取り締まる「カトク」に籍を置く労働基準監督官・城木忠司は、この国の働く現場の苛酷な現実に悩みながらも、ブラック企業撲滅に奮戦する。文庫書下ろし。
し-65-1

真藤順丈
黄昏旅団
家族へ酷い仕打ちをする男の心の中を旅することになった青年・グンが見た驚愕の風景。古より存在する〈歩く者〉が真実を顕わにする破壊力抜群の極限ロードノベル！（恒川光太郎）
し-67-1

須賀しのぶ
革命前夜
バブル期の日本から東ドイツに音楽留学した眞山。ある日、啓示のようなバッハに出会い、運命が動き出す。革命と音楽の歴史エンターテイメント。第十八回大藪春彦賞受賞作。（朝井リョウ）
す-23-1

瀬戸内寂聴
源氏物語の女君たち
紫式部がいちばん気合を入れて書いたヒロインはだれ？　物語に登場する魅惑の女君たちを、ストーリーを追いながら徹底解説。寂聴流、世界一わかりやすくて面白い源氏物語の入門書。
せ-1-22

中島京子
小さいおうち
昭和初期の東京、女中タキは美しい奥様を心から慕う。戦争の影が濃くなる中での家庭の風景や人々の心情。回想録に秘めた思いと意外な結末が胸を衝く、直木賞受賞作。（対談・船曳由美）
な-68-1

中島京子
のろのろ歩け
台北、北京、上海。ふとした縁で航空券を手にし、忘れられぬ旅の光景を心に刻みこまれる三人の女たち。人生のターニングポイントにたつ彼女らをユーモア溢れる筆致で描く。（酒井充子）
な-68-2

中島京子
長いお別れ
認知症を患う東昇平。遊園地に迷い込み、入れ歯は次々消える。けれど、難読漢字は忘れない。妻と3人の娘を不測の事態に巻き込みながら、病気は少しずつ進んでいく。（川本三郎）
な-68-3

七月隆文
天使は奇跡を希う（こいねがう）
良史の通う今治の高校にある日、本物の天使が転校してきた。正体を知った彼は幼馴染たちと彼女を天国へかえそうとするが。天使の嘘を知った時、真実の物語が始まる。文庫オリジナル。
な-75-1

中路啓太
ゴー・ホーム・クイックリー
戦後、GHQに憲法試案を拒否され英語の草案を押し付けられた日本。内閣法制局の佐藤らは不眠不休で任務に奔走する。日本国憲法成立までを綿密に描く熱き人間ドラマ。（大矢博子）
な-82-1

貫井徳郎
神のふたつの貌（かお）
牧師の息子に生まれた少年の無垢な魂は、一途に神の存在を求めた。だが、それは恐ろしい悲劇をもたらすことに……。三幕の殺人劇の果てに明かされる驚くべき真相とは？（三浦天紗子）
ぬ-1-9

額賀　澪
屋上のウインドノーツ
引っ込み思案の志音は、屋上で吹奏楽部の部長・大志と出会い、人と共に演奏する喜びを知る。目指すは「東日本大会」出場！圧倒的熱さで駆け抜ける物語。松本清張賞受賞作。（オザワ部長）
ぬ-2-1